Janet Evanovich

Américaine, Janet Evanovich est originaire du New Jersey. Au terme de quatre années d'études en arts plastiques, elle renonce à la peinture et commence à écrire, tout en travaillant comme secrétaire intérimaire. En 1994, elle publie son premier roman policier, *La prime*, qui est immédiatement salué par la critique et plébiscité par le public. On retrouve son personnage de chasseuse de primes, Stéphanie Plum, aux Éditions Pocket dans *Deux fois n'est pas coutume*, *À la une, à la deux, à la mort*, *Quatre ou double*, *Cinq à sexe* et *Six appeal*. Elle a récemment publié *Septième ciel* (Payot, 2004). La série de ses aventures est traduite en dix-huit langues et connaît un succès mondial.
Janet Evanovich est mariée et mère de deux enfants. Elle vit à la campagne dans le New Hampshire.

SIX APPEAL

DU MÊME AUTEUR
CHEZ POCKET

DEUX FOIS N'EST PAS COUTUME

LA PRIME

À LA UNE, À LA DEUX, À LA MORT

QUATRE OU DOUBLE

CINQ À SEXE

JANET EVANOVICH

SIX APPEAL

Traduit de l'américain
par Julie Sibony

PAYOT SUSPENSE

Titre original
HOT SIX
St Martin's Press, New York, 2000

ISBN : 2-266-10268-0

REMERCIEMENTS

Merci à Eileen Hoffman et à Larry Martine pour m'avoir suggéré le titre original de ce livre.

PROLOGUE

OK, voilà où on en est : la pire crainte de ma mère s'est réalisée. Je suis nymphomane. Je désire un nombre incalculable d'hommes. Bon, peut-être que c'est précisément parce que je ne couche avec aucun d'entre eux. Et la plupart de ces fantasmes ne se concrétiseront sans doute jamais. Il est assez peu réaliste de penser que je me taperai un jour Mike Richter, le gardien des New York Rangers. Ou bien Indiana Jones.

D'un autre côté, il se trouve que deux des candidats sur ma liste d'hommes désirés me le rendent bien. Le problème étant qu'ils me foutent autant la trouille l'un que l'autre, chacun à sa façon.

Je m'appelle Stéphanie Plum, je suis chasseuse de primes, et je bosse avec ces deux types. Tous les deux travaillent plus ou moins dans le maintien de l'ordre. L'un est flic. Et l'autre lutte contre la criminalité avec des méthodes plus… disons, de businessman. Ni l'un ni l'autre n'est très enclin à obéir aux règles. Et ils me surpassent tous les deux dans le domaine du désir en ce qui concerne les expériences *vécues*.

Enfin bref, il arrive un moment dans la vie d'une fille où elle a besoin d'attraper le taureau par les cornes (ou par n'importe quelle autre partie du corps plus appropriée) et de prendre la situation en main. Et c'est exactement ce que je viens de faire : j'ai passé un coup de fil et invité chez moi un des deux gaillards.

Maintenant je suis en train de décider s'il faut le laisser entrer ou non.

Ce qui me fait peur, c'est que ça se finisse comme la fois où, à neuf ans, je me suis prise pour Wonder Woman : je suis tombée du toit des Kruzak, j'ai bousillé le plus beau rosier de Mme Kruzak, déchiré mon short et ma culotte à fleurs, ensuite j'ai passé le reste de la journée sans me rendre compte que j'avais les fesses à l'air.

Roulement d'yeux intérieur. Ressaisis-toi ! Tu n'as aucune raison d'être nerveuse, puisque c'est la volonté de Dieu. Après tout, n'ai-je pas tiré au hasard le nom de cet homme dans un chapeau, pas plus tard que ce soir ? Bon, d'accord, c'était dans un bol. Mais n'empêche, c'est une rencontre cosmique. OK, la vérité c'est que j'ai un peu triché et que j'ai ouvert un œil en tirant le papier. Ben oui, quoi, parfois le destin a besoin d'un coup de pouce. Parce que, si on pouvait vraiment compter sur lui pour faire le boulot, je n'aurais même pas eu besoin de passer ce foutu coup de fil, pas vrai ?

Et en plus, j'ai certains éléments qui jouent en ma faveur. Je suis prête pour la tâche qui m'attend : robe moulante à tomber par terre — courte, noire. Chaussures à talons et bride autour de la cheville. Rouge à lèvres écarlate brillant. Boîte de préservatifs cachée dans le tiroir des pulls. Revolver chargé, à portée de main dans la boîte à biscuits. Stéphanie Plum, femme en mission. Chopez-le-moi, mort ou vif.

Il y a quelques secondes à peine, j'ai entendu les portes de l'ascenseur s'ouvrir, puis des bruits de pas dans le couloir. Les pas se sont arrêtés pile devant la porte de mon appart, et j'ai su que c'était lui parce que j'ai senti mes tétons se contracter.

Il a frappé un coup, et moi je suis restée paralysée, les yeux rivés sur le verrou. Au second coup, j'ai ouvert la porte, puis j'ai reculé et nos regards se sont croisés. Il ne trahissait aucun signe de nervosité, lui. De la curiosité, peut-être. Et du désir. *Beaucoup* de désir. Du désir à l'état pur.

— Salut, j'ai dit.

Il est entré, a refermé la porte, tourné le verrou. Sa respiration était régulière et profonde, son regard sombre, son expression grave tandis qu'il me dévorait des yeux.

— Jolie, la robe, a-t-il lâché. Enlève-la.

— Peut-être un verre de vin, d'abord...

Faire traîner ! pensais-je. Le faire boire ! Comme ça, si c'est une catastrophe, il ne s'en souviendra pas.

Il a secoué lentement la tête.

— Je ne crois pas, merci.

— Un sandwich ?

— Plus tard. Beaucoup plus tard.

Je me suis fait craquer les doigts mentalement.

Il a souri.

— T'es mignonne quand t'as peur.

J'ai froncé les sourcils. *Mignonne* n'était pas exactement l'objectif que je visais en me préparant pour cette soirée.

Il m'a attirée contre lui, a passé une main dans mon dos et descendu la fermeture Eclair de ma robe, laquelle a glissé de mes épaules avant de tomber en boule à mes pieds, me laissant pour tout attirail mes chaussures ultra-sexe et mes petits dessous en dentelle de chez Victoria's Secret, quasiment invisibles à l'œil nu.

Je mesure un mètre soixante-dix, auquel les talons ajoutaient encore une dizaine de centimètres, mais il me dépassait toujours un peu. Il avait aussi beaucoup plus de muscles. Ses mains se baladaient le long de mon dos pendant qu'il m'évaluait du regard.

— Pas mal, a-t-il dit.

Bien sûr, il m'avait déjà vue avant. Il avait passé la tête sous ma jupe quand j'avais sept ans. Il m'avait ensuite débarrassée de ma virginité quand j'en avais dix-huit. Et, dans un passé plus récent, il m'avait fait des trucs que je n'étais pas près d'oublier. C'était un flic de Trenton, et il s'appelait Joe Morelli.

— Tu te souviens quand on était gosses et qu'on jouait au petit train ? m'a-t-il demandé.

— Ouais, je faisais toujours le tunnel, et toi la locomotive.

Il a glissé les deux pouces dans l'élastique de ma culotte et l'a descendue un peu.

— J'étais vraiment un sale gosse, à l'époque.

— C'est vrai.

— Je suis mieux maintenant.

— Parfois.

Sourire carnassier.

— Je ne te permets pas d'en douter, ma jolie.

Alors il m'a embrassée, et mes sous-vêtements ont fini par terre.

Oh, mamma mia. *Mamma mia !*

1

Cinq mois plus tard…

Carole Zabo se tenait sur le rebord extérieur de la rambarde sur le pont enjambant le fleuve Delaware entre Trenton, dans le New Jersey, et Morrisville, en Pennsylvanie. Elle avait à la main une brique réfractaire jaune standard reliée à sa cheville par environ un mètre cinquante de corde à linge. Sur le côté du pont s'étalait en grosses lettres le slogan : « Trenton produit et le monde entier en profite. » Et Carole en avait visiblement marre que le monde profite de ce qu'elle produisait, car elle était à deux doigts de plonger dans le fleuve et de laisser le poids de la brique faire son travail.

Je me tenais quant à moi à trois mètres de Carole, pour essayer de la dissuader de sauter. Des voitures nous dépassaient, certains conducteurs ralentissaient pour se rincer l'œil, tandis que d'autres se faufilaient d'une voie à l'autre en brandissant leur majeur vers Carole parce qu'elle perturbait la circulation.

— Ecoute, Carole, lui dis-je, il est 8 h 30, et il commence à neiger. Je me caille les fesses. Alors décide-toi : tu sautes, oui ou non ? Parce que moi, j'ai envie de pisser et j'ai besoin d'un café.

La vérité, c'est que pas une seconde je n'ai cru qu'elle allait sauter. Primo, elle portait une veste en cuir de chez Wilson's Leather à quatre cents dollars. On ne se jette pas d'un pont avec une veste à quatre cents dollars. Ça ne se fait pas. Parce que ça vous bousille une veste à coup sûr. Carole était, comme moi, originaire du quartier Chambersburg de Trenton, et dans le Bourg on aurait plutôt tendance à donner la veste à sa sœur avant de sauter du pont.

— Hé, c'est toi qui vas m'écouter, Stéphanie Plum, me rétorqua Carole en claquant des dents. Personne ne t'a envoyé de carton d'invitation, OK ?

J'étais allée au lycée avec Carole. A l'époque, elle était pompom girl, et moi majorette. Maintenant, elle était mariée à Lubri Zabo et voulait se suicider. Moi aussi, si j'avais été mariée à Lubri Zabo, j'aurais eu envie de me suicider, mais ce n'était pas pour cette raison que Carole s'agrippait à la rambarde du pont avec une brique dans la main. Elle avait volé des strings en dentelle à la boutique Frederick's of Hollywood de la galerie commerciale. Non qu'elle n'eût pas les moyens de se les payer, mais elle les destinait à pimenter sa vie amoureuse et avait eu trop honte de les passer en caisse. Dans sa hâte de quitter les lieux, elle avait embouti la voiture de flics banalisée de Brian Simon avant de s'enfuir. Brian, qui était justement à l'intérieur, l'avait rattrapée et foutue au trou.

Mon cousin Vinnie, président et unique actionnaire de l'agence de cautionnement judiciaire Vincent Plum, avait fourni à Carole son laissez-passer pour sortir de prison. Si elle ne se présentait pas à sa convocation au tribunal, Vinnie perdrait le montant de sa caution, à moins qu'il puisse retrouver le corps de Carole en temps et en heure.

Et c'est précisément là que j'interviens. Moi, je suis

agent de cautionnement judiciaire, en d'autres termes chasseuse de primes. Mon boulot consiste à retrouver des corps pour Vinnie. De préférence vivants et en bon état. Vinnie avait repéré Carole en allant au bureau ce matin-là, et m'avait dépêchée sur place pour la sauver du suicide ; ou du moins, s'il n'était pas possible de la sauver, pour enregistrer l'endroit précis où elle se noierait. Vinnie craignait de devoir s'asseoir sur l'argent de la caution au cas où Carole se jetterait dans la rivière et où les plongeurs et les flics n'arriveraient pas à repêcher au bout de leur grappin son cadavre gorgé d'eau.

— Ce n'est vraiment pas une bonne méthode, tu sais, lançai-je à Carole. Tu auras l'air horrible quand ils te retrouveront. Réfléchis un peu… Tu seras toute décoiffée.

Elle roula des yeux comme si elle pouvait voir au-dessus de sa tête.

— Merde, j'avais pas pensé à ça ! En plus je viens de me faire des mèches. J'ai fait un balayage.

La neige tombait en gros pâtés mouillés. Je portais des chaussures de marche avec d'épaisses semelles en caoutchouc, mais le froid me transperçait les pieds quand même. Carole, elle, était plus élégante, avec des petites bottines fantaisie, une robe noire, et la fameuse veste en cuir. D'une certaine façon, la brique faisait un peu négligé comparée au reste de sa tenue. Et la robe m'en rappelait une que j'avais chez moi dans mon placard. Je ne l'avais portée que quelques minutes avant qu'elle ne tombe à mes pieds, définitivement écartée… Prélude d'une nuit d'amour exhaustive avec l'homme de ma vie. Enfin, un des hommes de ma vie, en tout cas. Marrant comme les gens peuvent voir les fringues différemment. Moi, j'avais porté cette robe en espérant attirer un mec dans mon lit. Et Carole l'avait choisie pour se jeter d'un pont. Maintenant, à mon humble avis, se jeter d'un pont en robe est une mauvaise décision. Si je devais sauter d'un pont, je mettrais plutôt un pantalon. Carole aurait l'air d'une idiote avec sa jupe remontée jusqu'aux oreilles et son collant pendouillant à ses genoux.

— Et qu'est-ce que Lubri pense de ton balayage ? demandai-je.

— Il aime bien. Mais il voudrait que je me laisse pousser les cheveux. Il dit que les cheveux longs reviennent à la mode, maintenant.

Personnellement, en matière de mode, je n'accorderais pas trop de crédit à un type qui a décroché son surnom en se vantant de son expertise sexuelle avec un pistolet graisseur. Mais bon, ça n'engage que moi.

— Sinon, redis-moi ce que tu fous sur ce pont, exactement.

— Je préfère mourir que d'aller en prison.

— Je t'ai déjà dit que tu n'irais pas en prison. Et si c'est le cas, ça ne sera pas pour très longtemps.

— Un jour, c'est déjà trop ! Une heure, même ! Ils t'obligent à te déshabiller, et ensuite ils te font pencher en avant pour pouvoir chercher des armes cachées. Et on doit aller faire pipi devant tout le monde. Il n'y a aucune intimité, tu vois. J'ai vu une émission à la télé, l'autre jour.

D'accord, à présent je comprenais un peu mieux. Moi aussi, je me tuerais plutôt que d'avoir à subir des trucs pareils.

— Peut-être que tu n'iras pas en prison du tout. Je connais Brian Simon. Je peux essayer de lui parler. Peut-être que je peux le convaincre de retirer sa plainte.

Le visage de Carole s'illumina.

— C'est vrai ? Tu ferais ça pour moi ?

— Bien sûr. Je ne peux rien te promettre, mais je peux tenter le coup.

— Et s'il ne veut pas, il sera toujours temps de me suicider à ce moment-là.

— Exactement.

Après avoir expédié Carole et sa brique dans sa voiture, je roulai jusqu'au 7-Eleven pour y prendre un café et une boîte de beignets au chocolat. Il me semblait que je les méritais bien, puisque j'avais rempli ma mission avec succès et sauvé la vie de Carole.

J'emportai beignets et café jusqu'à l'agence de Vinnie sur Hamilton Avenue. Je ne voulais pas prendre le risque de manger tous les beignets à moi seule. Et en plus, j'espérais que Vinnie aurait encore du boulot pour moi. En tant qu'agent de cautionnement judiciaire, je ne suis payée que si je ramène quelqu'un. Et pour le moment, j'étais à court de cautionnés récalcitrants.

— Putain, j'y crois pas.

C'était Lula, de derrière les armoires de classement.

— On dirait que des beignets viennent de franchir la porte.

Avec son mètre soixante-cinq et ses quatre-vingt-dix kilos, on peut dire que Lula est une experte ès beignets. Elle était, cette semaine, en mode monochromatique : les cheveux, la peau et le brillant à lèvres d'un cacao uniforme. La couleur de peau, c'est permanent, mais pour les cheveux ça change chaque semaine.

Lula fait du classement pour Vinnie, et elle me file un coup de main quand j'ai besoin de renfort. Vu que je ne suis pas la meilleure chasseuse de primes du monde, et que Lula n'est pas non plus le meilleur renfort, ça vire souvent à une version amateur du *Grand Bêtisier de la police*.

— C'est des beignets au chocolat ? demanda Lula. Connie et moi, on se disait justement qu'on avait bien besoin de beignets au chocolat. Pas vrai, Connie ?

Connie Rosolli est la secrétaire de direction de Vinnie. Elle était à son bureau, au milieu de la pièce, en train de s'examiner la moustache dans un miroir.

— Je crois que je vais refaire des séances d'épilation électrique, déclara-t-elle. Qu'est-ce que vous en pensez ?

— Je pense que c'est une bonne idée, approuva Lula en attrapant un beignet dans la boîte. Parce que tu commences de nouveau à ressembler à Groucho Marx.

Je sirotais mon café en feuilletant les dossiers que Connie avait devant elle.

— Rien de nouveau à signaler ?

La porte du bureau de Vinnie s'ouvrit en grand, et il passa la tête dans l'entrebâillement.

— Génial ! On a justement une nouvelle affaire… et elle est pour toi.

Lula se tordit la bouche, et Connie fronça le nez.

J'avais un mauvais pressentiment. En général, je dois toujours supplier Vinnie pour qu'il me file du travail, et voilà qu'il m'avait gardé un dossier tout spécialement pour moi.

— Qu'est-ce qui se passe ? m'informai-je.

— C'est Ranger, expliqua Connie. Il s'est évanoui dans la nature. Il ne répond plus à son alphapage.

— Ce con ne s'est pas présenté à sa convocation au tribunal hier, renchérit Vinnie. C'est un DDC.

« DDC » est l'acronyme pour « défaut de comparution » en jargon de chasseurs de primes. D'habitude, je suis contente d'apprendre que quelqu'un ne s'est pas présenté à sa comparution, parce que ça veut dire que je peux gagner de l'argent en l'amadouant pour le ramener dans le giron du système. Mais dans ce cas précis, il n'y avait aucun fric à se faire, parce que si Ranger ne voulait pas qu'on le retrouve, on ne le rêtrouverait pas. Point final.

Ranger est un chasseur de primes, comme moi. Sauf

que Ranger est bon. Il a environ mon âge, à quelques années près. Il est d'origine cubaine. Et je suis presque sûre qu'il ne tue que des méchants. Deux semaines plus tôt, un petit bleu avait arrêté Ranger parce qu'il portait une arme sans permis. Tous les flics de Trenton connaissent Ranger et savent qu'il porte une arme sans permis, et ça ne les dérange pas plus que ça. Mais personne n'avait prévenu le petit nouveau. Du coup Ranger s'est fait choper, et il était censé se présenter la veille devant le juge pour se faire un peu taper sur les doigts. Entre-temps, Vinnie avait fait sortir Ranger avec une grosse somme d'argent à l'appui, et maintenant il commençait à se sentir un peu seul, les poches légères et dans une situation assez peu enviable. D'abord Carole. Maintenant Ranger. Pas super pour démarrer un mardi.

— Il y a quelque chose qui ne colle pas, dans tout ça, dis-je.

J'avais l'impression que mon cœur pesait une tonne dans ma poitrine, parce que je savais bien qu'il y avait un certain nombre de personnes que ça n'aurait pas dérangées de voir Ranger disparaître pour toujours. Et sa disparition laisserait un énorme vide dans ma vie.

— Ce n'est pas le genre de Ranger d'ignorer sa convocation au tribunal. Ni son alphapage.

Lula et Connie échangèrent un regard.

— Tu sais, ce gros incendie qu'ils ont eu en ville, dimanche dernier ? lança Connie. Eh ben, figure-toi que l'immeuble appartenait à Alexander Ramos.

Alexander Ramos est un marchand d'armes international, qui chapeaute le trafic clandestin depuis sa résidence gardée sur la côte du New Jersey en été, et depuis sa forteresse athénienne en hiver. Deux de ses trois fils vivent aux Etats-Unis, l'un à Santa Barbara, l'autre dans le comté d'Hunterdon, New Jersey. Le troisième habite à Rio. Aucune de ces informations n'est d'ordre confidentiel. La famille Ramos a fait la couverture de *Newsweek* à quatre reprises. Les gens ont spéculé pendant des années sur les liens supposés entre Ranger et Ramos, mais l'exacte nature de ces liens est toujours restée floue. Ranger est un maître dans l'art du flou.

— Et alors ? demandai-je.

— Et alors, hier quand ils ont fini par réussir à pénétrer dans le bâtiment, ils ont retrouvé le plus jeune des fils Ramos, Homer, grillé comme une merguez dans un bureau du deuxième étage. En plus d'être cuit à point, il avait aussi un gros trou dans la tête.

— Et alors ?

— Alors Ranger est recherché comme témoin. Les flics étaient ici à l'instant.

— Qu'est-ce qu'ils lui veulent ?

Connie tourna ses paumes vers le ciel.

— Quoi qu'il en soit, conclut Vinnie, il s'est fait la malle. Et tu vas nous le ramener.

Ma voix grimpa dans les aigus bien malgré moi.

— Quoi ? Ça va pas la tête ? Je ne vais pas chercher Ranger !

— Mais c'est justement ça, la beauté du truc, s'extasia Vinnie. Tu n'as pas besoin d'aller le chercher, c'est lui qui va venir à toi. Il a un faible pour toi.

— Non ! Hors de question ! Tu oublies.

— Très bien, fit Vinnie, tu ne veux pas le boulot, je vais mettre Joyce sur le coup.

Joyce Barnhardt est mon ennemie jurée. D'habitude, je préférerais bouffer la poussière plutôt que de lui céder quoi que ce soit. Mais dans ce cas, je lui laissais bien volontiers la place. Qu'elle aille donc perdre son temps à courir après l'homme invisible.

— Et à part ça, vous avez quoi ? demandai-je à Connie.

— Deux petits joueurs et un vrai salopard, dit-elle en

noire. Les pans d'une chemise en laine rouge à carreaux dépassaient sous la veste. Et encore sous la chemise, il portait un tee-shirt noir et un Glock .40. Ses yeux avaient la couleur d'un bon whisky vieilli en fût, et son corps était une pub vivante pour ses gènes italiens et son club de gym. Il avait une réputation de fêtard, méritée bien qu'un peu dépassée. Désormais, il concentrait son énergie sur son travail.

Je me coulai au volant de la voiture, tournai la clé de contact et allumai le dégivrage. Je conduisais une Honda Civic bleue vieille de six ans qui constituait un excellent moyen de transport mais ne correspondait pas exactement à ma vie fantasmatique. Difficile d'être Xéna Princesse Guerrière en Honda Civic.

— Alors ? demandai-je à Morelli. Quoi de neuf ?

— Tu pars à la chasse de Ranger ?

— Nan. Pas moi. Pas question. Très peu pour moi.
Morelli haussa les sourcils.

— Je ne suis pas magicienne, précisai-je.

M'envoyer aux trousses de Ranger, ce serait comme d'envoyer une poule chasser le renard. Morelli était avachi contre la portière.

— Il faut que je lui parle, murmura-t-il.

— Tu enquêtes sur l'incendie ?

— Non. Il s'agit d'autre chose.

— Autre chose qui a rapport avec l'incendie ? Comme le trou dans la tête de Ramos, par exemple ?

Grand sourire morellien.

— Tu poses beaucoup de questions, je trouve.

— Ouais, mais je n'obtiens pas beaucoup de réponses. Pourquoi Ranger ne répond-il pas à son alphapage ? Qu'est-ce qu'il a à voir dans tout ça ?

— Il était avec Ramos, cette nuit-là. On les voit tous les deux sur la caméra de surveillance. En théorie, le bâtiment est verrouillé, mais Ramos a une clé. Il est arrivé le premier, il a attendu Ranger dix minutes, et il lui a ouvert la porte. Ensuite, ils ont traversé le hall tous les deux et pris l'ascenseur jusqu'au deuxième. Trente-cinq minutes plus tard, Ranger est ressorti tout seul. Et dix minutes après, la sirène à incendie s'est déclenchée. On a visionné quarante-huit heures de cassettes, et il semblerait qu'il n'y ait eu personne dans l'immeuble à part eux.

— Dix minutes, ça fait long. Plus trois, le temps qu'il prenne l'ascenseur ou qu'il descende par l'escalier. Pourquoi la sirène ne s'est pas déclenchée plus tôt, si c'est Ranger qui a foutu le feu ?

— Il n'y avait pas de détecteur de fumée dans le bureau où a été retrouvé Ramos. La porte était fermée, et le détecteur le plus proche était dans le couloir.

— Ranger n'est pas débile. Il ne se serait jamais laissé filmer par la caméra de surveillance s'il avait eu l'intention de tuer quelqu'un.

— La caméra était cachée.

Morelli reluqua mon beignet.

— Tu vas tout manger ?

Je partageai le beignet en deux et lui en donnai la moitié. J'enfournai le reste dans ma bouche.

— Est-ce qu'on a utilisé un combustible ?

— Une petite quantité d'essence à briquet.

— Tu crois que c'est Ranger qui a fait le coup ?

— Difficile à dire, avec lui.

— Connie dit que Ramos a pris une balle dans la tête.

— Du neuf millimètres.

— Donc tu penses que Ranger se planque ?

— C'est Allen Barnes qui dirige l'enquête concernant l'homicide. Pour l'instant, tout ce qu'il a mène à Ranger. S'il arrivait à serrer Ranger pour l'interroger, il pourrait sans doute le garder quelque temps au poste vu ses antécédents judiciaires, notamment l'histoire du port d'arme. Et quoi qu'on en dise, croupir dans une cellule n'est pas vraiment dans l'intérêt de Ranger en ce moment. Par ailleurs, si Barnes a épinglé le nom de Ranger comme suspect numéro un, il y a des chances pour qu'Alexander Ramos en soit arrivé à la même conclusion de son côté. Et si Ramos pense que Ranger a buté son fils, je te garantis qu'il n'attendra pas que justice soit rendue par le tribunal.

Le beignet s'était coincé dans ma gorge.

— A moins que Ramos ait déjà retrouvé Ranger...

— C'est une autre hypothèse.

Merde. Ranger est un mercenaire doté d'un fort code de l'éthique qui ne correspond pas forcément à la morale populaire. Il a joué pour moi le rôle d'un mentor quand j'ai commencé à travailler pour Vinnie, et notre relation a évolué jusqu'à une forme d'amitié, limitée néanmoins par son côté loup solitaire et par mon propre instinct de survie. A vrai dire, il y a entre nous une attirance sexuelle croissante qui me fout les jetons à mort. Bref, mes sentiments pour Ranger étaient déjà compliqués au départ, et maintenant venait s'ajouter à cette liste d'émotions non désirées la crainte de le perdre.

L'alphapage de Morelli sonna. Il consulta le numéro et laissa échapper un soupir.

— Je dois y aller. Si jamais tu tombes sur Ranger, passe-lui le message de ma part. Il faut vraiment qu'on parle.

— Qu'est-ce que j'ai en échange ?

— Un dîner ce soir ?

— Poulet grillé, dis-je. Avec plein de gras.

Je le regardai sortir de la voiture et traverser la rue. Après m'être rincé l'œil jusqu'à ce que Morelli disparaisse, je me replongeai dans mes dossiers. Je connaissais Moon Man Dunphy. J'étais allée à l'école avec lui.

Aucun problème de ce côté-là. Il suffisait d'aller l'arracher à son écran de télé.

Lenny Dale habitait dans une résidence sur Grand Avenue et avait inscrit le nombre 82 dans la case « âge » du formulaire. Grommellement intérieur. Il n'y a pas de bonne façon d'appréhender un type de quatre-vingt-deux balais. Quelle que soit la manière dont vous vous y prenez, vous passez forcément pour un salaud.

Il me restait à lire le dossier de Morris Munson, mais je n'avais pas tellement envie de m'y atteler. Mieux valait laisser traîner en espérant que Ranger refasse surface.

Je décidai de m'attaquer à Dale en premier. Il n'habitait qu'à environ quatre cents mètres du bureau de Vinnie. Il fallait que je fasse demi-tour sur Hamilton Avenue, mais la voiture ne voulait rien entendre. Elle se dirigeait tout droit vers le centre-ville et l'immeuble incendié.

D'accord, je suis fouineuse. J'avais envie de voir le lieu du crime. Et peut-être aussi que j'espérais une révélation mystique. Je voulais me planter devant le bâtiment et attendre un signe de Ranger.

Je franchis les voies de chemin de fer et continuai ma route dans les bouchons matinaux. L'immeuble en question se situait à l'angle d'Adams Street et de la 3e Rue. Haut de trois étages, il était en briques rouges et devait dater d'une cinquantaine d'années. Je me garai de l'autre côté de la rue, descendis de voiture et contemplai les fenêtres noircies par les flammes, dont certaines avaient été murées par des planches. Un long ruban en plastique jaune barrait le passage, tenu par des piquets placés à des intervalles stratégiques tout le long du trottoir afin d'éviter que les badauds dans mon genre s'approchent de trop près. Mais bon, ce n'est pas un détail comme un ruban en plastique qui va m'empêcher de jeter un coup d'œil.

Je traversai donc la rue et passai sous le ruban. Je voulus ouvrir la porte d'entrée, mais elle était fermée à clé. A travers la vitre, le hall paraissait relativement épargné. Des flaques d'eau noire et des murs couverts de suie, mais pas de dégâts directs apparents.

Je me retournai pour examiner les immeubles alentour. Des bâtiments de bureaux, des magasins, un restaurant style self à l'angle de la rue.

Hé, Ranger, tu es dans le coin ?

Rien. Pas de révélation mystique.

Je courus m'enfermer dans ma voiture et sortis mon téléphone portable de mon sac. Puis je composai le numéro de Ranger et attendis deux sonneries avant que son répondeur ne décroche. Mon message fut bref : « Est-ce que ça va ? »

Après avoir raccroché, je restai assise quelques minutes immobile, pantelante, un trou dans l'estomac. Je ne voulais pas que Ranger soit mort. Et je ne voulais pas non plus qu'il ait tué Homer Ramos. Non pas que je me souciais de Ramos, mais quiconque l'avait assassiné finirait par payer, d'une façon ou d'une autre.

Au bout d'un moment, je finis par redémarrer et partis. Une demi-heure plus tard, je me trouvais devant la porte de Lenny Dale, et apparemment le couple avait encore remis ça parce qu'on entendait des hurlements dans l'appartement. Je me mis à me balancer d'un pied sur l'autre dans le couloir du deuxième étage en attendant une accalmie dans leur raffut. Lorsqu'elle se présenta, je frappai trois petits coups. Ce qui déclencha aussitôt une autre salve d'insultes, sur le thème de qui irait ouvrir.

Je frappai de nouveau. La porte s'ouvrit brutalement,

et un vieil homme m'interrogea d'un hochement de menton.

— Ouais ?

— Lenny Dale ?

— En personne, ma belle.

Il était constitué principalement d'un nez. Le reste de son visage avait disparu derrière ce bec d'aigle, comme rétréci. Son crâne chauve était moucheté de taches de vieillesse, et ses oreilles semblaient démesurées sur sa tête de momie. La femme derrière lui avait les cheveux gris et le teint terreux, avec des jambes comme des poteaux plantées dans des pantoufles Garfield.

— Qu'est-ce qu'elle veut ? hurla la femme. Qu'est-ce qu'elle veut ?

— Si tu la fermais, je pourrais peut-être le savoir ! aboya Dale en retour. Gueuler, gueuler, gueuler, c'est tout ce que tu sais faire !

— Tiens, tu vas voir si je fais que gueuler, répliqua-t-elle.

Et elle lui donna une tape sur le haut de son crâne luisant. Dale pivota d'un bloc et lui flanqua un coup dans la tempe.

— Hé ! m'écriai-je. Arrêtez !

— Je vais vous en coller une à vous aussi ! s'exclama Dale en se jetant vers moi, le poing dressé.

Je tendis la main pour parer le coup, et il se paralysa brusquement sur place, pétrifié avec son poing en l'air. Sa bouche s'ouvrit, ses yeux se révulsèrent, et il tomba à la renverse, raide comme une planche, avant de s'écraser par terre.

Je m'agenouillai près de lui.

— Monsieur Dale ?

Sa femme le titilla du bout de sa pantoufle Garfield.

— Hum, fit-elle. Encore une crise cardiaque, je parie.

Je posai une main sur son cou sans parvenir à y trouver un pouls.

— Oh, merde, murmurai-je.

— Il est mort ?

— Ben, je ne suis pas spécialiste…

— Il m'a tout l'air mort.

— Appelez le Samu pendant que je tente une réa.

En fait je n'y connaissais rien en réa, mais j'avais déjà vu faire à la télé et j'étais prête à tenter le coup.

— Mon chou, me répondit Mme Dale, vous ramenez cet homme à la vie et je vous assomme avec le hachoir à viande jusqu'à ce que votre tête ressemble à une côtelette de veau.

Elle se pencha sur son mari avant d'ajouter :

— De toute façon, regardez-le. Il est aussi mort qu'un clou de porte. On peut pas être plus mort que ça.

J'avais bien peur qu'elle ait raison. M. Dale n'avait pas trop l'air en forme.

Une vieille dame s'approcha de nous.

— Qu'est-ce qui se passe ? C'est encore Lenny qui a fait une crise cardiaque ?

Elle se retourna et cria vers le fond du couloir :

— Roger, appelle le Samu ! Lenny a encore fait une crise cardiaque !

En l'espace de quelques secondes, le salon fut envahi de voisins, commentant l'état de Lenny et posant toutes sortes de questions. Comment était-ce arrivé ? Avait-ce été rapide ? Mme Dale voulait-elle qu'on lui prépare un ragoût pour la veillée ?

Oui, répondait Mme Dale, un ragoût, pourquoi pas ? Et elle se demandait aussi si Tootie Greenberg pourrait refaire son gâteau au pavot, comme pour la veillée de Moses Schultz.

L'unité de secours arriva, ils regardèrent Lenny, et se

rangèrent à l'avis général : Lenny Dale était aussi mort qu'un clou de porte.

Je m'extirpai discrètement de l'appartement et me faufilai jusqu'à l'ascenseur. Il n'était pas encore midi, et déjà ma journée semblait trop longue et encombrée de cadavres. Je passai un coup de fil à Vinnie aussitôt que j'atteignis le hall.

— Ecoute, lui dis-je, j'ai trouvé Dale, mais il est mort.

— Et ça fait combien de temps qu'il est dans cet état ?

— Environ vingt minutes.

— Il y avait des témoins ?

— Sa femme.

— Merde ! s'exclama Vinnie. C'était de la légitime défense, j'espère.

— Mais ce n'est pas moi qui l'ai tué !

— Tu es sûre ?

— Ben, disons que c'était une crise cardiaque, et peut-être que j'y ai contribué un petit peu…

— Il est où, là ?

— Chez lui. Le Samu est sur place, mais il n'y a rien à faire. Il est complètement mort.

— Bon sang, t'aurais pas pu te débrouiller pour qu'il fasse une crise cardiaque *après* l'avoir ramené au poste ? On va être drôlement emmerdés, maintenant. Tu n'imagines pas la paperasse qu'il y a à remplir dans des cas pareils. Je vais te dire, pourquoi tu ne demandes pas plutôt aux gars du Samu de déposer Dale au tribunal ?

Je sentis ma mâchoire inférieure se détacher du reste de mon visage.

— Ouais, poursuivit Vinnie, ça pourrait marcher. Il suffit qu'un type à la réception vienne jeter un œil. Comme ça ils pourront te filer un reçu.

— Hors de question. Je ne trimballe pas un malheureux macchabée jusqu'au tribunal !

— Pourquoi, quel est le problème ? Tu crois qu'il est pressé d'aller se faire embaumer ? Dis-toi que tu fais ça pour lui… Un dernier tour en ville.

Arrrgh. Je raccrochai. J'aurais dû me garder toute la boîte de beignets pour moi toute seule. Ça s'annonçait de plus en plus comme une journée à huit beignets. Je fixai des yeux la petite diode verte qui clignotait sur mon portable. Allez, Ranger, pensai-je. Appelle-moi.

Je sortis dans la rue et rejoignis ma voiture. Moon Man Dunphy était le prochain sur ma liste. Le Mooner habite dans le Bourg, à quelques encablures de chez mes parents. Il partage une maison avec deux autres types aussi cinglés que lui. Aux dernières nouvelles, il travaillait la nuit, comme magasinier au Shop & Bag. Vu l'heure qu'il était, il devait être chez lui en train de manger des Chocapic devant une rediff de *Star Trek*.

Je tournai dans Hamilton Avenue, passai devant l'agence, pris à gauche pour entrer dans le Bourg au niveau de l'hôpital St Francis, et trouvai mon chemin dans les petites rues jusqu'à Grant Street. Le Bourg est un quartier résidentiel de Trenton, délimité d'un côté par Chambersburg Street et qui s'étend de l'autre jusqu'à Italy Avenue. Les gâteaux au miel et les cakes aux olives sont des produits de première nécessité, dans le Bourg. La « langue des signes » se réfère à un majeur dressé vers le ciel. Les maisons sont modestes. Les voitures, grosses. Les fenêtres, propres.

Je me garai à mi-hauteur de la rue et vérifiai ma feuille de route pour m'assurer du numéro. Il y avait vingt-trois pavillons identiques alignés à la suite sur le même trottoir. Tous donnaient directement sur la rue. Tous à un étage. Moon habitait au 45, Grant Street.

Il ouvrit la porte en grand et me fixa du regard. Il faisait environ un mètre quatre-vingts, avec des cheveux châtains clair jusqu'aux épaules et la raie au milieu.

Mince et dégingandé, il portait un tee-shirt Metallica noir et un jean troué aux genoux. Il avait un pot de beurre de cacahuète dans une main, une cuillère dans l'autre. La pause déjeuner. Il me dévisagea, l'air perplexe, puis une petite ampoule s'alluma dans sa tête et il se frappa le front avec la cuillère, laissant un grumeau de beurre de cacahuète accroché dans ses cheveux.

— Merde, putain ! J'ai oublié ma convocation !

Il était difficile de ne pas aimer Moon Man, et je ne pus m'empêcher de sourire, malgré la journée que j'avais derrière moi.

— Ouais, il va falloir qu'on te signe une nouvelle caution et qu'on prenne un autre rendez-vous au tribunal.

Et la prochaine fois, je viendrai le chercher personnellement à domicile pour l'accompagner. Stéphanie Plum, mère poule.

— Et comment est-ce que le Mooner va faire tout ça ?

— Tu viens avec moi jusqu'au poste, et je t'aiderai pour les démarches.

— Ouais, mec, mais là ça tombe vraiment mal. Je suis en plein milieu d'une rétrospective *Wallace et Gromit*. On peut pas faire ça à un autre moment ? Hé, je sais : pourquoi tu ne restes pas déjeuner, comme ça on pourra se regarder un bon vieux *Wallace et Gromit* ensemble ?

Je considérai la cuillère qu'il avait à la main. Sans doute la seule qu'il possédait.

— Merci pour l'invitation, répondis-je, mais j'ai promis à ma mère de déjeuner avec elle.

Ce qu'on appelle communément un pieux mensonge.

— Ouah, c'est vachement sympa. Aller déjeuner avec ta mère. Délire.

— Voici ce qu'on peut faire : je vais déjeuner maintenant et je reviens te chercher dans une petite heure ?

serait pas devant le 7-Eleven, en tout cas. C'est là-bas que j'achète mon journal, le dimanche.

— Ah, se ressaisit Habib. Bon, ben on pourrait faire des trucs sexuels, alors. On pourrait se livrer sur elle à quelques petits actes de perversion sexuelle… plusieurs fois de suite. Si elle vivait dans mon pays, elle serait à jamais bannie de la communauté, après ça. Elle deviendrait une paria. Mais bien entendu, comme c'est une Américaine décadente et immorale, elle sera indubitablement consentante pour tous les actes de perversion que nous lui infligerons. Et il est tout à fait probable que, si c'est *nous* qui lui infligeons ces perversions, elle les appréciera immensément. Mais attention… On pourrait aussi la mutiler de telle sorte qu'on lui rende l'expérience désagréable.

— Hé, j'ai rien contre les mutilations, mais fais gaffe avec tes trucs sexuels, coupa Mitchell. Je suis père de famille, moi. Si ma femme apprend le quart de tout ça, je suis cuit.

2

Je jetai les deux mains en l'air.

— Putain, mais qu'est-ce que vous voulez, à la fin ?

— On veut votre copain Ranger, et on sait que vous le cherchez aussi, répondit Mitchell.

— Je ne cherche pas Ranger. Vinnie l'a refilé à Joyce Barnhardt.

— Je ne connais pas de Joyce Barnhardt, rétorqua Mitchell. En revanche je vous connais, vous. Et je vous dis que vous cherchez Ranger. Et que quand vous l'aurez trouvé, vous allez nous le dire. Et si vous ne considérez pas ça comme une sérieuse… responsabilité, vous le regretterez drôlement.

— Res-pon-sa-bi-li-té, articula Habib. Ça me plaît, ça. Joliment dit. Je crois que je vais me le rappéler.

— Rappeler, rectifia Mitchell. Ça se prononce *rappeler*.

— Rappéler.

— Rap-*pe*-ler !

— C'est ce que j'ai dit. Rappéler.

— Cette espèce d'enturbanné débarque à peine de son pays, m'expliqua Mitchell. Il travaillait déjà pour notre employeur dans un autre domaine, au Pakistan, mais il a rappliqué ici avec la dernière cargaison de marchandises, et depuis on n'arrive pas à s'en débarrasser. Il ne s'y connaît pas encore très bien.

— Je ne suis pas un enturbanné ! protesta Habib. Est-ce que tu vois un turban sur ma tête ? Je suis en Amérique, maintenant, et je ne porte plus ce genre de chose. C'est pas sympa de dire des trucs comme ça.

— Enturbanné, répéta Mitchell.

Habib plissa les yeux.

— Espèce de sale chien d'Américain, proféra-t-il.

— Gras du bide.

— Fils de chameau.

— Va te faire foutre, conclut Mitchell.

— Puissent tes testicules se dessécher sur place ! rétorqua Habib.

Bon, je n'avais sans doute pas trop de souci à me faire au sujet de ces deux-là ; ils se seraient déjà entretués avant la fin de la journée.

— Je dois y aller, maintenant, dis-je. Je vais déjeuner chez mes parents.

— Vous ne devez pas trop bien vous en sortir, fit observer Mitchell, si vous êtes obligée d'aller grappiller à déjeuner chez vos parents. On pourrait remédier à ça, vous savez. Vous nous donnez ce qu'on veut, et on saura se montrer très généreux en retour.

— Ecoutez, même si je voulais retrouver Ranger, ce qui n'est pas le cas, je n'y arriverais pas. Ranger est aussi insaisissable que le vent.

— Ouais, mais j'ai entendu dire que vous aviez des talents spéciaux, si vous voyez ce que je veux dire. En plus, vous êtes chasseuse de primes… Vous les ramenez morts ou vifs, c'est votre devise.

J'ouvris la portière de la Honda et me glissai au volant.

— Dites à Alexander Ramos qu'il se trouve quelqu'un d'autre pour chercher Ranger.

On aurait dit que Mitchell allait régurgiter une boule de poils.

— Nous ne travaillons pas pour ce trou du cul, si vous voulez bien me passer l'expression.

Je me redressai d'un coup sur mon siège.

— Alors vous travaillez pour qui ?

— Je vous l'ai déjà dit, nous ne pouvons pas divulguer cette information.

Bon sang !

Ma grand-mère se tenait sur le perron lorsque je garai ma voiture dans l'allée. Elle vivait chez mes parents depuis que mon grand-père achetait ses tickets de loto directement auprès du bon Dieu. Elle avait les cheveux gris acier, coupés court et permanentés. Elle avait un appétit d'ogre mais elle était plutôt du format lilliputien. Ses coudes étaient tranchants comme le fil du rasoir. Vêtue d'un survêtement magenta en polyester et de baskets blanches, elle était en train de faire glisser son dentier dans sa bouche, ce qui signifiait qu'elle avait quelque chose sur le cœur.

— Ça alors, quelle bonne surprise ! On allait justement se mettre à table, me lança-t-elle. Ta mère a pris de la salade de poulet et des petits pains chez Giovicchini's Market.

Je jetai un œil dans le salon. Le fauteuil de mon père était vide.

— Il est sorti avec le taxi, m'expliqua ma grand-mère. Whitey Blocher a appelé pour dire qu'ils avaient besoin de quelqu'un pour un remplacement.

Mon père est retraité de la Poste, mais il conduit un taxi à temps partiel, plus pour avoir l'occasion de sortir de la maison que pour se faire de l'argent de poche. Et conduire le taxi est souvent synonyme de jouer au poker avec ses copains.

Je suspendis ma veste dans le placard de l'entrée et pris place à la table de la cuisine. La maison de mes parents est sur deux étages. Les fenêtres du salon donnent sur la rue, celle de la salle à manger sur l'allée qui sépare la maison de celle des voisins ; quant à la fenêtre de la cuisine ainsi que la porte de service, elles donnent sur l'arrière-cour, qui est rangée mais lugubre à cette époque de l'année.

Ma grand-mère s'assit en face de moi.

— Je me demande si je ne vais pas changer de couleur de cheveux, m'annonça-t-elle. Rose Kotman s'est fait teindre en rouge, et c'est pas mal du tout. Elle s'est même trouvé un nouveau mec.

Elle se servit un petit pain qu'elle coupa en deux avec le grand couteau.

— Moi aussi, ça me plairait bien d'avoir un nouveau mec, ajouta-t-elle.

— Rose Kotman a trente-cinq ans, fit observer ma mère.

— Eh ben, moi aussi, à peu de chose près ! Tout le monde n'arrête pas de me dire que je ne fais pas mon âge.

C'était vrai. Elle faisait plutôt dans les quatre-vingt-dix. Je l'aimais beaucoup, mais la pesanteur ne lui avait pas fait de cadeaux.

— Il y a un type que j'ai en vue, au club de vieux. Un vrai tombeur. Je suis sûre que si j'étais rousse il me ferait faire la culbute.

Ma mère ouvrit la bouche pour dire quelque chose, se ravisa et attrapa la salade de poulet.

Comme je n'avais pas spécialement envie d'imaginer Mamie Mazur en train de faire la culbute, je changeai rapidement de sujet pour m'occuper de ce qui m'intéressait.

— Vous avez entendu parler de cet incendie, en ville ?

Mamie étala une couche supplémentaire de mayo sur son pain.

— Tu veux parler de l'immeuble au coin d'Adams et de la 3e ? J'ai rencontré Esther Moyer à la boulangerie ce matin, et elle dit que c'est son fils Bucky qui a conduit le camion des pompiers sur ce coup-là. D'après Bucky, il paraît que c'était un feu d'enfer.

— Et à part ça ?

— Esther dit que, quand ils sont entrés dans l'immeuble hier, ils ont trouvé un mort au deuxième étage.

— Et Esther savait qui c'était ?

— Homer Ramos. Esther dit qu'il était grillé comme un méchoui. Et on lui avait tiré dans la tête. Un gros trou au milieu du front. J'ai regardé pour voir s'il allait être exposé chez Stiva, mais il n'y avait rien dans le journal d'aujourd'hui. Dommage, ça devait valoir le détour. J'imagine que Stiva ne pouvait rien en tirer. Pour le trou, il aurait pu le reboucher avec du mastic, comme pour Moogey Bues, mais en ce qui concerne le côté méchoui, il aurait eu du pain sur la planche. Evidemment, si on veut voir les choses du bon côté, on peut se dire que la famille Ramos a dû économiser sur les frais des obsèques vu qu'Homer était déjà incinéré. Sans doute qu'il leur a suffi de le ramasser à la balayette pour le mettre dans l'urne. Sauf qu'il devait rester la tête, puisqu'ils savent qu'il avait un trou dedans. Donc ils n'ont pas dû pouvoir faire entrer la tête dans l'urne… A moins bien sûr qu'ils l'aient écrabouillée à coups de pelle. A mon avis, avec deux ou trois bons coups de pelle, elle devait pouvoir s'effriter assez facilement.

Ma mère plaqua sa serviette contre sa bouche.

— Tu ne te sens pas bien ? lui demanda ma grand-mère. C'est encore une de tes bouffées de chaleur ?

Mamie se pencha dans ma direction et me glissa à voix basse :

— C'est la ménopause.

— Ce n'est *pas* la ménopause, rétorqua ma mère.

— Est-ce qu'ils savent qui a tué Ramos ? demandai-je à Mamie Mazur.

— Esther ne m'a rien dit à ce sujet.

Sur le coup de 13 heures, j'étais repue de salade de poulet et de gâteau de riz maternel. Je sortis en trottinant jusqu'à ma voiture et repérai Mitchell et Habib quelques mètres plus loin dans la rue. Mitchell me salua d'un amical geste de la main alors que je regardais dans leur direction. Je grimpai dans la Honda sans lui retourner son salut et remis le cap vers chez Moon Man.

Je frappai à la porte, et Moon Man me dévisagea de nouveau, aussi confus que la fois précédente.

— Ah, ouais ! finit-il par s'exclamer, avant de laisser échapper un rire de junkie, une sorte de ricanement haletant.

— Vide tes poches, lui conseillai-je.

Il retourna les poches de son pantalon et une pipe à haschisch tomba sur le perron, que je ramassai et lançai dans la maison.

— Rien d'autre ? vérifiai-je. Des acides ? De l'herbe ?

— Nan, mec. Et toi ?

Je secouai la tête. Son cerveau devait ressembler à ces morceaux de corail mort qu'on achète dans les magasins de poissons pour mettre dans les aquariums.

Il me devança jusqu'à la Honda.

— C'est ta bagnole ?

— Oui.

Il ferma les yeux et tendit les mains en avant.

— Pas d'énergie, déclara-t-il. Je ne sens pas d'énergie. Cette voiture n'est pas bonne pour toi.

Il rouvrit les yeux et se mit à déambuler sur le trottoir en remontant son pantalon trop grand pour lui.

— C'est quoi, ton signe ?

— Balance.

— Tu vois ! Je le savais ! Tu es Air. Et cette voiture est Terre. Tu ne peux pas conduire cette bagnole, mec. Tu es une force créatrice, et cette voiture va te tirer vers le bas.

— C'est vrai, admis-je, mais c'est tout ce que j'ai pu m'offrir. Allez, monte.

— J'ai un ami qui peut t'avoir une voiture convenable. C'est une sorte de… de fournisseur automobile.

— Je vais y réfléchir.

Le Mooner se glissa tant bien que mal sur le siège avant et sortit ses lunettes de soleil.

— C'est mieux, mec, dit-il derrière ses verres fumés. Beaucoup mieux.

Le commissariat de Trenton partage les mêmes locaux que le tribunal. C'est un immeuble massif en briques rouges, un bâtiment sans chichis où on est là pour abattre du boulot. Et hop, boum, voilà le travail, merci au revoir : un pur produit de l'école d'architecture municipale.

Je me garai sur le parking et accompagnai Moon Man à l'intérieur. Techniquement parlant, je ne pouvais pas me porter garante pour lui, puisque je suis chasseuse de primes et non agent de cautionnement. Donc je l'aidai à entamer les démarches avant d'appeler Vinnie pour qu'il vienne terminer le travail.

— Vinnie arrive, indiquai-je à Moon Man en le faisant asseoir sur le banc à côté de l'accueil. J'ai d'autres choses à faire ici, donc je te laisse tout seul une minute.

— Pas de problème, mec. T'inquiète pas pour moi. Le Mooner ne fera pas de bêtises.

— Tu ne bouges pas d'ici, hein ?

— No problemo.

Je montai au service de la Crime et trouvai Brian Simon à son bureau. Il venait de quitter les patrouilles en uniforme quelques mois plus tôt, et il n'avait toujours pas attrapé le coup pour s'habiller tout seul. Il portait une veste sport écossaise jaune et beige, un pantalon bleu marine avec des mocassins marron merdiques, des chaussettes rouges et une cravate large comme un bavoir.

— Ils n'ont pas de code vestimentaire, ici ? lui lançai-je. Si tu continues à t'habiller comme ça, on va être obligé de te muter dans le Connecticut.

— T'as qu'à venir chez moi demain matin pour m'aider à choisir mes fringues.

— Ah, monsieur est susceptible. Ce n'est peut-être pas le bon moment.

— Pas pire qu'un autre, répondit-il. Qu'est-ce qui t'amène ?

— Carole Zabo.

— Cette bonne femme est givrée ! s'exclama-t-il. Elle m'a foncé dedans ! Et ensuite elle s'est tirée.

— Elle n'était pas dans son état normal.

— Tu ne vas pas me sortir une histoire de ragnagnas, j'espère !

— Pas loin. Ça avait à voir avec ses culottes.

Simon roula des yeux.

— Oh, merde, souffla-t-il.

— Tu comprends, Carole sortait de la boutique Frederick's of Hollywood, et elle était troublée parce qu'elle venait d'acheter des sous-vêtements sexy.

— Est-ce que ça va devenir gênant ?

— Tu es facilement gêné ?

— Où veux-tu en venir, de toute façon ?
— J'espérais que tu pourrais retirer ta plainte.
— Pas question !
Je me laissai tomber sur la chaise devant son bureau.
— Je te le demande comme une faveur. Carole est une amie. Et j'ai dû la sauver du suicide ce matin.
— Pour des culottes ?
— T'es vraiment comme tous les mecs, soupirai-je. Je savais que tu ne pourrais pas comprendre.
— Hé, je suis la sensibilité incarnée. J'ai vu *Sur la route de Madison*. Deux fois.
Je lui fis mon regard de biche, plein d'espoir.
— Tu vas la laisser tranquille, alors ?
— Tranquille jusqu'à quel point ?
— Elle ne veut pas aller en prison. Elle a peur du côté pipi-en-public.
Il se pencha en avant et se cogna doucement la tête contre son bureau.
— Pourquoi moi ? gémit-il.
— On dirait ma mère.
— OK, je ferai en sorte qu'elle n'aille pas en prison. Mais tu me dois une faveur, maintenant.
— Je ne vais pas devoir venir chez toi pour te choisir tes fringues, quand même ? Ce n'est pas trop mon genre.
— Je te laisse à ton imagination…
La vache !
Je quittai Simon et redescendis. Vinnie était là, mais pas Moon Man.
— Où est-il ? s'enquit Vinnie. Je croyais que tu m'avais dit qu'il m'attendait à l'accueil.
— Mais *il t'attendait* ! Je lui ai bien dit de rester assis sur le banc.
Nous nous retournâmes tous les deux vers le banc : vide. Andy Diller était à la réception.

— Hé, Andy, lançai-je. Tu ne sais pas où est passé mon DDC ?

— Non, désolé, je ne faisais pas gaffe.

Nous arpentâmes le rez-de-chaussée en long et en large, mais Moon Man n'était nulle part.

— Il faut que je retourne à l'agence, déclara Vinnie. J'ai des trucs à faire.

Comme parler à son bookmaker, faire mumuse avec son flingue, serrer la paluche de la veuve Poignet.

Nous sortîmes ensemble et trouvâmes Moon Man planté sur le parking en train de regarder ma voiture brûler. Il y avait bien quelques flics qui s'agitaient autour avec des extincteurs, mais les choses avaient plutôt l'air assez mal barrées. Un camion de pompiers déboula en hurlant au bout de la rue, tous gyrophares dehors, et vint se garer sur le parking.

— Hé mec, me dit Moon Man. C'est vraiment con, pour ta bagnole. C'est vraiment dingue, putain.

— Qu'est-ce qui s'est passé ?

— J'étais assis sur le banc en train de t'attendre, et j'ai vu Reefer passer. Tu connais Reefer ? Enfin bref, Reefer venait de sortir du trou, et son frangin était venu le chercher. Et Reefer m'a dit pourquoi je ne viendrais pas dire bonjour à son frère, tant qu'on y est. Donc je suis sorti avec Reefer, et tu sais que Reefer a toujours de la super bonne herbe, donc de fil en aiguille, bref je me suis dit que je pouvais me reposer une minute dans ta voiture et me rouler un pétard. J'imagine qu'une boulette a dû tomber, parce que trente secondes plus tard la banquette était en flammes. Et ensuite ça s'est répandu à toute la bagnole. C'était splendide jusqu'à ce que ces messieurs viennent arroser.

Splendide. Hum. Je me demandais si Moon Man trouverait splendide que je l'étrangle à mort.

— Bon, j'aimerais bien pouvoir rester avec vous et

faire griller des chamallows, ironisa Vinnie, mais il faut que je retourne au boulot.

— Ouais, et moi je suis en train de rater *L'Académie des neuf*, renchérit Moon Man. Faudrait peut-être qu'on se grouille de finir, mec.

Il était près de 16 heures lorsque je terminai les derniers arrangements afin de faire remorquer ma voiture. J'avais réussi à sauver un cric et c'était à peu près tout. J'étais encore sur le parking, en train de chercher mon portable dans ma besace, lorsque la Lincoln noire se gara à ma hauteur.

— Pas de bol, pour la bagnole, lança Mitchell.

— Oh, j'ai l'habitude. Ça m'arrive souvent.

— On vous observait à distance, et on s'est dit qu'on pouvait peut-être vous déposer quelque part.

— A vrai dire, je viens justement d'appeler un copain pour qu'il vienne me chercher.

— Vous mentez comme un arracheur de dents. Ça fait une heure que vous êtes plantée là et vous n'avez appelé personne. C'est pas beau de mentir, je parie que votre mère ne serait pas contente si elle le savait.

— Pas plus que si je montais avec vous dans cette voiture, rétorquai-je. Ça, ça lui filerait illico une attaque.

Mitchell approuva d'un hochement de tête.

— Ouais, c'est vrai, reconnut-il.

La vitre teintée se referma en coulissant, et la Lincoln ressortit du parking. Je finis par trouver mon téléphone portable et appelai Lula au bureau.

— La vache, si je gagnais un dollar pour chaque bagnole que tu bousilles, je pourrais déjà prendre ma retraite, lança Lula en arrivant.

— C'était pas ma faute.

— Ouais, c'est *jamais* ta faute. Ça doit être une question de karma. T'as vingt sur vingt au compteur à emmerdes quand il s'agit de bagnoles.

— J'imagine que tu n'as pas de nouvelles de Ranger.

— A part que Vinnie a refilé le dossier à Joyce.

— Elle était joice ?

— Elle a eu un orgasme sur place, en plein milieu du bureau. Connie et moi avons été obligées de nous excuser pour aller gerber.

Joyce Barnhardt est une pourriture. Quand nous étions à la maternelle ensemble, elle crachait déjà dans mon verre de lait. Au lycée, elle lançait des rumeurs et prenait des photos en cachette dans les vestiaires des filles. Et avant même que l'encre n'ait eu le temps de sécher sur mon certificat de mariage, je l'ai trouvée cul nu avec mon mari (désormais ex-mari) sur la table toute neuve de ma salle à manger.

Même l'anthrax, c'est encore trop sympa pour Joyce Barnhardt.

— Ensuite il est arrivé un truc bizarre à la voiture de Joyce, poursuivit Lula. Pendant qu'elle était dans le bureau en train de parler à Vinnie, quelqu'un a planté un tournevis dans le pneu.

Je haussai les sourcils.

— La main de Dieu, conclut Lula en faisant démarrer sa Firebird rouge, et en mettant l'autoradio à fond.

La voiture de Lula était équipée d'un système surround capable de vous faire sauter tous les plombages. Elle prit North Clinton jusqu'à Lincoln puis Chambers Street. Quand elle me déposa sur le parking devant chez moi, il n'y avait pas trace de Mitchell et d'Habib.

— Tu cherches quelqu'un ? me demanda Lula.

— Deux types dans une Lincoln noire me suivaient depuis tout à l'heure en espérant que je les mène à Ranger. Mais je ne les vois plus.

— Y a beaucoup de monde qui cherche Ranger.

— Tu crois qu'il a tué Homer Ramos ?

— Je le vois bien tuer Ramos, mais pas foutre le feu à un immeuble. Ni être aussi stupide.

— Comme de se faire filmer par la caméra de surveillance, par exemple ?

— Ranger savait forcément qu'il y avait des caméras. L'immeuble appartient à Alexander Ramos. Et Ramos n'est pas du genre à se tirer en laissant la boîte à biscuits ouverte. Il avait des bureaux dans cet immeuble. Je le sais parce que j'ai fait une visite à domicile là-bas, quand j'exerçais encore mon ancienne profession.

L'ancienne profession de Lula étant pute, je ne lui demandai aucun détail sur la visite à domicile en question.

Je quittai Lula et franchis la double porte vitrée qui donne dans le petit hall d'entrée de mon immeuble. J'habite au premier étage, et j'ai le choix entre l'ascenseur ou l'escalier. Ce jour-là, je choisis l'ascenseur, épuisée que j'étais après avoir vu ma voiture brûler sous mes yeux.

Je pénétrai dans mon appartement, suspendis mon sac et ma veste avant d'aller jeter un coup d'œil à mon hamster, Rex. Il était en train de courir dans sa roue à l'intérieur de son bocal en verre, ses petits pieds roses formant une tache floue contre le plastique rouge.

— Salut, Rex. Comment va ?

Il s'interrompit un instant, les moustaches frémissantes, les yeux brillants, attendant que la bouffe lui tombe du ciel. Je pris un grain de raisin dans la boîte au frigo, le lui donnai et lui racontai pour la voiture. Il stocka le grain dans le creux de sa joue et retourna courir. Si c'était moi, j'aurais bouffé le raisin tout de suite et opté pour une petite sieste. Je ne comprends pas ce truc de courir pour le plaisir. Moi, la seule façon pour me faire courir, ce serait que je sois poursuivie par un serial killer.

Je consultai les messages sur mon répondeur. Un seul message. Sans paroles. Seulement une respiration. J'espérais que c'était celle de Ranger. J'écoutai une seconde fois. La respiration avait l'air normale. Pas une respiration de pervers. Ni enrhumée. Peut-être une respiration de vendeur télémarketing.

J'avais encore une heure ou deux avant que le poulet arrive. Aussi sortis-je sur le palier pour aller frapper chez mon voisin d'en face.

— Quoi ? hurla M. Wolesky pour couvrir le rugissement de sa télé.

— Je me demandais si je pouvais vous emprunter le journal. J'ai eu une petite mésaventure avec ma voiture, et je me suis dit que j'allais regarder dans la section occases des petites annonces.

— Encore ?

— C'était pas ma faute.

Il me tendit le journal.

— Si j'étais vous, je regarderais plutôt dans la section surplus militaires. Vous devriez rouler en char.

J'emportai le journal chez moi, parcourus les annonces automobiles et les BD. Je méditais sur mon horoscope lorsque le téléphone sonna.

— Ta grand-mère est là ? voulait savoir ma mère.

— Non.

— Elle s'est disputée avec ton père, et elle a filé dans sa chambre comme une furie. Deux minutes après, elle était dehors en train de monter dans un taxi !

— Elle a dû aller rendre visite à une de ses copines.

— J'ai appelé chez Betty Szajak et Emma Getz, mais elles ne l'ont pas vue.

Au même moment, ma sonnette retentit et mon cœur

se figea dans ma poitrine. Je regardai par le judas. C'était Mamie Mazur.

— Elle est là ! murmurai-je dans le combiné.

— Ah, Dieu merci, s'exclama ma mère.

— Non. Pas Dieu merci. Elle a une valise à la main !

— Elle a peut-être besoin de prendre des vacances loin de ton père.

— Elle ne va quand même pas habiter ici !

— Mais non, bien sûr que non… Peut-être qu'elle pourrait juste séjourner chez toi un jour ou deux, le temps que les choses se tassent.

— Non ! Non, non et non.

Nouveau coup de sonnette.

— Elle sonne à ma porte, dis-je à ma mère. Qu'est-ce que je fais ?

— Ben fais-la entrer, pardi !

— Si je la fais entrer, je suis foutue. C'est comme d'inviter un vampire chez soi. Du moment qu'ils ont franchi la porte, c'est cuit, vous êtes déjà mort.

— Ce n'est pas un vampire. C'est ta grand-mère.

Mamie se mit à tambouriner contre la porte.

— Hou-hou ! cria-t-elle.

Je raccrochai le téléphone et allai lui ouvrir.

— Surprise ! s'exclama mamie. Je suis venue habiter avec toi pendant que je cherche un appart.

— Mais tu habites chez maman.

— Plus maintenant. Ton père est une bouse de taureau.

Elle traîna sa valise derrière elle et pendit son manteau à une patère.

— Je vais me prendre un chez-moi. J'en ai marre de subir les émissions télé de ton père. Donc je vais rester ici le temps de trouver quelque chose. Je savais bien que ça ne t'ennuierait pas que je m'installe pour quelque temps.

— Je n'ai qu'une seule chambre.

— Je peux dormir sur le canapé. Je ne suis pas très difficile question sommeil. Je pourrais dormir debout dans un placard, s'il le fallait.

— Mais maman, alors ? Elle va rester toute seule ? Elle s'est habituée à t'avoir avec elle.

Traduction : et moi, alors ? Je me suis habituée à n'avoir *personne* avec moi.

— Oui, tu as sans doute raison, approuva ma grand-mère. Mais elle va devoir apprendre à faire sa vie sans moi. Je ne peux pas continuer à faire l'animation dans cette baraque. C'est trop de boulot. Attention, comprends-moi bien, j'adore ta mère. Mais elle peut vraiment être pisse-froid, par moments. Et moi, je n'ai plus trop de temps à perdre. Il me reste sans doute une trentaine d'années, pas plus, avant que je commence à me dégrader.

Dans trente ans, mamie aurait largement dépassé la centaine. Et moi j'aurais soixante balais, si je n'étais pas morte au champ d'honneur d'ici là.

Quelqu'un frappa trois petits coups à ma porte. Morelli était en avance. Je lui ouvris la porte, et il fit quelques pas dans l'appartement avant de repérer mamie.

— Mamie Mazur ! s'exclama-t-il.

— Ouaip, répondit-elle. J'habite, ici, maintenant. Je viens d'emménager.

Les coins des lèvres de Morelli se soulevèrent imperceptiblement. Salaud.

— C'est un emménagement surprise ? s'enquit-il.

Je pris le pot de poulet grillé qu'il avait dans les mains.

— Mamie s'est engueulée avec mon père.

— C'est du poulet ? demanda mamie. Je sens l'odeur d'ici.

— Y en a largement assez pour tout le monde, lui assura Morelli. J'en prends toujours plus.

Mamie se précipita dans la cuisine.

— Je crève de faim. Toute cette agitation m'a creusé l'appétit.

Elle regarda dans le sac.

— Et il y a aussi des petits pains ? Et du coleslaw ?

Elle attrapa des assiettes dans le placard et courut mettre la table dans le salon.

— Génial, ça va être trop cool ! J'espère que tu as de la bière, Stéphanie. Je me taperais bien une bière.

Morelli affichait toujours un grand sourire.

Depuis quelque temps désormais, Morelli et moi étions engagés dans une relation par intermittence. Ce qui est juste une façon élégante de dire que nous partagions occasionnellement un lit. Et Morelli cesserait sans doute de trouver ça marrant quand nos coups d'une nuit se transformeraient en pas de coup du tout.

— Ça risque de compromettre un peu nos plans pour ce soir, lui murmurai-je à l'oreille.

— Il suffit de changer d'adresse. On peut bouger chez moi après dîner.

— Non, oublie. Qu'est-ce que je vais dire à mamie ? « Désolée, je ne dors pas ici ce soir parce que je dois aller m'envoyer en l'air avec Joe » ?

— Ça pose un problème ?

— Je ne peux pas dire ça. Je me sentirais sale.

— Sale ?

— Visqueuse.

— C'est ridicule. Ta grand-mère ne t'en voudrait pas du tout.

— Peut-être, mais elle saurait.

Morelli prit une mine affligée.

— C'est un truc de filles, c'est ça ?

Mamie Mazur était de retour dans la cuisine pour chercher les verres.

— Où sont tes serviettes ? me demanda-t-elle.

— Je n'en ai pas.

Elle me dévisagea d'un air ahuri pendant un moment, incapable d'appréhender l'idée d'une maison sans serviettes.

— Il y a des serviettes dans le sac avec les petits pains, indiqua Joe.

Mamie plongea le nez dans le sac et son visage s'illumina.

— Quelle vraie perle ! Il apporte même les serviettes !

Morelli se balança en arrière sur ses talons en me jetant un regard pour me faire comprendre que j'avais du bol.

— Toujours prêt, rétorqua-t-il à mamie.

Je roulai des yeux.

— Ça, c'est un flic pour toi, me dit ma grand-mère. Toujours prêt !

Je m'assis à table en face d'elle et me servis un bout de poulet.

— Ce sont les scouts qui sont toujours prêts, ripostai-je. Les flics, eux, ont toujours faim.

— Maintenant que je vais m'installer toute seule, reprit mamie, j'ai pensé que je pourrais peut-être trouver du boulot. Et j'ai pensé, peut-être un boulot de flic. Qu'est-ce que vous en dites ? demanda-t-elle à Morelli. Vous trouvez que je ferais un bon flic ?

— Je pense que vous feriez un excellent flic, mais le département a une limite d'âge.

Mamie pinça les lèvres.

— Merde, c'est foutu alors. Je déteste ces histoires idiotes de limites d'âge. Enfin, dans ce cas il ne me reste plus qu'à faire chasseuse de primes.

Je me tournai vers Morelli pour chercher son soutien, mais il avait les yeux rivés sur son assiette.

— Il faut savoir conduire pour être chasseur de primes, répondis-je à mamie. Tu n'as pas ton permis.

— Je comptais justement le passer. Demain matin sans faute, je vais m'inscrire à l'auto-école. J'ai même une voiture. Ton oncle Sandor m'a laissé sa Buick, et vu que tu ne l'utilises plus, autant que j'en profite. Elle est plutôt classe, comme bagnole.

Une baleine sur roues, ouais.

Quand le pot de poulet fut vide, mamie se leva de table.

— On n'a qu'à débarrasser, proposa-t-elle, et ensuite on pourra regarder un film. Je suis passée au vidéoclub en venant.

Mamie s'endormit en plein milieu de *Terminator*, assise droite comme un piquet sur le canapé, la tête penchée sur la poitrine.

— Je devrais peut-être y aller, chuchota Morelli. Vous laisser vous organiser entre filles.

Je le raccompagnai jusqu'à la porte.

— Des nouvelles de Ranger ? demandai-je.

— Rien. Pas même une rumeur.

Parfois, pas de nouvelles égale bonnes nouvelles. Au moins il n'avait pas réapparu avec la marée.

Morelli m'attira contre lui pour m'embrasser, et je sentis le picotement habituel aux endroits habituels.

— Tu as mon numéro, dit-il. Et je me fous pas mal de ce que peuvent penser les gens.

Je me réveillai sur mon canapé avec un torticolis et une bonne dose de mauvaise humeur. Quelqu'un était en train de faire du raffut dans la cuisine. Pas besoin d'être Einstein pour deviner qui.

— Quel matin radieux, tu ne trouves pas ? s'exclama

ma grand-mère. J'ai mis des pancakes en route. Et le café.

OK, peut-être que ce n'était pas si mal d'avoir mamie à domicile.

Elle mélangeait la pâte à pancakes.

— Je me suis dit qu'on pourrait peut-être démarrer tôt, aujourd'hui, comme ça tu pourrais me donner ma première leçon de conduite.

Dieu merci, ma voiture était déjà réduite en cendres.

— Je n'ai pas de voiture en ce moment, répondis-je. J'ai eu un petit accident.

— Encore ? Que s'est-il passé, cette fois ? Brûlée ? Explosée ? Aplatie comme une crêpe ?

Je me servis une tasse de café.

— Brûlée. Mais ce n'était pas ma faute.

— T'as vraiment une vie d'enfer. Jamais un moment de creux. Tout va toujours vite, avec toi : les voitures, les hommes, la bouffe. Ça ne me déplairait pas d'avoir une vie comme ça.

Elle avait raison pour la bouffe.

— Tu n'as pas eu le journal, ce matin, me fit-elle remarquer. Je suis allée regarder sur le palier, et tous les voisins l'ont reçu sauf toi.

— Je ne suis pas abonnée. Si je veux un journal, je l'achète.

Ou je l'emprunte.

— Un petit déjeuner sans journal, ça ne va pas, décréta mamie. J'ai besoin de lire les BD et le carnet nécrologique, et en plus ce matin je voulais commencer à chercher un appart.

— Attends, je vais te trouver un journal, rétorquai-je, ne voulant surtout pas la retarder dans sa recherche d'appartement.

Je portais une chemise de nuit en flanelle verte, qui allait parfaitement avec mes yeux bleus bouffis de sommeil. J'enfilai par-dessus une veste en jean Levi's et un pantalon de survêt gris, enfonçai les pieds dans une paire de bottines que je ne pris pas la peine de lacer, me vissai sur la tête une casquette de base-ball pour cacher ma tignasse de cheveux châtains bouclés et attrapai mes clés de voiture au passage.

— Je reviens dans deux minutes, lançai-je depuis l'entrée. Je fais juste un saut au 7-Eleven.

J'appuyai sur le bouton de l'ascenseur. Les portes s'ouvrirent et mon cerveau se liquéfia. Ranger était tranquillement adossé contre la paroi du fond, les bras croisés sur la poitrine, le regard sombre et attentif, les commissures des lèvres esquissant un début de sourire.

— Monte, dit-il.

Il avait délaissé sa tenue habituelle de rappeur noir ou de GI Joe. Il portait cette fois-là une veste en cuir marron, une chemise crème, un jean délavé et des gros godillots de travail. Ses cheveux, qu'il avait d'habitude toujours attachés en queue-de-cheval, étaient désormais coupés court. Il avait une barbe de trois jours, qui rendait ses dents plus blanches et sa peau de Latino encore plus foncée. Un loup fringué en Gap.

— La vache, murmurai-je, sentant dans mon ventre une sorte de papillonnement que je préférais ne pas identifier. Je te trouve changé.

— Déguisé en Monsieur Tout-le-Monde !

Ouais, c'est ça.

Il se pencha en avant, m'attrapa par le col et me tira dans l'ascenseur. Puis il appuya successivement sur le bouton pour fermer les portes et sur le Stop.

— Il faut qu'on parle.

3

Ranger avait fait partie des commandos d'élite, et il en avait gardé une certaine carrure. Il se tenait tout près de moi, m'obligeant à pencher la tête en arrière pour le regarder dans les yeux.

— Tu viens de te lever ? me demanda-t-il.

Je jetai un coup d'œil à ma chemise de nuit qui dépassait de ma veste.

— Tu dis ça à cause de la chemise de nuit ?

— La chemise de nuit, les cheveux, la stupeur…

— C'est toi, la cause de ma stupeur.

— Ouais, c'est ce qu'on me dit souvent. Je provoque la stupeur chez les femmes.

— Qu'est-ce qui s'est passé ?

— J'ai eu un rendez-vous avec Homer Ramos, et quelqu'un l'a buté après mon départ.

— Et l'incendie ?

— Pas moi.

— Tu sais qui a tué Ramos ?

Ranger me dévisagea un moment sans rien dire.

— J'ai ma petite idée.

— Les flics croient que c'est toi. Ils t'ont vu sur la vidéo.

— Les flics *espèrent* que c'est moi. Je ne pense pas qu'ils le *croient*. Je n'ai pas la réputation d'être idiot.

— Non, mais tu as la réputation de, euh… tuer des gens.

Grand sourire de Ranger.

— Pipeau.

Il aperçut les clés de voiture dans ma main.

— Tu vas quelque part ?

— Ma grand-mère s'est installée chez moi pour quelques jours. Elle voulait un journal, donc j'allais faire un saut au 7-Eleven.

Le sourire remonta jusqu'à ses yeux.

— T'as pas de voiture, *baby*.

— Merde ! J'avais oublié.

Puis j'ajoutai en fronçant les sourcils :

— Comment tu sais ?

— Elle n'est pas au parking.

Ah. Ouais.

— Que lui est-il arrivé, d'ailleurs ?

— Elle est montée au paradis des voitures.

Il appuya sur le bouton du deuxième. L'ascenseur se rouvrit, Ranger sortit en vitesse et ramassa le journal posé devant la porte de l'appartement 3C.

— C'est le journal de M. Kline, indiquai-je.

Ranger me tendit le journal et appuya sur le bouton du premier.

— Eh ben maintenant tu dois un service à M. Kline.

— Pourquoi tu ne t'es pas présenté à la convocation du tribunal ?

— Mauvais timing. Je dois retrouver quelqu'un, et je ne peux pas le chercher si je suis en taule.

— Ou mort.

— Ouais, aussi. Je ne pensais pas qu'une apparition publique programmée était dans mon intérêt en ce moment.

— J'ai été approchée par deux types genre mafia, hier. Mitchell et Habib. Ils ont prévu de me suivre partout jusqu'à ce que je les conduise à toi.

— Ils bossent pour Arturo Stolle.

— Arturo Stolle, le roi du tapis ? Quel rapport ?

— Il vaut mieux que tu ne le saches pas.

— Parce que si tu me le disais, tu serais obligé de me tuer, c'est ça ?

— Si je te le disais, quelqu'un d'autre voudrait peut-être te tuer.

— C'est pas le grand amour entre Mitchell et Alexander Ramos, hein ?

— Pas vraiment, non.

Ranger me tendit une carte avec une adresse dessus.

— Je voudrais que tu fasses de la surveillance à temps partiel pour moi. Hannibal Ramos. C'est le fils aîné et le numéro deux de l'empire Ramos. Il réside officiellement en Californie, mais il passe de plus en plus de temps ici, dans le New Jersey.

— Il est là en ce moment ?

— Depuis trois semaines. Il a une baraque dans un lotissement sur la Route 29.

— Tu ne penses quand même pas qu'il a tué son frère ?

— Ce n'est pas mon suspect numéro un, non. Je vais demander à un de mes gars de venir te déposer une voiture.

Ranger employait de façon officieuse une petite armada de types qui l'aidaient dans ses diverses entreprises. La plupart étaient d'anciens militaires, et la plupart encore plus tarés que lui.

— Non, non ! protestai-je. Ce n'est pas nécessaire.

Je n'ai jamais eu de pot avec les voitures. Leur carrière se termine souvent par une intervention de la police, et les voitures de Ranger ont souvent des origines assez injustifiables.

Il remonta dans l'ascenseur.

— Ne t'approche pas trop près de Ramos, me dit-il. Ce n'est pas un gentil.

Les portes se refermèrent sur Ranger. Et pouf, disparu !

J'émergeai de la salle de bains vêtue de mon uniforme habituel — jean, tee-shirt et bottes — fraîchement douchée, prête à commencer la journée. Mamie était à la table du salon en train de lire le journal, et Moon Man mangeait des pancakes en face d'elle.

— Hé, mec, me lança-t-il, ta grand-mère m'a fait des pancakes. T'as vraiment trop de bol d'habiter avec ta grand-mère, mec. Elle est trop bath.

— Il est pas mignon ? rétorqua mamie en souriant.

— Je me sentais vraiment mal pour hier, reprit Moon Man, alors je t'ai apporté une voiture. C'est un genre de prêt, quoi. Tu te souviens, quand je t'ai parlé de mon pote, là, le *Fournisseur* ? Eh ben il était vert quand je lui ai raconté pour l'incendie, et il a dit que ça ne posait pas de problème si tu voulais utiliser une de ses voitures en attendant d'en avoir une autre.

— Ce n'est pas une voiture volée, j'espère ?

— Hé, mec, tu me prends pour qui ?

— Pour un mec qui pourrait voler une voiture.

— Ouais, d'accord, mais pas tout le temps. Non, non, je te jure, c'est un prêt.

J'avais vraiment besoin d'une bagnole.

— Ce serait seulement pour quelques jours, précisai-je. Juste le temps de toucher l'argent de l'assurance.

Moon Man repoussa son assiette vide, se leva et me déposa un trousseau de clés dans le creux de la main.

— Vas-y, éclate-toi. C'est une voiture cosmique, mec, tu vas voir. Je l'ai choisie moi-même pour qu'elle soit compatible avec ton aura.

— C'est quelle marque ?

— Une Rollswagen. Un engin cosmique argenté.

Oh oh.

— OK, bon, merci. Tu veux que je te dépose chez toi ?

Il se dirigeait déjà vers la porte.

— Je vais marcher. J'ai besoin de me rassembler.

— J'ai toute ma journée planifiée, m'annonça mamie. Leçon de conduite ce matin. Et cet après-midi, Melvina va m'accompagner pour voir des appartements.

— Tu as les moyens de te payer un appartement toute seule ?

— J'ai de l'argent de côté de quand j'ai vendu la maison. J'économisais pour aller en maison de retraite quand je serais vieille, mais peut-être que j'utiliserai simplement mon revolver.

Je fis la moue.

— Ça ne veut pas dire que j'ai l'intention de bouffer du plomb dès demain, me rassura ma grand-mère. J'ai encore de belles années devant moi. En plus, j'ai tout prévu. Parce que, tu vois, si tu mets le flingue dans ta bouche, tu te fais sauter tout l'arrière de la tête. Comme ça, Stiva n'a pas trop de boulot pour te retaper la façade quand il t'expose dans ses salons, vu que de toute façon personne ne voit l'arrière de ta tête. Il faut juste faire gaffe à ne pas dévier le flingue pour ne pas saccager le travail et t'arracher une oreille.

Elle posa le journal sur la table.

— Pour ce soir, je passerai chez le boucher en rentrant prendre des côtelettes de porc, ajouta-t-elle. Maintenant il faut que j'aille me préparer pour ma leçon de conduite.

Et moi, il fallait que j'aille bosser. Le problème, c'est que je n'avais aucune envie de m'attaquer aux tâches qui m'attendaient. Je n'avais pas envie d'aller espionner Hannibal Ramos. Et certainement pas de faire connaissance avec Morris Munson. J'aurais pu aller me recoucher, mais ça ne ferait pas entrer l'argent du loyer. De toute façon, je n'avais même plus de lit. Mamie me l'avait piqué.

Bon. Dans ce cas, autant jeter un œil au dossier Munson. Je sortis la liasse de paperasse et me mis à feuilleter les pages. Mis à part le tabassage à coups de démonte-pneu, le viol et la tentative de crémation, Munson n'avait pas l'air si méchant. Aucun antécédent. Aucune croix gammée tatouée sur le front. Il avait indiqué une adresse sur Rockwell Street. Je connaissais Rockwell ; c'était plus bas, à côté de la fabrique de boutons. Pas le meilleur quartier de la ville. Mais pas le pire non plus. Essentiellement des petits pavillons familiaux et des maisons Phoenix. Essentiellement des cols bleus ou pas de cols du tout.

Rex dormait dans sa boîte de conserve et mamie était dans la salle de bains ; je sortis donc sans cérémonie. En arrivant sur le parking, je cherchai des yeux un engin cosmique argenté. Et en effet, je n'eus pas de mal à la repérer. C'était bien une Rollswagen : le corps de la voiture était celui d'une ancienne Volkswagen Coccinelle, et l'avant celui d'une Rolls Royce d'occasion. Elle était irisée argent, avec des spirales bleu ciel sur toute la longueur, parsemées d'étoiles.

Je fermai les yeux, espérant qu'en les rouvrant la voiture aurait disparu. Je comptai jusqu'à trois avant de soulever les paupières. La voiture était toujours là.

Je remontai en courant à l'appartement, pris un chapeau et des lunettes noires, redescendis jusqu'au parking. Puis je me résolus à me glisser au volant, tassée au maximum sur le siège avant, et sortis du parking en cahotant. Cette bagnole n'est *pas* compatible avec mon aura, pensai-je. Mon aura n'est *pas* une demi-Volkswagen Coccinelle.

Vingt minutes plus tard, j'étais sur Rockwell Street en train de déchiffrer les numéros pour trouver la maison de Munson. Je la repérai enfin et elle me parut assez normale. A une rue seulement de la fabrique de boutons. Pratique pour aller travailler à pied ; pas génial si vous attachez de l'importance à la vue. C'était une maison à un étage, très semblable à celle du Mooner. Une façade couverte de plaques d'amiante bordeaux.

Je me garai le long du trottoir et marchai jusqu'à la porte. Il était peu probable que Munson soit chez lui, vu qu'on était mercredi matin et qu'il se trouvait sûrement déjà en Argentine. Je sonnai et fus prise de court lorsque la porte s'ouvrit et que Munson en personne passa la tête par l'entrebâillement.

— Morris Munson ?

— Ouais ?

— Je pensais que vous seriez… au travail.

— J'ai pris deux trois semaines de congés. J'ai eu quelques ennuis. Qui êtes-vous, à part ça ?

— Je représente l'agence de cautionnement judiciaire Vincent Plum Bail Bonds. Vous avez raté votre rendez-vous au tribunal, et nous aimerions en fixer un autre avec vous.

— Ah, ouais, bien sûr. Allez-y, fixez ce que vous voulez.

— J'ai besoin que vous m'accompagniez au poste, pour faire ça.

Il regarda l'engin cosmique par-dessus mon épaule.

— Vous n'espérez quand même pas que je vais monter avec vous dans ce machin ?

— Ben, c'est-à-dire que… si.

— J'aurais l'air ridicule. Que vont penser les gens ?

— Vous savez, si moi je peux rouler là-dedans, vous aussi.

— Vous, les femmes, vous êtes toutes les mêmes.

Vous claquez des doigts et vous pensez qu'on va sauter dans le cerceau.

J'avais plongé la main dans ma besace, fouillant désespérément pour retrouver ma lacrymo.

— Attendez-moi là, me dit Munson, je vais chercher ma voiture. Elle est garée derrière. Ça ne me dérange pas de fixer un autre rendez-vous, mais je ne monte pas dans une bagnole de clown. Je vais faire le tour et je vous suis.

Et bang. Il ferma la porte et mit un tour de verrou.

Merde ! Je montai dans ma voiture et tournai la clé de contact, restant au point mort en attendant Munson tout en me demandant si je le reverrais un jour. Je jetai un coup d'œil à ma montre. Cinq minutes, je lui accordais cinq minutes. Et après, qu'est-ce que j'allais faire ? Tout foutre en l'air chez lui ? Défoncer sa porte et déclencher une fusillade ? Je vérifiai dans mon sac : pas de revolver. J'avais oublié de prendre mon revolver. Bon, ben j'imagine que ça veut dire que je dois rentrer chez moi et remettre Munson à un autre jour.

Je relevai les yeux et vis une voiture tourner l'angle de la rue. C'était Munson. Quelle bonne surprise, songeai-je. Tu vois, Stéphanie, tu juges trop vite les gens. Parfois ils sont plus sympas qu'ils en ont l'air. Je passai une vitesse en le regardant approcher. Mais attends ! Il est en train d'accélérer au lieu de ralentir ! Je voyais son visage, crispé par la concentration. Ce malade allait me foncer dedans ! J'enclenchai aussitôt la marche arrière et enfonçai le pied sur l'accélérateur. La Rollswagen fit un bond en arrière. Pas assez vite pour éviter la collision, mais suffisamment pour ne pas être totalement écrabouillée. Je me cognai la tête au moment du choc. Pas de quoi faire un fromage pour une femme née et élevée dans le Bourg ; sur la côte de Jersey, on grandit en conduisant des auto-tamponneuses, alors on sait comment négocier l'impact.

Le problème, c'était que Munson m'avait emboutie avec une voiture qui ressemblait aux anciennes bagnoles de flics, une Crown Victoria. Plus grosse que la Rollswagen. Il revint à la charge, me faisant faire un bond de cinq mètres en arrière, suite à quoi l'engin cosmique cala. Pendant que j'essayais de la redémarrer, il surgit de sa voiture et courut vers moi en brandissant un démonte-pneu.

— Tu veux me voir sauter dans le cerceau ? hurlait-il. Je vais te montrer comment je saute dans le cerceau.

Une sorte de schéma connu me revenait brusquement en mémoire : foncer dans quelqu'un avec sa voiture, et puis le frapper avec un démonte-pneu. Je ne voulais même pas penser à ce qui pourrait advenir après. Le moteur de la Rollswagen repartit miraculeusement, et je me propulsai en avant, évitant de justesse la Crown Victoria.

Il lança le démonte-pneu à la volée et toucha mon pare-brise arrière.

— Je vous déteste ! s'égosilla-t-il. Vous êtes toutes les mêmes !

Je passai de zéro à quatre-vingts kilomètres à l'heure en deux cents mètres, et pris le virage sur deux roues. J'attendis cinq cents mètres avant de me retourner. Ouf : personne derrière moi. Je m'efforçai alors de lever le pied de l'accélérateur et de respirer calmement. Mon cœur battait à tout rompre, et mes mains étaient agrippées au volant. Un McDonald's se matérialisa devant moi, et la voiture bifurqua automatiquement dans la file du guichet extérieur. Je commandai un milk-shake vanille et demandai au vendeur si par hasard ils embauchaient en ce moment.

— Bien sûr, répondit-il. On embauche tout le temps. Vous voulez un formulaire de candidature ?

— Vous avez beaucoup de hold-up, ici ?

— Pas *beaucoup*, non, dit-il en me faisant passer le formulaire en même temps que la paille. On a quelques cinglés, mais en général on arrive à les calmer en leur offrant des doses de mayo en rab.

Je me garai sur un emplacement tout au fond du parking, où je sirotai mon milk-shake tout en parcourant le formulaire. Pas une si mauvaise idée, après tout. On peut sûrement avoir des frites gratos.

Je sortis de la voiture pour constater l'étendue des dégâts. Le radiateur de la Rolls Royce était complètement froissé, le pare-chocs arrière avait une grosse bosse, et le phare gauche était cassé.

La Lincoln noire arriva tranquillement sur le parking et vint se ranger à côté de moi. La vitre se baissa, et Mitchell contempla la Rollswagen en souriant.

— Qu'est-ce que c'est que ça ?

Je lui décochai mon regard prémenstruel.

— Vous avez besoin d'une voiture ? On peut vous fournir une voiture. Le modèle que vous voulez. Vous ne serez plus obligée de conduire cette… cette chose honteuse.

— Je ne cherche *pas* Ranger.

— Bien sûr. Mais peut-être que lui, il vous cherche. Peut-être qu'il a besoin d'une vidange et qu'il se dit qu'avec vous il ne risque rien. Ça arrive, vous savez. Les hommes ont ce genre de besoins.

— Vous ne faites pas les vidanges chez le garagiste, dans ce pays ? s'étonna Habib.

— Putain, pesta Mitchell. Pas ce genre de vidange. Je veux parler du bon vieux cache-saucisse.

— Je ne comprends pas *cache-saucisse*. C'est quoi, une saucisse ?

— Vous, les végétariens, vous ne connaissez vraiment rien à rien, soupira Mitchell.

Puis il s'empoigna l'entrejambe et secoua le paquet un bon coup.

— La bonne vieille saucisse ? aboya-t-il. Tu vois ce que je veux dire ?

— Ahhh, s'exclama Habib. Je comprends. Ce type, Ranger, cache sa saucisse au fond de cette fille de cochon.

— Fille de cochon ? m'offusquai-je. Pardon ?

— Exactement, confirma Habib. Putain impure.

Il allait falloir que je commence à prendre l'habitude de me balader avec mon flingue. J'avais vraiment envie de leur coller un pruneau, à ces deux-là. Rien de grave. Juste leur arracher un œil, par exemple.

— Je dois y aller, déclarai-je. J'ai des trucs à faire.

— D'accord, répondit Mitchell, mais ne faites pas comme si on ne se connaissait pas. Et réfléchissez à notre proposition, pour la voiture.

— Hé, au fait ! criai-je. Comment vous m'avez retrouvée ?

Mais ils étaient déjà partis.

Je fis quelques détours pour m'assurer que personne ne me suivait, puis me dirigeai en direction de chez Ramos. Après avoir pris la Route 29, je roulai vers le nord jusqu'à la commune d'Ewing. Ramos vivait dans un quartier riche, avec de grands arbres centenaires et des jardins paysagers. Un peu à l'écart, sur Fenwood, se trouvait un petit groupe de maisons récentes en briques rouges, flanquées de garages deux places attenants et de jardins protégés des regards par de hauts murs. Les maisons trônaient au fond de pelouses soignées, traversées par des allées incurvées et des parterres de fleurs. Très raffiné. Très respectable. L'endroit idéal pour un trafiquant d'armes international.

L'engin cosmique risquait de rendre la surveillance un peu délicate dans ce genre de quartier. A vrai dire, toute forme de surveillance risquait d'être délicate. Une nouvelle voiture stationnée pendant trop longtemps ne passerait pas inaperçue. A fortiori une inconnue flânant sur le trottoir.

Toutes les fenêtres de Ramos avaient les rideaux tirés, de sorte qu'il était impossible de dire s'il y avait quelqu'un dans la maison. C'était la deuxième en partant de la fin dans une rangée de cinq pavillons identiques. Des arbres dépassaient de derrière les toits. Le promoteur avait laissé des espaces verts entre les différents secteurs du lotissement.

Je fis un tour du quartier en voiture pour me faire une première impression, puis repassai devant la maison de Ramos. Pas de changement. Je bipai Ranger sur son alphapage et reçus son coup de fil cinq minutes plus tard.

— Qu'est-ce que tu veux que je fasse, exactement ? lui demandai-je. Je suis devant la maison, mais il n'y a rien à voir et je ne peux pas traîner ici trop longtemps. Il n'y a pas d'endroit où se planquer.

— Retournes-y ce soir quand il fera nuit. Vois s'il a des visites.

— Qu'est-ce qu'il fait, pendant la journée ?

— Des tas de choses. Ils ont une résidence de famille à Deal. Quand Alexander est ici, ils conduisent les affaires depuis là-bas. Avant l'incendie, Hannibal passait le plus clair de son temps dans les bureaux en ville. Il avait son bureau au troisième étage.

— Quel genre de voiture conduit-il ?

— Une Jaguar vert foncé.

— Il est marié ?

— Quand il est à Santa Barbara.

— T'as d'autres choses à me dire ?

— Ouais. Fais gaffe.

Ranger raccrocha, et le téléphone sonna de nouveau.

— Ta grand-mère est avec toi ? me demanda ma mère.

— Non. Je travaille.

— Où est-elle, alors ? J'ai appelé chez toi et ça ne répond pas.

— Elle avait une leçon de conduite, ce matin.

— Sainte Marie Mère de Dieu !

— Et ensuite elle doit sortir avec Melvina.

— Tu étais censée garder un œil sur elle. Où as-tu la tête, ma parole ? Cette femme ne sait pas conduire ! Elle va tuer des centaines d'innocents !

— Mais non. Elle est avec un moniteur.

— Un moniteur. A quoi sert un moniteur, avec ta grand-mère ? Et son revolver, alors ? J'ai regardé dans tous les recoins, je n'arrive pas à mettre la main dessus.

Mamie a un .45 à canon long qu'elle garde en cachette de ma mère. Elle l'a reçu de sa copine Elsie, qui l'a trouvé dans une brocante. Elle l'avait sans doute dans son sac à main. Elle prétend que ça donne du lest à son sac si jamais elle doit se défendre contre un agresseur. C'est peut-être vrai, mais je crois surtout que Mamie Mazur aime bien se prendre pour Clint Eastwood.

— Je ne veux pas qu'elle se balade dans la nature avec un revolver ! s'écria ma mère.

— D'accord, concédai-je. Je vais lui parler. Mais tu sais comment elle est avec son revolver.

— Pourquoi moi ? gémit ma mère. Pourquoi moi ?

Comme je ne connaissais pas la réponse à cette question, je raccrochai. Après avoir garé la voiture, je marchai jusqu'à l'extrémité de la rangée de maisons et passai derrière en empruntant une petite piste cyclable goudronnée. Le chemin traversait l'espace vert qui longeait l'arrière des maisons, et m'offrit une jolie vue sur les fenêtres de l'étage. Malheureusement, il n'y avait rien à voir là non plus car les rideaux étaient tirés. Le mur d'enceinte en brique cachait les fenêtres du rez-de-chaussée dont j'étais prête à parier qu'elles étaient grandes ouvertes. Aucune raison de fermer les rideaux, en bas. Personne ne pouvait rien voir. Excepté, bien sûr, si quelqu'un de très mal élevé escaladait le mur et se plantait là tel Humpty Dumpty en attendant la catastrophe.

Je décidai que la catastrophe serait plus lente à venir si Humpty escaladait le mur de nuit, quand on y verrait moins bien. Je continuai donc à suivre le chemin jusqu'à l'autre bout de la rangée de maisons, puis je rejoignis la route et regagnai ma voiture.

Lula était sur le perron lorsque je me garai devant l'agence.

— OK, fit-elle. Ma langue au chat. Qu'est-ce que c'est que ça ?

— Une Rollswagen.

— Elle est un peu cabossée, non ?

— Morris Munson était un peu nerveux.

— C'est lui qui a fait ça ? Tu l'as ramené au poste ?

— J'ai décidé de me garder ce plaisir pour plus tard.

On aurait dit que Lula allait faire une hernie à force de se retenir de rire.

— Bon, il faut qu'on aille le choper par la peau du cul, déclara-t-elle. Il a quand même du culot d'abîmer une Rollswagen. Hé, Connie ! cria-t-elle. Viens voir la bagnole de Stéphanie ! C'est une authentique Rollswagen.

— C'est un prêt, précisai-je. Jusqu'à ce que je touche l'argent de l'assurance.

— Ça représente quoi, les spirales sur le côté ?

— Le vent.

— Ah ouais, dit Lula, j'aurais dû m'en douter.

Une Jeep Cherokee noire rutilante se rangea le long du trottoir derrière l'engin cosmique, et Joyce Barnhardt en sortit. Elle était vêtue de cuir noir de la tête aux pieds : pantalon, bustier qui contenait à peine ses seins bonnet C, veste et bottes à talons. Ses cheveux roux flamboyants étaient noués haut et permanentés. Elle avait les yeux soulignés d'eye-liner noir et les cils épais de mascara. On aurait dit Barbie Dominatrix.

— J'ai entendu dire qu'ils mettaient des poils de rat dans les mascaras volumateurs, lui lança Lula. J'espère que tu as lu la composition avant de l'acheter.

Joyce considéra l'engin cosmique.

— Le cirque a débarqué en ville ? C'est une voiture de clown, c'est ça ?

— C'est un modèle unique de Rollswagen, rétorqua Lula. Ça te pose un problème ?

Sourire de Joyce.

— Le seul problème que j'aie, c'est de savoir comment je vais dépenser l'argent de la capture de Ranger.

— Ah ouais ? dit Lula. A mon avis tu risques de perdre pas mal ton temps sur ce coup-là.

— Tu vas voir, répliqua Joyce. Je finis toujours par avoir les hommes que je veux.

Et les chiens, les chèvres, les légumes… Sans oublier les hommes des autres, bien sûr.

— Bon, on adorerait pouvoir rester ici à bavarder avec toi, abrégea Lula, mais on a mieux à faire. On a une sérieuse arrestation sur le gaz. On était justement en train de partir pour aller capturer un enculé de première avec une très grosse caution à la clé.

— Vous prenez la voiture de clown ?

— On prend ma Firebird. On prend toujours la Firebird quand il y a de la baston en perspective.

— Je dois voir Vinnie, expliqua Joyce. Quelqu'un a

dû faire une erreur sur le formulaire de caution de Ranger. J'ai vérifié l'adresse, c'est un terrain vague.

Lula et moi échangeâmes un regard amusé.

— Ça alors ! s'exclama Lula. C'est bizarre…

Personne ne sait où habite Ranger. L'adresse sur son permis de conduire est celle d'un foyer d'hébergement sur Post Street. Pas très crédible pour un type qui possède des immeubles entiers de bureaux à Boston et qui appelle son courtier deux fois par jour. Il nous est arrivé de temps à autre avec Lula d'essayer sans grande conviction de le filer, mais toujours en vain.

— Alors, qu'est-ce que t'en dis ? me lança Lula quand Joyce eut disparu dans l'agence. Tu veux qu'on aille péter la gueule de Morris Munson ?

— Je ne sais pas… Il a l'air un peu cinglé.

— Hum, fit Lula. Moi, il me fait pas peur. Je suis sûre que je pourrais lui botter son petit cul maigrichon. Il t'a pas tiré dessus, pas vrai ?

— Non.

— Alors il est déjà moins cinglé que la plupart des gens dans ma rue.

— Tu es sûre que tu veux prendre le risque d'y aller avec ta Firebird, après ce qu'il a fait à la Rollswagen ?

— Primo, même en supposant que j'arrive à faire entrer l'intégralité de ma corpulence dans cette bagnole, je crois qu'il te faudrait un ouvre-boîte pour me faire sortir. Secundo, vu qu'il n'y a que deux places dans ce minuscule pot de yaourt, et que nous allons les occuper nous-mêmes, ça veut dire qu'il faudrait attacher Munson sur le capot pour l'embarquer. C'est pas une mauvaise idée en soi, mais ça nous ralentirait un peu.

Lula rentra dans l'agence, se dirigea droit vers les armoires de classement et fila un grand coup de pied dans le tiroir du bas à droite. Le tiroir s'ouvrit tout seul,

Lula en sortit un Glock .40 qu'elle fourra dans son sac à main.

— Pas de coups de feu ! prévins-je.

— Mais oui, je sais, rétorqua Lula. C'est juste l'assurance de la voiture.

Le temps d'arriver à Rockwell Street, j'avais la nausée et mon cœur faisait des claquettes dans ma poitrine.

— T'as pas l'air bien, me dit Lula.

— Je crois que j'ai mal au cœur à cause de la voiture.

— T'es jamais malade en voiture.

— Quand je vais rendre visite à un type qui m'a menacée avec un démonte-pneu, si.

— T'inquiète. Qu'il s'avise de recommencer et je lui colle une balle dans le cul.

— Non ! Je t'ai déjà dit : pas de coups de feu.

— Ouais, d'accord, mais là c'est une question d'assurance vie.

Je voulus la fusiller du regard, mais ne réussis qu'à soupirer.

— C'est quelle maison ? demanda Lula.

— Celle avec la porte verte.

— Difficile de dire s'il est là ou pas.

Nous passâmes deux fois devant la maison avant de prendre la petite allée de service qui menait derrière, et Lula s'arrêta devant le garage de Munson. Je sortis jeter un coup d'œil par une vitre latérale crasseuse : la Crown Victoria était là. Merde !

— OK, voilà le plan, expliquai-je à Lula. Tu vas frapper à la porte principale. Comme il ne te connaît pas, il ne se méfiera pas. Tu te présentes et tu lui dis que tu veux qu'il vienne avec toi au poste. Il va essayer de s'échapper par la porte de derrière pour prendre sa voiture, et moi je lui saute dessus par surprise et je lui passe les menottes.

— Ouais, ça m'a l'air pas mal. Et si tu as un problème, tu hurles et je viendrai te rejoindre derrière.

Lula s'éloigna dans la Firebird pendant que je me faufilais jusqu'à la porte de service, où je m'aplatis contre la maison de sorte qu'il ne pouvait pas me voir depuis ses fenêtres. Je secouai ma bombe lacrymo pour m'assurer qu'elle était en vie, et guettai les coups de Lula à la porte d'entrée.

Je l'entendis frapper au bout de quelques minutes ; il y eut ensuite des bribes de conversation étouffée, puis des pas en direction de la porte de service, et enfin le bruit du verrou. La porte s'ouvrit et Morris Munson sortit.

— Ne bougez pas ! criai-je en refermant la porte d'un coup de pied. Restez exactement où vous êtes. Vous faites un geste et je vous arrose de lacrymo.

— C'est vous ! Vous m'avez piégé !

J'avais la lacrymo dans la main gauche et les menottes dans l'autre.

— Tournez-vous, ordonnai-je. Les mains en l'air, posez les paumes contre le mur.

— Je vous hais ! s'égosilla-t-il. Vous êtes exactement comme mon ex-femme. Une petite salope vicieuse, autoritaire et menteuse. D'ailleurs, vous lui ressemblez même physiquement. Les mêmes cheveux châtains frisés dégueulasses.

— Dégueulasses ? Pardon ?

— J'avais une belle vie jusqu'à ce que cette pute foute tout en l'air. J'avais une grande maison et une belle bagnole. J'avais un autoradio en dolby surround.

— Et qu'est-ce qui s'est passé ?

— Elle m'a quitté. Elle disait que j'étais chiant. Chiant comme la pluie. Alors un jour elle a pris un avocat, elle a débarqué avec un camion de déménagement, et elle m'a laissé à poil. Elle a embarqué le moindre meuble, la moindre soucoupe en porcelaine, jusqu'aux petites cuillères.

Il désigna la maison d'un ample geste de la main.

— C'est tout ce qu'il me reste. Cette baraque de merde et une Crown Victoria d'occasion avec encore deux ans de crédit à rembourser. Après quinze ans à la fabrique de boutons à travailler comme un chien, je bouffe des corn flakes au dîner dans ce trou à rats.

— La vache, soufflai-je.

— Attendez, ajouta-t-il. Laissez-moi au moins fermer la porte à clé. Il n'y a pas grand-chose à piquer, mais c'est tout ce que j'ai.

— D'accord. Mais ne faites aucun mouvement brusque.

Il me tourna le dos, ferma la porte à clé, pivota d'un coup et me bouscula.

— Oups, fit-il, excusez-moi, j'ai perdu l'équilibre.

Je reculai d'un pas.

— Qu'est-ce que vous avez dans la main ?

— Un briquet. Vous avez déjà vu un briquet, non ? Vous savez comment ça marche ?

Il l'ouvrit d'une pichenette, et une flamme jaillit.

— Lâchez ça !

Il l'agitait devant son visage.

— Regardez comme c'est joli. Regardez ce briquet. Vous savez quel genre de briquet c'est ? Je parie que vous ne savez pas.

— Je vous ai dit de lâcher ça.

Il le brandit à bout de bras dans ma direction.

— Vous allez brûler. Vous ne pourrez plus l'arrêter, maintenant.

— De quoi parlez-vous ? *Aïe !*

Je portais un jean, un tee-shirt blanc rentré dans la ceinture, et une chemise en flanelle vert et noir ouverte par-dessus le tee-shirt. Je baissai les yeux et m'aperçus que le bas de ma chemise était en feu.

— Brûle ! me hurla-t-il. Brûle en enfer !

Je lâchai les menottes, la lacrymo, et me débattis pour enlever ma chemise, que je jetai par terre avant de la piétiner afin d'éteindre les flammes. Lorsque j'eus terminé et que je relevai les yeux, Morris Munson avait disparu. J'essayai d'ouvrir la porte de service. Fermée. Je perçus le bruit d'un moteur qu'on allume, tournai la tête en direction du garage et vis la Crown Victoria démarrer en flèche.

Je ramassai ma chemise par terre et la remis. Tout le bas du côté droit avait brûlé.

Lula était tranquillement adossée à sa voiture quand je la rejoignis.

— Où est Munson ? me demanda-t-elle.

— Parti.

Elle contempla ma chemise en fronçant les sourcils.

— J'aurais juré que tu avais une chemise entière en arrivant.

— Je préfère ne pas en parler.

— On dirait que quelqu'un a foutu le feu à ta chemise. D'abord ta bagnole, maintenant ta chemise. On s'achemine peut-être vers une semaine record pour toi.

— Rien ne m'oblige à faire ça, tu sais. Il y a plein d'autres superboulots que je pourrais faire.

— Comme ?

— Ils embauchent au McDo sur Market Street.

— Il paraît qu'on a des frites gratos quand on bosse là-bas.

J'essayai à tout hasard la porte principale de Munson. Fermée elle aussi. Je jetai un coup d'œil par la fenêtre du rez-de-chaussée. Munson y avait cloué un drap à fleurs défraîchi, mais il y avait un interstice sur le côté. La pièce était miteuse : plancher éraflé, un canapé ramollo recouvert d'un édredon râpeux en chenille jaune, une vieille télé sur un petit meuble roulant en métal, une table basse en bois de hêtre devant le canapé, dont même à cette distance je pouvais voir le placage s'écailler.

— Ce vieux Munson n'a pas l'air de rouler sur l'or, commenta Lula. J'ai toujours pensé qu'un violeur assassin aurait un meilleur niveau de vie que ça.

— Il est divorcé, expliquai-je. Sa femme l'a laissé sur la paille.

— Tu vois, que ça nous serve de leçon. Toujours être la première à venir chercher ses affaires pour déménager.

Nous étions de retour à l'agence, et la voiture de Joyce était toujours garée devant.

— J'aurais pensé qu'elle serait partie, à l'heure qu'il est, marmonna Lula. Elle doit être en train de faire une petite gâterie à Vinnie.

Ma lèvre du haut se retroussa malgré moi sur mes dents. La rumeur disait que Vinnie avait autrefois été amoureux d'un canard. Et Joyce était réputée pour aimer les gros chiens. Pourtant, les imaginer tous les deux ensemble paraissait encore plus abject.

A mon grand soulagement, Joyce était assise sur le canapé de la grande pièce lorsque Lula et moi franchîmes la porte.

— Voilà les nullos, lança-t-elle. Je savais bien que vous n'en auriez pas pour longtemps. Vous ne l'avez pas eu, je parie.

— Steph a eu un petit accident avec sa chemise, répondit Lula. Du coup on a décidé de remettre l'arrestation à plus tard.

Connie était à son bureau en train de se faire les ongles.

— Joyce pense que vous savez où habite Ranger, déclara-t-elle.

— Bien sûr qu'on le sait, rétorqua Lula. Sauf qu'on n'a pas l'intention de le lui dire, vu qu'on sait combien elle aime les défis.

— Vous feriez mieux de me le dire, menaça Joyce, sinon je vais raconter à Vinnie que vous faites de la rétention.

— Arrête, j'ai peur, fit Lula.

— Je ne sais pas où il habite, dis-je. Personne ne sait où il habite. Mais je l'ai entendu discuter au téléphone un jour, et il parlait avec sa sœur à Staten Island.

— Comment elle s'appelle ?

— Marie.

— Marie Manoso ?

— J'en sais rien. Elle est peut-être mariée. Mais elle ne devrait pas être trop dure à trouver, elle travaille à la fabrique de manteaux sur Macko Street.

— J'y vais, décida Joyce. Si vous pensez à autre chose, appelez-moi sur mon téléphone de voiture. Connie a le numéro.

Tout le monde se tut dans le bureau jusqu'à ce que nous vîmes la Jeep de Joyce démarrer et disparaître au bout de la rue.

— Il suffit qu'elle entre dans cette pièce et je vous jure que je sens une odeur de soufre, finit par dire Connie. C'est comme si j'avais l'Antéchrist assis en face de moi.

Lula me dévisagea d'un air interrogateur.

— Ranger a vraiment une sœur à Staten Island ?

— Tout est possible, tu sais.

Mais peu probable. A vrai dire, maintenant que j'y réfléchissais, je n'étais même pas sûre que la fabrique de manteaux soit bien sur Macko Street.

4

— Oh oh, fit Lula en jetant un coup d'œil par-dessus mon épaule. Ne te retourne pas, mais je crois que voilà ta grand-mère.

Mes sourcils se haussèrent jusqu'à la racine de mes cheveux.

— Ma grand-mère ?

— Merde ! s'exclama Vinnie du fond de son bureau.

On entendit ses pas traînants jusqu'à la porte, qu'il claqua violemment avant de s'enfermer à clé.

Mamie entra dans l'agence et balaya la pièce du regard.

— Ma parole, mais c'est un trou à rats, ici. Exactement à l'image de la branche Plum de la famille.

— Où est Melvina ? lui demandai-je.

— En train de déjeuner au Déli du coin. Je me suis dit que, tant qu'on était dans le quartier, j'en profiterais pour toucher un mot à Vinnie au sujet de mon éventuelle embauche.

Toutes nos têtes se tournèrent en même temps vers la porte fermée du bureau de Vinnie.

— A quel genre de poste pensiez-vous ? demanda Connie.

— Chasseuse de primes. Je veux me faire du fric. J'ai déjà un flingue et tout ce qu'il faut.

— Hé, Vinnie ! hurla Connie. T'as de la visite !

La porte s'ouvrit, et Vinnie passa la tête par l'entrebâillement en fusillant Connie du regard. Puis il considéra mamie.

— Edna, dit-il en tentant un sourire forcé, sans grand succès.

— Vincent, répondit ma grand-mère avec un sourire saccharine.

Vinnie se balançait d'un pied sur l'autre, dévoré par l'envie de se sauver tout en sachant qu'il serait ridicule.

— Que puis-je faire pour toi, Edna ? Tu as besoin d'une caution pour quelqu'un ?

— Non, non, rien de la sorte. Je pensais me trouver un boulot, et je me suis dit que ça me plairait bien d'être chasseuse de primes.

— Oh, mauvaise idée, la dissuada Vinnie. Très mauvaise idée.

Mamie se hérissa.

— Tu ne me trouves pas trop vieille, j'espère ?

— Non, penses-tu ! Mais c'est ta fille. Elle piquerait une crise. Enfin, ce n'est pas pour dire du mal d'Ellen, mais elle n'apprécierait pas du tout cette idée.

— Ellen est une personne merveilleuse. Mais elle n'a aucune imagination. Elle est comme son père, paix à son âme. C'était un enquiquineur de première.

— Ça au moins, c'est du franc-parler, dit Lula.

— Alors ? reprit mamie. Tu m'embauches ?

— Impossible, Edna. Ce n'est pas que je ne veuille pas t'aider, mais il faut un tas de compétences spéciales pour être chasseuse de primes.

— J'ai des compétences. Je sais tirer, jurer, et je suis une vraie fouille-merde. En plus, je connais mes droits : j'ai un droit à l'emploi.

Elle décocha à Vinnie un coup d'œil en biais.

— Je ne vois aucun vieux travailler pour toi. Ça m'a tout l'air d'être de la discrimination à l'embauche, ça. Je me demande si je ne vais pas te dénoncer à l'AAPR, tiens.

— L'AAPR est l'Association américaine des personnes retraitées, rétorqua Vinnie. Le R, c'est pour *retraitées*. Par définition, ils ne s'occupent pas des vieux qui travaillent.

— D'accord, riposta mamie, j'ai une autre solution. Si tu ne me donnes pas de boulot, je m'assois sur ce canapé et j'entame une grève de la faim.

Lula prit une grande inspiration.

— Ouah, siffla-t-elle, du chantage.

— Je vais y réfléchir, dit Vinnie. Je ne te promets rien, mais peut-être que si on a une affaire pour toi...

Il se réfugia aussitôt dans son bureau et referma la porte à clé derrière lui.

— Bon, c'est déjà un début, déclara mamie. Il faut que j'aille retrouver Melvina, maintenant. On a un gros après-midi devant nous. On doit aller voir des appartements, et ensuite on passe chez Stiva pour les veillées de l'après-midi. Il vient juste d'exposer Madeline Krutchman et il paraît qu'elle est très réussie. C'est Dolly qui l'a coiffée, elle m'a dit qu'elle lui avait fait une petite teinture pour lui redonner bonne mine. Elle me propose de me faire la même chose si ça me plaît.

— Allez-y, foncez, lui conseilla Lula.

Mamie et Lula se serrèrent la main avec tout un rituel compliqué, et mamie partit.

— Du nouveau sur Ranger ou sur Homer Ramos ? demandai-je à Connie.

Elle était en train d'ouvrir un flacon de vernis protecteur pour les ongles.

— Ramos s'est fait tirer dessus à bout portant. Les gens disent que ça ressemble à une exécution.

Connie vient d'une famille qui s'y connaît pas mal en exécutions. Son oncle, c'est Jimmy Rideau. Je ne connais pas son vrai nom. Tout ce que je sais, c'est que si vous êtes recherché par Jimmy… c'est *rideau* ! J'ai grandi en entendant les histoires de Jimmy Rideau comme d'autres gamins entendaient celles de Peter Pan. Jimmy Rideau est une célébrité dans mon quartier.

— Et la police ? ajoutai-je. Quel est son point de vue, au jour d'aujourd'hui ?

— Ils cherchent Ranger. Comme des fous.

— En tant que témoin ?

— Autant que je sache, en tant que n'importe quoi.

Connie et Lula se tournèrent vers moi.

— Alors ? fit Lula.

— Alors quoi ?

— Tu sais bien alors quoi.

— J'suis pas certaine, mais je crois qu'il est mort, répondis-je. Juste un pressentiment.

— Ah ! s'exclama Lula. J'en étais sûre ! Et tu étais à poil quand tu as eu ce pressentiment ?

— Pas du tout !

— Dommage. Moi, je me serais mise à poil.

— Je vais y aller, déclarai-je. Il faut que j'aille annoncer la mauvaise nouvelle au Mooner pour la Rollswagen.

Ce qui est bien avec le Mooner, c'est qu'il est presque toujours chez lui. Ce qui l'est moins, c'est que si sa maison est souvent occupée, sa tête est plus souvent vacante.

— Oh, ouah, dit-il en m'ouvrant la porte. J'ai encore oublié ma convocation au tribunal ?

— Ta convocation est dans deux semaines jour pour jour.

— Super.

— Il faut que je te parle au sujet de la Rollswagen… Elle est un peu cabossée. Et le phare arrière est pété. Mais je vais tout réparer.

— T'inquiète, mec. C'est des choses qui arrivent.

— Peut-être que je devrais en parler à son propriétaire.

— Le *Fournisseur* ?

— Ouais, le vendeur. Où est-ce qu'il habite ?

— Au bout de la rue. Il a un garage, mec, tu te rends compte ? Un garage !

Vu que je venais de passer l'hiver entier à racler la glace sur mon pare-brise, je comprenais sans peine l'excitation du Mooner. Moi aussi, je trouvais qu'un garage était un truc assez fabuleux.

Le bout de la rue se trouvant à quatre cents mètres environ, nous nous y rendîmes en voiture.

— Tu crois qu'il est chez lui ? demandai-je au Mooner en arrivant devant la maison.

— Le Fournisseur est toujours chez lui. Il faut qu'il soit là pour fournir.

Je sonnai à la porte, et Dougie Kruper vint m'ouvrir. On était au lycée ensemble, mais je ne l'avais pas revu depuis des années. A vrai dire, j'avais entendu une rumeur selon laquelle il avait déménagé dans l'Arkansas où il était mort.

— La vache, Dougie ! m'exclamai-je. Je croyais que t'étais mort.

— Nan, mais j'aurais sans doute préféré. Mon vieux s'est fait muter dans l'Arkansas, du coup j'ai été obligé de le suivre, mais je te jure, l'Arkansas c'est pas un endroit pour moi. Zéro action, tu vois ce que je veux dire ? Et si tu veux aller à la mer, ça prend des jours.

— C'est toi, le Fournisseur ?

— Tout à fait. En personne. L'homme de la situation : tu as besoin de quelque chose, je te le trouve, on s'arrange.

— Mauvaise nouvelle, Dougie : j'ai eu un accident avec la Rollswagen.

— Chérie, la Rollswagen *est* un accident en soi. A l'époque, je trouvais que c'était une bonne idée, mais maintenant je n'arrive pas à la refourguer. J'étais prêt à la balancer du haut d'un pont dès que tu me l'aurais rendue. Sauf, bien sûr, si tu as envie de l'acheter.

— Non, ça ne me convient pas vraiment. Elle est trop voyante. Il me faut une voiture qui disparaisse.

— Une voiture furtive… Le Fournisseur peut peut-être te procurer ce genre de véhicule. Viens voir derrière, on va jeter un œil.

Derrière se trouvait un *parterre* de voitures : des voitures sur la route, des voitures dans sa cour, et une dans son garage. Dougie me montra une Ford Escort noire.

— Voilà une authentique voiture fantôme, me dit-il.

— De quelle année ?

— Je ne sais pas exactement, mais elle a quelques kilomètres au compteur.

— L'année n'est pas marquée sur la carte grise ?

— Il se trouve que cette voiture-ci n'a pas de carte grise.

Hum.

— Si tu veux une voiture avec carte grise, le prix s'en ressentira nettement.

— Nettement comment ?

— Je suis sûr qu'on peut trouver un arrangement. N'oublie pas qu'on m'appelle le Fournisseur.

Dougie Kruper était la grande énigme de ma classe de terminale. Il ne sortait pas avec des filles, il ne faisait jamais de sport, il ne mangeait pas comme un être humain. Le plus grand exploit de toute sa scolarité consistait à savoir aspirer de la confiture par le nez à l'aide d'une paille.

Le Mooner se promenait entre les voitures en posant les mains à plat sur les capots pour sentir leur karma.

— J'ai trouvé, déclara-t-il devant une petite Jeep kaki. Cette voiture a des vertus protectrices.

— Tu veux dire, comme un ange gardien ?

— Non, je veux dire qu'elle a des ceintures de sécurité.

— Et elle a une carte grise ? demandai-je à Dougie. Elle marche ?

— Je suis presque sûr qu'elle marche, oui.

Une demi-heure plus tard, j'avais deux nouveaux jeans, une nouvelle montre, mais pas de nouvelle voiture. Dougie voulait aussi me vendre un micro-ondes, mais j'en avais déjà un.

Il était encore tôt dans l'après-midi, et comme il ne faisait pas trop mauvais, je me rendis à pied jusqu'à chez mes parents pour emprunter la Buick 1953 d'oncle Sandor. C'était gratuit, elle marchait, et elle avait une carte grise. Je me persuadai que c'était une supervoiture. Un classique. Oncle Sandor l'avait achetée neuve, et elle était encore en excellent état ; on ne pouvait pas en dire autant d'oncle Sandor, qui, lui, mangeait les pissenlits par la racine depuis belle lurette. Bleu pastel et blanc, avec des rétros chromés rutilants et un gros moteur V8. Je l'avais baptisée la Grande Bleue. J'espérais de tout cœur avoir reçu l'argent de l'assurance avant que Mamie Mazur ait son permis et qu'elle veuille récupérer la Buick. J'espérais que l'argent tomberait vite, parce que je détestais cordialement cette bagnole.

Lorsque enfin je rentrai chez moi, le soleil était déjà bas dans le ciel. Le parking de mon immeuble affichait complet et la grosse Lincoln noire était garée à côté d'un des rares emplacements libres. Comme je manœuvrais pour y ranger la Buick, la vitre côté passager de la Lincoln se baissa.

— Qu'est-ce que c'est que ça ? me lança Mitchell. Encore une nouvelle voiture ? Vous ne seriez pas en train d'essayer de nous semer, par hasard ?

Ah, si seulement c'était aussi simple...

— J'ai eu des petits soucis mécaniques.

— Si vous ne retrouvez pas ce Ranger rapidement, vous allez avoir d'autres soucis plus graves.

Mitchell et Habib étaient sûrement des vrais méchants, mais bizarrement j'avais du mal à en avoir peur. En tout cas, ils n'avaient pas l'air de boxer dans la même catégorie que ce psychopathe de Morris Munson.

— Qu'est-il arrivé à votre chemise ? me demanda Mitchell.

— Quelqu'un a essayé de me brûler vive.

— Les gens sont vraiment cinglés, soupira-t-il en secouant la tête. Il faut avoir des yeux dans le dos, de nos jours.

De la part d'un type qui venait justement de me menacer de mort...

Je pénétrai dans le hall de mon immeuble, ouvrant l'œil au cas où Ranger traînerait dans les parages. Les portes de l'ascenseur s'ouvrirent et je jetai un regard furtif à l'intérieur : vide. Je ne savais pas si j'étais soulagée ou déçue. Le couloir était désert lui aussi. Malheureusement, pas mon appartement. Mamie émergea de la cuisine à l'instant où j'ouvris la porte d'entrée.

— Juste à temps, fit-elle. Les côtelettes de porc sont prêtes, il n'y a plus qu'à passer à table. Et j'ai fait aussi des pâtes au fromage. Mais on n'a pas de légumes parce que, comme ta mère n'est pas là, je me suis dit qu'on pouvait manger ce qu'on voulait.

Elle avait mis la table au salon avec des vraies assiettes, des couteaux, des fourchettes et des serviettes en papier pliées en triangle.

— Ouah, m'exclamai-je. C'est sympa d'avoir préparé le dîner.

— J'aurais pu mieux faire, mais tu n'as qu'une casserole. Où est passée toute la batterie Lagostina que tu avais reçue pour ton mariage ?

— Je l'ai balancée quand j'ai trouvé Dickie en train de… tu sais, avec Joyce.

Mamie apporta à table les pâtes au fromage.

— Oui, dit-elle, je peux comprendre.

Elle s'assit et se servit une côtelette avant de reprendre :

— Il faut que je me grouille. Avec Melvina, on n'a pas eu le temps de passer au salon funéraire cet après-midi, donc on y va ce soir. Tu es la bienvenue, si tu veux nous accompagner.

Juste après m'enfoncer une fourchette dans l'œil, mon activité préférée dans la vie est d'aller rendre visite à des cadavres.

— Merci, mais j'ai du travail, ce soir. Je fais une planque pour un ami.

— Dommage, dit ma grand-mère. Ça promet d'être une très bonne soirée.

Après le départ de mamie, je me mis à regarder une énième rediff des *Simpsons*, puis de *Une nounou d'enfer*, et enfin une demi-heure de hockey sur glace, histoire de m'empêcher de penser à Ranger. Il y avait, lové dans un recoin de mon cerveau, un vilain doute quant à son innocence dans le meurtre de Ramos. Le reste de mon esprit était accaparé par l'angoisse qu'il puisse se faire descendre ou arrêter avant qu'on n'ait retrouvé le vrai tueur. Et pour compliquer encore un peu plus les choses, j'avais accepté de faire de la surveillance pour son compte. Ranger était le chasseur de primes numéro un de Vinnie, mais il était aussi engagé dans toutes sortes d'activités lucratives, dont certaines étaient même légales. J'avais déjà travaillé pour lui par le passé, avec différents degrés de réussite. Finalement j'avais rayé mon nom de son agenda professionnel, décidant qu'il n'était dans l'intérêt de personne que nous collaborions. Apparemment, le moment était pourtant venu de faire une exception. Même si je ne voyais pas très bien pourquoi il s'était adressé à moi en particulier. Je n'étais pas spécialement compétente. D'un autre côté, j'étais réputée fiable et assez chanceuse, sans parler du fait que je n'étais pas trop chère.

A la tombée du jour, je changeai de tenue : short de jogging en stretch noir, tee-shirt assorti, baskets, sweat à capuche noir et, pour compléter l'uniforme, petite bombe lacrymo de poche. Si je me faisais prendre en flagrant délit d'espionnage, je pourrais toujours prétendre que j'étais en train de faire mon jogging. Tous les voyeurs pervers de la région utilisaient cet alibi faiblard, et ça marchait à coup sûr.

Je donnai à Rex un bout de fromage en lui expliquant que je serais de retour quelques heures plus tard. Sur le parking, je commençai à chercher des yeux une Honda Civic avant de me rappeler qu'elle avait cramé. Alors je me mis à chercher la Rollswagen, mais ce n'était pas ça non plus. Pour finir, avec un soupir de découragement, j'ouvris la portière de la Buick.

Fenwood Street était plutôt sympa, de nuit. Les lumières étaient allumées aux fenêtres, de petites loupiotes éclairaient les allées privées qui conduisaient jusqu'aux maisons. La rue était déserte.

Bien que les rideaux fussent toujours fermés chez Hannibal Ramos, on voyait de la lumière derrière. Je fis le tour du pâté de maisons une première fois avant de garer la Buick un peu après le petit chemin que j'avais déjà emprunté plus tôt dans la journée.

J'entrepris de faire des étirements et quelques petites foulées sur place au cas où quelqu'un aurait été en train de m'observer en se demandant ce que je foutais là. Puis je démarrai mon jogging tranquillement et atteignis bientôt la piste cyclable qui passait derrière les maisons. Il y avait moins de lumière ambiante qui filtrait à travers les arbres de ce côté-ci, et il me fallut un moment pour accommoder mes yeux à l'obscurité. Chaque propriété avait une porte donnant sur le jardin, et j'avançai prudemment le long du sentier en comptant les portes jusqu'à parvenir à la maison d'Hannibal. A l'étage, les fenêtres étaient éteintes, mais celles du rez-de-chaussée donnant sur le jardin laissaient s'échapper un halo lumineux.

J'essayai à tout hasard d'ouvrir la grille du jardin : fermée. Le mur d'enceinte faisait plus de deux mètres de haut. La brique était lisse, impossible à escalader. Aucune prise pour les mains ni les pieds. Je regardai autour de moi pour trouver un endroit où grimper. Rien. A part un arbre qui poussait au pied du mur. Un pin légèrement déformé par la poussée du mur contre ses branches les plus basses. Les branches du haut surplombaient carrément le jardin. Si seulement j'arrivais à monter dans cet arbre, pensai-je, les branchages me dissimuleraient et j'aurais vue sur la maison. J'empoignai une branche à ma portée et me hissai dans l'arbre. Je réussis tant bien que mal à grimper encore un mètre plus haut et découvris enfin le jardin d'Hannibal. Le mur était bordé de fleurs, recouvertes de paillis. Des dalles de pierre irrégulières menaient jusqu'à la maison. Le reste du jardin n'était que de la pelouse.

Comme je m'en doutais, les rideaux n'étaient pas tirés de ce côté-ci. Une double fenêtre donnait sur la cuisine, tandis que de grandes portes vitrées ouvraient directement sur la salle à manger, derrière laquelle on apercevait un bout d'une autre pièce. Sans doute le salon, mais c'était difficile à dire. Je ne voyais personne à l'intérieur.

Je restai assise là un moment, sans rien remarquer d'intéressant. Aucun mouvement chez Hannibal Ramos. Aucun mouvement non plus chez ses voisins. Très soporifique. Personne sur le sentier. Ni promeneurs de chien, ni joggeurs. Trop sombre. C'est ça que j'aime dans la surveillance : il ne se passe jamais rien. Et puis il suffit que vous alliez pisser pour rater un double homicide.

Au bout d'une heure, j'avais les fesses engourdies et des fourmis dans les jambes à force de rester sans bouger. Allez, on remballe, songeai-je. De toute façon, je ne savais même pas ce que j'étais censée trouver.

Comme je me tournais pour descendre de l'arbre, je perdis l'équilibre et m'écrasai par terre. *Boum !* Sur le dos. Dans le jardin d'Hannibal.

La lumière du porche s'alluma aussitôt, et Hannibal sortit en se dirigeant vers moi.

— Qu'est-ce que c'est que ce bordel ? lança-t-il.

Je remuai les doigts et les jambes : tout avait l'air de fonctionner.

Hannibal se pencha au-dessus de moi, les mains sur les hanches, en ayant l'air d'attendre que je lui fournisse une explication.

— Je suis tombée de l'arbre, dis-je.

Oui, on s'en serait douté, vu qu'il y avait des

aiguilles de pin et des brindilles étalées tout autour de moi.

Hannibal ne bougea pas d'un poil.

Je me relevai péniblement.

— J'essayais de faire descendre mon chat, ajoutai-je. Il est perché là-dedans depuis cet après-midi.

Il leva les yeux vers l'arbre.

— Et il y est toujours ? demanda-t-il, visiblement pas très convaincu.

— Je crois qu'il a sauté quand je suis tombée.

Hannibal Ramos avait le bronzage californien et la mollasserie du pantouflard qui passe ses journées devant la télé. J'avais vu des photos de lui, donc je n'étais pas surprise. Ce que je n'avais pas prévu, en revanche, c'était la profonde fatigue sur son visage. Mais bon, il venait de perdre son frère, ça devait quand même être un sacré coup dur. Il avait des cheveux châtains tout fins et un peu dégarnis sur le devant. Ses yeux me dévisageaient derrière ses lunettes en écaille. Il portait un pantalon de costume gris qui aurait bien eu besoin d'un passage au pressing, une chemise blanche déboutonnée au col et tout aussi froissée. L'homme d'affaires moyen après une dure journée de boulot. Il devait avoir la quarantaine et peu de temps à vivre avant un quadruple pontage coronarien.

— Et je parie qu'il s'est enfui, c'est ça ? renchérit Ramos.

— Mon Dieu, j'espère que non. J'en ai assez de lui courir après.

Je suis une excellente menteuse. Parfois je m'étonne moi-même.

Hannibal ouvrit la grille du jardin et jeta un coup d'œil dans le chemin.

— Mauvaise nouvelle : je ne vois pas de chat à l'horizon.

Je me penchai pour regarder par-dessus son épaule.

— Pssst, minou, minou. Par ici, minou.

Je me sentais assez ridicule, mais je n'avais pas d'autre choix que de persister dans cette voie.

— Vous voulez mon avis ? me lança Hannibal. Je crois qu'il n'y a pas de chat. Je crois que vous étiez dans cet arbre en train de m'espionner.

Je lui décochai un regard de totale incrédulité. Genre : euh… pardon ?

— Ecoutez, dis-je en le contournant pour me rapprocher de la grille. Il faut que j'y aille. Il faut que je retrouve mon chat.

— De quelle couleur est-il ?

— Noir.

— Bonne chance.

Je fis mine de vérifier sous deux ou trois bosquets en avançant le long du sentier.

— Pssst, minou, minou.

— Vous devriez peut-être me laisser votre nom et votre numéro de téléphone, me suggéra Hannibal. Au cas où je le retrouve.

Nous nous regardâmes dans les yeux pendant quelques secondes, et mon cœur trébucha dans ma poitrine.

— Non, lui répondis-je enfin. Je ne préfère pas.

Et je déguerpis aussitôt, dans l'autre direction que celle par où j'étais arrivée.

Une fois à l'extrémité du sentier, je repris la rue en sens inverse pour rejoindre ma voiture. Après avoir traversé la chaussée, je restai debout dans la pénombre quelques minutes, les yeux rivés sur la maison d'Hannibal, plongée dans mes pensées. Si j'avais croisé ce type dans la rue, je l'aurais pris pour un vendeur en assurances. Ou peut-être pour un cadre moyen d'une entreprise quelconque. Qu'il puisse être le prince héritier du trafic d'armes international ne m'aurait pas effleuré l'esprit.

Une veilleuse s'alluma à une fenêtre de l'étage. Le prince héritier était sans doute en train d'enfiler une tenue plus confortable. Trop tôt pour aller se coucher, et les lumières étaient toujours allumées au rez-de-chaussée. Je m'apprêtais à partir lorsqu'une voiture déboula du bout de la rue et tourna dans l'allée privée d'Hannibal.

Une femme au volant. Pas vu sa tête. La portière côté conducteur s'ouvrit et une immense jambe habillée d'un bas en sortit la première, suivie d'une silhouette de bombe atomique en tailleur sombre. Cheveux blonds courts. Sacoche sous le bras.

Je notai le numéro de la plaque sur le carnet que j'avais toujours dans ma besace, sortis mes mini-jumelles de la boîte à gants et me faufilai de nouveau derrière la maison par la piste cyclable. Rebelote. Tout était calme. Hannibal pensait sans doute m'avoir suffisamment impressionnée pour me faire fuir. Parce que enfin quel imbécile serait assez cinglé pour essayer de l'espionner deux fois de suite dans la même soirée ?

L'imbécile de service, justement.

Je grimpai dans l'arbre en m'efforçant de faire le moins de bruit possible. Plus facile, cette fois ; je savais où je mettais les pieds. Je retrouvai mon perchoir et dégainai mes jumelles. Malheureusement, il n'y avait pas grand-chose à voir. Hannibal et sa visiteuse se trouvaient dans le salon. Je voyais bien un bout du dos d'Hannibal, mais la femme était, elle, complètement invisible. Au bout d'un moment, je perçus le bruit étouffé de la porte d'entrée qui se refermait et d'une voiture qui démarrait.

Hannibal passa dans la cuisine, prit dans un tiroir un couteau dont il se servit pour ouvrir une enveloppe. Il en sortit une lettre et la lut. Aucune réaction. Après avoir soigneusement remis la lettre dans l'enveloppe, il la posa sur le bar.

Il se tourna alors vers la fenêtre, apparemment perdu dans ses pensées. Puis il s'avança vers la porte de service, l'entrouvrit et fixa des yeux l'arbre où je me trouvais. Je m'immobilisai, sans même oser respirer. Il ne peut pas me voir, songeai-je. Il fait noir, dans l'arbre. Ne bouge pas et il va rentrer. Faux, faux, faux. Il tendit un bras devant lui, une torche électrique s'alluma, et j'étais faite comme un rat.

— Pssst, minou, minou, dis-je en mettant une main en visière pour me protéger les yeux.

Il leva son autre main, et je vis le revolver.

— Descendez de là, ordonna-t-il en avançant dans ma direction. Doucement.

Ouais, c'est ça. Je *dégringolai* de l'arbre, cassant des branches sur mon passage, et quand je touchai le sol mes pieds étaient déjà en train de courir.

Zing ! Le son inimitable d'une balle tirée avec un silencieux.

En général, je ne me considère pas comme quelqu'un de rapide, mais je parcourus cette piste cyclable à la vitesse de la lumière. Je me précipitai directement vers la voiture, plongeai sur la banquette et démarrai aussi sec.

Je vérifiai mon rétro plusieurs fois pour m'assurer que je n'étais pas suivie. En approchant de mon immeuble, je descendis Makefield Avenue, tournai le coin, coupai les phares et attendis un moment. Aucune voiture en vue. Je rallumai mes feux en constatant que mes mains ne tremblaient presque plus. Décidant que c'était bon signe, je rentrai chez moi.

Alors que je pénétrais sur mon parking, je surpris Morelli dans la lumière de mes phares. Il était appuyé

Je sentis mes muscles pelviens se contracter.

— Bon, conclut mamie. En tout cas, moi je vais m'en couper une part. J'ai une de ces fringales ! Les veillées funèbres, ça me met toujours en appétit.

La fenêtre se referma, et Mamie Mazur disparut.

— Tu ne viens pas chez moi, si je comprends bien, récapitula Morelli.

— Tu as du gâteau ?

— J'ai mieux que ça.

C'était vrai. Je le savais pour y avoir déjà goûté.

La fenêtre se rouvrit, et mamie ressortit la tête.

— Stéphanie, téléphone ! Tu veux qu'il te rappelle plus tard ?

Morelli haussa les sourcils.

— *Il ?*

On pensait tous les deux la même chose : Ranger.

— Qui c'est ? demandai-je.

— Un certain Brian.

— Ça doit être Brian Simon, expliquai-je à Morelli. J'ai dû le supplier pour qu'il accepte de laisser Carole Zabo tranquille.

— C'est au sujet de Carole Zabo ?

— Ben, j'espère !

C'était ça, ou bien Brian Simon réclamait son dû.

— J'arrive, criai-je à mamie. Prends son numéro et dis-lui que je le rappelle.

— Tu me brises le cœur, soupira Morelli.

— Ma grand-mère n'est là que pour quelques jours encore, ensuite on pourra faire la fête.

— Quelques jours encore, et je me serai rongé le bras.

— Ah, ça devient grave, alors.

— Tu en doutais ?

Il m'embrassa, et en effet je ne doutais plus de rien. Alors qu'il avait la main sous ma chemise et sa langue enfoncée dans ma bouche, j'entendis quelqu'un émettre un sifflement admiratif.

Mme Fine et M. Morgenstern étaient penchés à leur fenêtre, attirés par le dialogue crié entre ma grand-mère et moi. Ils se mirent tous les deux à applaudir et à faire des petits hululements.

Mme Benson ouvrit sa fenêtre à son tour.

— Qu'est-ce qui se passe ? voulut-elle savoir.

— Du porno sur le parking, répondit M. Morgenstern.

Morelli me considéra d'un œil avide.

— C'est bien possible, dit-il.

Je pivotai et courus vers la porte de l'immeuble puis dans l'escalier. Après m'être coupé une tranche de gâteau, je téléphonai à Simon.

— Alors, qu'est-ce qu'il y a ? lui demandai-je.

— J'ai besoin d'un service.

— Je ne fais pas de sexe par téléphone.

— Il ne s'agit pas de ça. Mince, qu'est-ce qui t'a mis une idée pareille dans la tête ?

— Je ne sais pas. Ça m'est venu comme ça.

— C'est pour mon chien, en fait. Je dois m'absenter quelques jours, et je n'ai personne pour le garder. Alors, comme tu me dois un service…

— Mais j'habite en appartement ! Je ne peux pas avoir de chien.

— C'est juste pour quelques jours. Et il est très sympa.

— Pourquoi tu ne le mets pas dans un chenil ?

— Il déteste les chenils. Il refuse de s'alimenter et il est tout déprimé.

— C'est quoi, comme chien ?

— Un petit chien.

Bon sang.

— Et c'est seulement pour quelques jours, hein ?

— Je te le dépose demain matin tôt et je reviens le chercher dimanche.

— Ecoute, je ne sais pas... Ce n'est pas vraiment le bon moment. J'ai ma grand-mère qui habite avec moi.

— Il adore les vieilles dames. Je te jure. Ta grand-mère va l'adorer.

Je jetai un coup d'œil à Rex. Je n'aurais pas du tout aimé le voir tout déprimé et refusant de s'alimenter. Alors, d'une certaine façon, je comprenais ce que Simon pouvait ressentir.

— Bon, d'accord, finis-je par dire. A quelle heure demain ?

— Vers 8 heures ?

J'ouvris les yeux et me demandai quelle heure il pouvait bien être. J'étais allongée sur le canapé, il faisait nuit noire dehors et je sentais une odeur de café. Désorientée, je fus un instant prise de panique. Mes yeux se posèrent sur le fauteuil en face du canapé, et je me rendis compte que quelqu'un était assis dedans. Un homme. Difficile à distinguer dans le noir. Je m'arrêtai de respirer instantanément.

— Comment ça s'est passé, ce soir ? s'enquit-il. Tu as appris des trucs intéressants ?

Ranger. Inutile de lui demander comment il avait fait pour entrer chez moi alors que toutes les portes et les fenêtres étaient fermées à clé. Ranger avait ses méthodes.

— Quelle heure est-il ?

— Trois heures.

— Ça ne te viendrait pas à l'esprit que certaines personnes puissent dormir à cette heure de la nuit ?

— Ça sent la pinède, ici.

— C'est moi. J'étais dans le pin derrière la maison

d'Hannibal, et je n'arrive pas à faire partir la sève. J'ai les cheveux tout collés.

Je vis Ranger sourire dans la pénombre. Et je l'entendis rire doucement.

Je me redressai sur le canapé.

— Hannibal a une copine, déclarai-je. Elle est arrivée à 22 heures dans une BMW noire. Elle est restée avec lui pendant une dizaine de minutes, elle lui a remis une lettre et elle s'est tirée.

— Elle était comment ?

— Blonde, cheveux courts, mince. Bien habillée.

— Tu as noté son numéro d'immatriculation ?

— Ouais. Mais j'ai pas encore eu le temps de me renseigner.

Il but une gorgée de son café.

— Et à part ça ?

— Je crois qu'il m'a vue.

— Tu crois ?

— Je suis tombée de l'arbre dans son jardin.

Le sourire s'effaça.

— Et ?

— Et je lui ai dit que je cherchais mon chat, mais je ne suis pas sûre qu'il m'ait crue.

— Pourtant, s'il te connaissait mieux…

— Ensuite, la seconde fois qu'il m'a vue dans l'arbre, il a sorti un flingue, alors j'ai sauté et je me suis enfuie.

— Bonne initiative.

— Hé, dis-je en me tapotant la tête du bout de l'index. Y en a là-dedans.

Ranger souriait de nouveau.

5

— Je croyais que tu ne buvais pas de café, dis-je à Ranger. Que ton corps était un temple, tout ça…

Il sirota une gorgée.

— C'est mon nouveau camouflage. Ça va avec la coupe de cheveux.

— Tu vas les laisser repousser ?

— Sans doute.

— Et tu arrêteras de boire du café ?

— Tu poses beaucoup de questions, Steph.

— J'essaye juste de comprendre.

Il était avachi dans le fauteuil, une jambe étendue en avant, les bras sur les accoudoirs, les yeux rivés sur moi. Il posa son gobelet sur la table basse, se leva et s'approcha du canapé. Puis il se pencha et me déposa un baiser sur les lèvres.

— Parfois, il vaut mieux garder le mystère, dit-il.

Et il s'éloigna vers la porte.

— Attends une seconde ! m'exclamai-je. Je suis censée continuer à surveiller Hannibal, ou quoi ?

— Tu crois que tu peux y arriver sans te faire tirer dessus ?

Je lui fis une grimace dans le noir.

— Je te vois, fit-il remarquer.

— Morelli veut te parler.

— Je l'appellerai demain, peut-être.

La porte s'ouvrit et se referma. Ranger était parti. Je m'approchai sur la pointe des pieds pour regarder par le judas. Plus de Ranger en vue. Après avoir remis en place la chaîne de sécurité, je retournai jusqu'au canapé. Je redonnai un peu de volume à mon oreiller et me glissai sous l'édredon.

Alors je repensai au baiser. Comment étais-je censée le prendre ? Amicalement, sans doute. C'était un baiser amical. Sans la langue. Sans pelotage. Sans gémissements de passion. Un baiser amical, voilà. Sauf que je ne l'avais pas du tout trouvé amical. Je l'avais trouvé… sexy.

Et merde !

— Tu veux quoi, pour le petit déj ? me demanda mamie. Un bon porridge tiède, ça te dirait ?

Si ça ne tenait qu'à moi, j'aurais fini le gâteau à la crème.

— Très bien, répondis-je. Du porridge, bonne idée.

Je me servis un bol de café, et quelqu'un frappa à la porte. A peine avais-je ouvert qu'un énorme truc orange bondit dans l'appartement.

— Nom d'un chien ! m'exclamai-je. Qu'est-ce que c'est que ça ?

— Un golden retriever, me répondit Simon. Enfin, principalement.

— Il n'est pas un peu gros pour un golden retriever ?

Simon traîna dans mon entrée un sac de vingt kilos de nourriture pour chiens.

— Je l'ai eu à la fourrière, c'est ce qu'ils m'ont dit en tout cas. Golden retriever.

— Tu m'avais dit que c'était un petit chien.

— Je t'ai menti. Mais qu'est-ce que tu peux y faire, maintenant ?

Le chien se précipita dans la cuisine, fourra son nez entre les cuisses de ma grand-mère et se mit à renifler un grand coup.

— La vache, fit mamie. On dirait que mon nouveau parfum a du succès. Je vais devoir l'essayer aux réunions du club de vieux.

Simon tira le chien en arrière et me tendit un sac en papier kraft.

— Voilà ses affaires. Deux gamelles, des friandises pour chiens, un os en plastique, une brosse et son ramasse-crottes.

— Son ramasse-crottes ? Hé, attends une minute…

— Je dois y aller, coupa Simon. J'ai un avion à prendre.

— Comment s'appelle-t-il ? lui hurlai-je dans le couloir.

— Bob.

— Ça alors, c'est quelque chose, s'extasia ma grand-mère. Un chien qui s'appelle Bob.

Je remplis d'eau une des gamelles de Bob et la posai par terre dans la cuisine.

— Il reste seulement quelques jours, indiquai-je. Simon revient le chercher dimanche.

Mamie visa le sac de nourriture.

— Ça fait un gros sac, pour seulement quelques jours, tu ne trouves pas ?

— Peut-être qu'il mange beaucoup.

— S'il mange tout ça en deux jours, c'est pas d'un ramasse-crottes dont tu vas avoir besoin. C'est d'une tractopelle.

Je décrochai la laisse de Bob que je suspendis à une patère.

— Allez, Bob, lançai-je, c'est pas si grave. J'ai toujours voulu un golden retriever.

Bob remua la queue en nous regardant à tour de rôle, mamie et moi.

Ma grand-mère nous servit une louche de porridge à chacun. Elle et moi emportâmes nos bols dans la salle à manger tandis que Bob mangeait le sien à la cuisine. Lorsque nous revînmes toutes les deux, la gamelle de Bob était vide. La boîte du gâteau aussi.

— J'ai l'impression que c'est un gourmand, fit observer mamie.

J'agitai un doigt sous la truffe de Bob.

— C'est malpoli, ce que tu viens de faire. Et en plus, tu vas grossir.

Bob remua la queue.

— Il n'a pas l'air très fute-fute, ajouta mamie.

Assez fute-fute pour bouffer le gâteau.

Mamie avait une leçon de conduite à 9 heures.

— Je pense que je ne vais pas rentrer de la journée, dit-elle. Alors ne t'inquiète pas si tu ne me vois pas. Après ma leçon, je vais faire des courses avec Louise Greeber. Et ensuite on va visiter d'autres appartements. Si tu veux, je peux passer prendre de la viande hachée pour ce soir. Je pensais peut-être faire un pain de viande à dîner.

Bouffée de culpabilité à l'horizon. C'était toujours mamie qui faisait la cuisine.

— C'est mon tour, déclarai-je. Je m'occupe du pain de viande.

— J'ignorais que tu savais faire les pains de viande.

— Bien sûr ! Je sais faire des tas de trucs.

Mensonge éhonté. Je suis nulle en cuisine.

Je donnai une petite friandise à Bob et sortis en même temps que mamie. Au milieu du couloir, elle s'arrêta net.

— C'est quoi, ce bruit ? demanda-t-elle.

Nous tendîmes l'oreille. Bob hurlait de l'autre côté de ma porte.

Ma voisine, Mme Karwatt, passa la tête dans le couloir.

— C'est quoi, ce bruit ?

— C'est Bob, expliqua mamie. Il n'aime pas rester seul à la maison.

Dix minutes plus tard, j'étais sur la route avec Bob sur le siège avant, la gueule penchée par la fenêtre ouverte, les oreilles battant au vent.

— Oh oh, fit Lula en nous voyant entrer dans le bureau. Qui c'est ?

— Il s'appelle Bob. Je le garde pour dépanner un copain.

— Ah ouais ? Et c'est quelle race ?

— Un golden retriever.

— On dirait qu'il est resté trop longtemps sous le sèche-cheveux.

Je lui lissai la tête pour aplatir les poils.

— Il avait la gueule à la fenêtre.

— C'est mieux comme ça, approuva Lula.

Je détachai Bob de sa laisse et il se précipita aussitôt vers Lula, à qui il refit le coup de lui renifler l'entrejambe.

— Hé ! s'exclama Lula. Recule, tu mets de la bave sur mon pantalon neuf.

Elle lui tapota gentiment la tête avant d'ajouter :

Depuis le poste de Connie, j'appelai mon amie Marilyn Truro au service des immatriculations automobiles.

— J'ai besoin d'identifier une plaque, annonçai-je. Tu as du temps ?

— Tu plaisantes ? J'ai quarante personnes qui font la queue à mon bureau. Si elles me voient bavarder au téléphone, elles vont péter les plombs.

Elle continua en baissant la voix :
— C'est pour une enquête ? C'est pour un meurtre, ou quoi ?
— J'ai peut-être une piste pour le meurtre de Ramos.
— Arrête, tu déconnes ? C'est trop cool !
Je lui donnai le numéro de la plaque.
— Ne quitte pas, dit-elle.
J'entendis des cliquetis d'ordinateur, et Marilyn reprit le combiné.
— La plaque appartient à Terry Gilman. Elle ne bosse pas pour Vito Grizolli, par hasard ?
J'en fus muette l'espace d'un instant. Terry Gilman était numéro deux sur la liste de mes ennemis, juste après Joyce Barnhardt. Elle était *sortie* avec Joe au lycée, pour ne pas dire plus, et j'avais le sentiment qu'elle ne serait pas contre l'idée de remettre ça. Terry travaillait désormais avec son oncle Vito Grizolli, ce qui compromettait quelque peu ses vues sur Joe, vu que le boulot de Joe consistait à éradiquer le crime, et celui de Vito à le produire.
— Ah ah, lança Lula. Ai-je bien entendu ? Est-ce que tu serais en train de fourrer ton gros nez dans l'affaire Ramos ?
— Ben, c'est-à-dire que je suis tombée par hasard sur…
Lula écarquilla les yeux.
— Tu bosses pour Ranger !
Vinnie surgit de son bureau.
— C'est vrai ? Tu bosses pour Ranger ?
— Non. Ce n'est pas vrai. Il n'y a pas une once de vérité dans tout ça.
Ben quoi ? Un mensonge de plus ou de moins…
La porte d'entrée s'ouvrit en grand et Joyce Barnhardt déboula comme une furie.
— Espèce de salope ! me hurla Joyce. Tu m'as

foutue exprès sur une fausse piste. Ranger n'a pas de sœur qui travaille à la fabrique de manteaux sur Macko Street.

— Elle a peut-être changé de boulot, suggérai-je.

— Ouais, c'est vrai, approuva Lula, les gens n'arrêtent pas de changer de boulot.

Le regard de Joyce se posa sur Bob.

— Qu'est-ce que c'est que ça ?

— C'est un chien, répondis-je en raccourcissant sa laisse.

— Pourquoi il a les poils en l'air comme ça ?

Venant d'une nana qui se rajoute dix centimètres en se crêpant les cheveux…

— Et à part la fausse piste, intervint Lula, tu avances, sur le cas Ranger ? Tu l'as retrouvé ?

— Pas encore, mais je progresse.

— Moi, je crois que tu nous baratines, rétorqua Lula. Je parie que t'as que dalle.

— Et moi, je parie que t'as des bourrelets.

Lula se pencha en avant.

— Ah ouais ? Et si je jette un bâton, tu vas le chercher et tu me le rapportes ?

Bob remua la queue.

— Tout à l'heure, lui dis-je.

Vinnie ressortit de son bureau.

— Qu'est-ce qui se passe, bon sang ? On s'entend plus penser !

Lula, Connie et moi échangeâmes un regard en nous mordant la lèvre pour ne pas éclater de rire.

— Vinnie ! couina Joyce, pointant ses bonnets C dans sa direction. T'as l'air en forme, dis-moi.

— Ouais, rétorqua Vinnie, t'as pas l'air mal non plus.

Il aperçut Bob dans la pièce.

— C'est quoi, ce chien avec le brushing raté ?

— On m'en a confié la garde, expliquai-je.
— J'espère qu'on te paye bien, parce que c'est une épave.
Je caressai l'oreille de Bob.
— Moi, je le trouve mignon.
Dans le genre préhistorique.
— Bon, alors, qu'est-ce qui se passe ? enchaîna Joyce. T'as du nouveau pour moi ?
Vinnie réfléchit une seconde, considéra alternativement Connie, Lula et moi, avant de se retirer dans son bureau.
— Rien de nouveau, résuma Connie.
Joyce fixa la porte du bureau de Vinnie en fronçant les sourcils.
— Trouduc.
Vinnie rouvrit la porte et la fusilla du regard.
— Ouais, toi ! persista Joyce.
Vinnie rentra la tête dans son bureau, ferma la porte et tourna le verrou.
— Moisissure, renchérit Joyce avec un grand geste.
Elle pivota sur ses talons aiguilles et sortit en roulant des fesses.
Roulement d'yeux général.
— Et maintenant ? demanda Lula. Vous avez des projets, Bob et toi ?
— Ben, tu sais… quelques petits trucs, par-ci, par-là…
La porte de Vinnie s'ouvrit une nouvelle fois.
— Et qu'est-ce que tu dirais d'un petit Morris Munson, par-ci, par-là ? brailla-t-il. C'est pas une association caritative, ici, au cas où tu ne serais pas au courant !
— Morris Munson est un malade ! hurlai-je en retour. Il a essayé de me brûler vive !
Vinnie se planta les mains sur les hanches.
— Et alors, où veux-tu en venir ?
— D'accord, dis-je. D'accord. Je vais m'occuper de

Morris Munson. Après tout, qu'est-ce que ça peut foutre s'il m'écrase avec sa bagnole ? S'il me fait brûler et qu'il me défonce la tête à coups de démonte-pneu ? C'est mon boulot, non ? Dans ce cas, je m'en vais faire mon boulot.

— Voilà, tu as pigé l'idée, répondit Vinnie.

— Attends, me lança Lula. Je ne veux pas rater ça. Je viens avec toi.

Elle enfila une veste et attrapa un sac à main assez grand pour contenir une carabine à canon scié.

— OK, fis-je en voyant le sac. Qu'est-ce que tu as là-dedans ?

— Un Tech-9.

L'arme de défense urbaine numéro un.

— T'as un permis pour porter ça ?

— Pardon ?

— Traite-moi de folle si tu veux, mais je me sentirais beaucoup mieux si tu laissais ton Tech-9 ici.

— Putain, tu sais vraiment comment t'y prendre pour foutre en l'air une bonne occase !

— Tu n'as qu'à me le laisser, proposa Connie. Je peux m'en servir comme presse-papier, ça donnera un certain cachet à ce bureau.

— Hum, grommela Lula.

Dès que j'ouvris la porte d'entrée, Bob bondit dans la rue. Il s'arrêta devant la Buick et resta là, agitant la queue, les yeux brillants d'excitation.

— Regarde-moi ce petit malin, dis-je. Il reconnaît ma voiture après être monté dedans seulement une fois.

— Qu'est-il arrivé à la Rollswagen ?

— Je l'ai rendue au Fournisseur.

Le soleil commençait à monter dans le ciel, dissipant la brume matinale, réchauffant Trenton de ses rayons. Les hommes d'affaires et les commerçants affluaient vers le centre-ville. Les cars de ramassage scolaire étaient revenus sur le parking, où ils attendaient la sortie des classes. Les ménagères du Bourg étaient penchées sur leur aspirateur. Et mon amie Marilyn Truro au service des immatriculations en était à son troisième double déca au lait en se demandant si ça aiderait d'ajouter un second patch de nicotine à celui qu'elle avait déjà sur le bras, tout en imaginant combien ce serait jouissif de pouvoir étrangler la prochaine personne de la file.

Lula, Bob et moi restions silencieux, chacun plongé dans ses pensées, tandis que nous roulions sur Hamilton Avenue en direction de la fabrique de boutons. Je passai mentalement en revue mon équipement. Boîtier paralysant : dans ma poche gauche. Lacrymo : dans ma poche droite. Menottes : accrochées au passant à l'arrière de mon Levi's. Revolver : à la maison, dans la boîte à biscuits. Courage : à la maison, avec le revolver.

— Je ne sais pas pour toi, me dit Lula en arrivant devant chez Munson, mais je n'ai pas l'intention de finir immolée par le feu aujourd'hui. Je vote pour qu'on défonce la porte de ce type et qu'on se jette sur lui avant qu'il ait le temps de dégainer son briquet.

— D'ac, répondis-je.

Bien entendu, je savais d'après nos expériences antérieures que ni l'une ni l'autre n'étions réellement capables de défoncer une porte. Mais bon, ça paraissait quand même un bon plan tant que nous étions enfermées dans la bagnole, au point mort le long du trottoir.

Je fis le tour de la maison, sortis de la voiture pour jeter un œil par la vitre du garage. Pas de véhicule. Merde, dommage. Munson n'était sans doute pas chez lui.

— Y a pas de voiture, annonçai-je à Lula.

— Hum, hum, fit Lula.

Nous refîmes le tour, je garai la voiture devant

l'entrée principale et nous allâmes frapper à la porte. Pas de réponse. Coup d'œil par les fenêtres du rez-de-chaussée. Rien.

— Il est peut-être planqué sous son lit, suggéra Lula. On devrait quand même défoncer sa porte.

Je reculai d'un pas en faisant une arabesque avec la main.

— Après toi, je t'en prie.

— Non, non, répondit Lula. Après toi.

— Mais non, j'insiste.

— Alors ça, jamais de la vie. C'est *moi* qui insiste.

— D'accord, conclus-je, soyons honnêtes. Personne ne va défoncer cette porte.

— Je pourrais très bien le faire si je voulais. Mais c'est juste que j'ai pas envie, là, tout de suite.

— Ouais, c'est ça.

— Tu crois que je ne serais pas capable d'endommager sérieusement cette porte ?

— C'est exactement ce que je sous-entends, oui.

— Pfff !

La porte de la maison voisine s'ouvrit, et une vieille dame sortit la tête.

— Qu'est-ce qui se passe ?

— Nous sommes à la recherche de Morris Munson, indiquai-je.

— Il n'est pas là.

— Ah bon ? Comment le savez-vous ? rétorqua Lula. Comment pouvez-vous être sûre qu'il n'est pas planqué sous son lit ?

— J'étais dans mon jardin quand il est parti en voiture. Je sortais le chien, et Munson est apparu avec une valise à la main. Il a dit qu'il allait s'absenter pendant quelque temps. Pour ce que j'en dis, il pourrait aussi bien s'absenter pour toujours. C'est un barjo. Il a été arrêté pour le meurtre de sa femme, et un imbécile de juge l'a laissé sortir sous caution. Vous vous rendez compte ?

— Allez savoir, soupira Lula.

La femme nous dévisagea plus attentivement.

— Vous êtes des amies, c'est ça ?

— Pas exactement, précisai-je. Nous travaillons pour l'agence de cautionnement judiciaire de Munson.

Je lui tendis ma carte avant d'ajouter :

— S'il refait surface, ce serait gentil de nous prévenir.

— Bien sûr, répondit la vieille dame. Mais j'ai comme l'impression qu'il n'est pas près de refaire surface.

Bob attendait patiemment dans la voiture, et il parut tout content quand nous ouvrîmes les portières pour nous remettre en route.

— Peut-être que Bob veut prendre un petit déj, suggéra Lula.

— Bob a déjà pris son petit déj.

— OK, laisse-moi le reformuler autrement : peut-être que Lula veut prendre un petit déj.

— Tu penses à quelque chose en particulier ?

— Je crois que je me ferais bien un petit déj chez McDo. Un McBacon. Et un milk-shake vanille. Et des frites.

Je démarrai la Buick et me dirigeai vers le drive-in.

— Bonjour, comment ça va ? me lança le vendeur du guichet extérieur. Vous cherchez toujours du boulot ?

— J'y songe.

Je commandai tout en triple exemplaire et allai me garer au bout du parking, histoire qu'on ait le temps de manger tranquillement et de reprendre nos esprits. Bob engloutit son sandwich et ses frites en une seule bouchée. Puis il descendit son milk-shake et se tourna vers la fenêtre d'un air implorant.

— Je crois que Bob a besoin de se dégourdir les jambes, devina Lula.

J'ouvris la portière pour le laisser sortir.

— Ne va pas trop loin.

Bob bondit et se mit à marcher en rond, reniflant occasionnellement le sol.

— Qu'est-ce qu'il fabrique ? demanda Lula. Pourquoi est-ce qu'il marche en rond ? Pourquoi est-ce qu'il… Oh oh, ça ne m'a pas l'air bon signe, tout ça. A mon avis, Bob est en train de nous faire un gros caca au milieu du parking. La vache, regarde-moi ça ! C'est une montagne de caca, oui !

Bob revint à la voiture et s'assit devant la portière en remuant la queue, tout sourires, attendant qu'on lui ouvre.

Je le fis monter, et Lula et moi nous enfonçâmes le plus profondément possible sur nos sièges.

— Tu crois que quelqu'un l'a vu ? m'enquis-je auprès de Lula.

— Je crois que *tout le monde* l'a vu.

— Merde. Je n'ai pas le ramasse-crottes avec moi.

— Ramasse-crottes, mon cul. Hors de question de m'approcher de ce truc, même avec une combinaison intégrale et une pelleteuse mécanique.

— Mais je ne peux quand même pas laisser ça là.

— Tu n'as qu'à rouler dessus, suggéra Lula. Tu vois… tu l'aplatis, quoi.

Je mis le contact, reculai et orientai le capot de la Buick pile en direction du caca.

— Vaut mieux remonter les vitres, fit observer Lula.

— Prête ?

Lula s'arma de courage.

— Prête !

J'appuyai sur la pédale de l'accélérateur et fonçai droit devant.

SPLOSH !

Nous baissâmes les vitres et nous penchâmes dehors pouf contempler le travail.

— Alors, qu'est-ce que t'en dis ? Tu crois qu'on devrait faire un second passage ?

— Ce serait peut-être bien, répondit Lula. Et à ta place, j'oublierais l'idée de trouver du boulot ici.

Je voulais aller jeter un coup d'œil en vitesse chez Hannibal, mais sans mêler Lula à mes histoires avec Ranger. Aussi je lui inventai un bobard comme quoi j'allais passer la journée avec Bob pour faire connaissance, et je la déposai au bureau. Comme je me garais pile devant l'agence, la Lincoln noire vint se ranger juste derrière moi.

Mitchell en sortit et s'approcha de ma portière.

— Encore dans cette vieille Buick ? dit-il en se penchant à la vitre. Ça doit être un record de longévité, pour vous. Et le chien et la grosse dondon, qu'est-ce qu'ils foutent là ?

Lula toisa Mitchell de haut en bas.

— C'est bon, dis-je, je le connais.

— Tu m'étonnes, rétorqua-t-elle. Tu veux que je le bute, ou quoi ?

— Peut-être plus tard.

— Hum.

Elle s'extirpa de la voiture et se dirigea vers l'agence d'un pas tranquille.

— Alors ? reprit Mitchell.

— Alors rien.

— C'est très décevant.

— C'est vrai que vous n'aimez pas Alexander Ramos ?

— Disons qu'on n'est pas dans la même équipe.

— Ça doit pas être facile pour lui, ces temps-ci. Avec la mort de son fils.

— Personne ne va pleurer sa mort, à celui-là. C'était une vraie loque. Un junkie total.

— Et Hannibal ? Lui aussi, il se drogue ?

— Nan, pas Hannibal. Hannibal est un putain de requin.

— Bon, c'est pas tout ça mais faut que j'y aille. J'ai des trucs à faire. Des gens à voir.

— L'autre enturbanné et moi-même n'avons pas grand-chose à faire aujourd'hui, justement. Alors on s'est dit qu'on pourrait vous suivre.

— C'est pas une vie, ça !

Mitchell sourit.

— Et en plus, je n'ai pas envie que vous me suiviez, ajoutai-je.

Il sourit de plus belle.

En relevant les yeux j'aperçus une voiture bleue dans le flot de circulation qui arrivait vers nous sur Hamilton Avenue. On aurait dit une Crown Victoria. Et on aurait dit Morris Munson au volant !

— Fichtre ! hurlai-je tandis que Munson faisait une brusque embardée pour lancer sa voiture vers moi.

— Merde ! s'exclama Mitchell, paniqué, se mettant à danser sur place comme un gros ours de cirque.

Munson donna un coup de volant à la dernière minute pour éviter Mitchell, perdit le contrôle de son véhicule et fonça dans la Lincoln. L'espace d'un instant, les deux voitures semblèrent encastrées l'une dans l'autre. Puis on entendit Munson faire ronfler son moteur, la Crown Victoria bondit en arrière, perdant son pare-chocs au passage, et elle disparut en trombe.

Mitchell et moi nous précipitâmes vers la Lincoln pour aller voir Habib.

— Qu'est-ce que c'était que ce truc, nom d'un petit bonhomme ? gueula ce dernier.

L'aile avant gauche de la voiture était enfoncée dans la roue, et le capot complètement voilé. Habib avait l'air d'aller, mais la Lincoln n'était pas près de redémarrer jusqu'à ce que quelqu'un dégage la roue en dépliant la tôle à l'aide d'un levier. Dommage pour eux. Coup de pot pour moi. Mitchell et Habib ne seraient pas en mode filature avant un bon moment.

— Ce type était cinglé, protesta Habib. J'ai vu ses yeux. C'est un cinglé. Vous avez relevé sa plaque d'immatriculation ?

— Ça s'est passé tellement vite, répliqua Mitchell. Et putain, il me fonçait droit dessus. J'ai cru que c'était moi qu'il visait. J'ai cru… Bon sang, j'ai cru…

— Tu as flippé comme une femmelette, fit remarquer Habib.

— Ouais, renchéris-je. Comme une fille de cochon.

Je me trouvais devant un dilemme. J'aurais vraiment voulu leur dire qui était au volant de cette voiture. S'ils tuaient Munson, j'étais hors de danger. Plus de chemise en flammes. Plus de psychopathe armé d'un démonte-pneu. Malheureusement, je serais plus ou moins responsable de la mort de Munson, et ça ne me mettait pas complètement à l'aise. Mieux valait laisser la justice s'en charger.

— Vous devriez porter plainte, dis-je. Bon, je serais bien restée vous filer un coup de main, mais vous savez comment c'est, hein ?

— Ouais, approuva Mitchell. Des trucs à faire. Des gens à voir.

Il était presque midi lorsque Bob et moi passâmes devant la maison d'Hannibal. Je me garai au coin de la rue et composai le numéro de Ranger afin d'annoncer à son répondeur que j'avais du nouveau pour lui. Puis j'entrepris de me mâchouiller la lèvre inférieure tout en essayant de rassembler suffisamment de courage pour sortir de la voiture et aller espionner Hannibal.

Hé, pas de quoi en faire un plat, me dis-je. Regarde la baraque. Tout a l'air calme. Il n'est pas chez lui. Comme hier. Tu fais le tour, tu jettes un œil, et tu te casses. Rien à craindre.

Allez, j'en suis capable. Grande inspiration. Pensées positives. J'empoignai la laisse de Bob et me dirigeai vers la piste cyclable qui passait derrière la rangée de maisons. En arrivant à la hauteur du jardin d'Hannibal, je m'arrêtai et tendis l'oreille. Pas un bruit. Et en plus, Bob avait l'air de s'embêter. S'il y avait quelqu'un de l'autre côté du mur, Bob aurait paru excité, non ? J'examinai le mur de plus près. Déprimant. Surtout que je m'étais fait tirer dessus lors de ma précédente visite.

Tais-toi, m'enjoignis-je. Pas de pensées négatives. Que ferait Spiderman dans une situation pareille ? Que ferait Batman ? Et Bruce Willis ? Bruce prendrait son élan, poserait un pied sur le mur et passerait par-dessus. J'attachai la laisse de Bob à un bosquet et courus vers le mur. Je réussis à planter une basket à mi-hauteur, m'agrippai à la crête des deux mains, après quoi je tins bon et restai suspendue comme ça un moment. Je pris une profonde inspiration, serrai les dents et tentai de me hisser à la force du poignet… sans parvenir à rien hisser du tout. Merde ! Bruce y serait arrivé, lui. Mais bon, il faut dire que Bruce va sûrement à la gym tous les jours.

Je lâchai prise et retombai au sol. En jetant un coup d'œil vers le pin, je me rendis compte qu'il avait une balle logée dans le tronc. Je n'avais vraiment pas envie de grimper à l'arbre. Je me mis à aller et venir en me faisant craquer les articulations. Et Ranger ? me demandai-je. Tu es censée l'aider, je te signale. Dans la situation inverse, Ranger grimperait à l'arbre pour jeter un coup d'œil.

— Ouais, mais je ne suis pas Ranger, fis-je remarquer à Bob.

Il me considéra d'un air réprobateur.

— OK, d'accord, dis-je. Je vais grimper à ce putain d'arbre.

J'y montai en vitesse, jetai un regard circulaire et, ne remarquant rien de spécial dans la maison ni dans le jardin, redescendis illico. Après avoir détaché Bob, je retournai discrètement jusqu'à la voiture, où je m'installai en attendant que mon téléphone sonne. Au bout de quelques minutes, Bob passa sur la banquette arrière et se mit en position sieste.

Sur le coup de 13 heures, alors que j'attendais toujours que Ranger me rappelle tout en me disant qu'il fallait que j'aille déjeuner, je vis la porte du garage d'Hannibal s'ouvrir et la Jaguar verte en sortir.

Nom d'un chien, la maison n'était donc pas vide !

La porte se referma automatiquement, la Jag tourna dans la direction opposée à moi et disparut au bout de la rue, vers l'autoroute. Difficile de dire qui était au volant, mais j'aurais parié qu'il s'agissait d'Hannibal. Je démarrai aussi sec et fonçai jusqu'au bout de la rue, rattrapant la Jag juste au moment où elle rejoignait la grande route. Je me tenais autant à distance que possible sans risquer de la perdre de vue.

Nous dépassâmes le centre-ville, cap au sud, puis nous prîmes vers l'est sur l'autoroute. Les chevaux ne couraient pas encore sur l'hippodrome de Monmouth, et le parc aquatique de Great Adventure était encore fermé à cette saison. Ce qui en gros limitait les destinations possibles à une seule : la résidence familiale de Deal.

Bob ne laissait rien paraître de son excitation, profondément assoupi sur la banquette arrière. Quant à moi, j'étais loin d'être aussi détendue que lui. Ce n'est pas tellement dans mes habitudes de filer des mafieux en voiture. Même si, techniquement parlant, Hannibal Ramos ne faisait pas partie de la mafia. A vrai dire, je n'en étais pas si sûre, mais d'après ce que j'avais cru comprendre la mafia était une confrérie différente du cartel des armes.

Hannibal quitta l'autoroute et bifurqua sur Parkway, continua vers le nord jusqu'à deux sorties plus loin, puis coupa vers Asbury Park, où il prit à gauche sur Ocean Avenue qu'il suivit jusqu'à la commune de Deal.

Deal est une ville en bord de mer où les jardiniers réussissent à faire pousser de l'herbe malgré l'air salé inhospitalier, où les nounous viennent travailler depuis Long Branch et où la valeur du patrimoine de tout un chacun supplante toutes les questions d'appartenance ethnique. Les maisons sont immenses et parfois isolées au bout d'allées fermées par des grilles. Les résidents sont essentiellement des chirurgiens plastiques et des marchands de tapis. Et le seul événement mémorable qui ait jamais eu lieu à Deal fut l'assassinat du parrain Benny « Cafard » Raguchi au Sea Breeze Motel en 1982.

Hannibal était deux voitures devant moi. Il ralentit et mit son clignotant à droite avant de tourner dans une résidence protégée par un mur d'enceinte et une grille imposante. La demeure en elle-même se trouvait sur une petite dune, de sorte que l'étage et le toit étaient visibles depuis la route, tandis que le reste de la propriété était dissimulé derrière le mur en stuc rose. La grille en fer forgé était toute en volutes extravagantes. Alexander Ramos, trafiquant d'armes international et parfait macho, vivait dans une maison rose derrière un mur rose. Allez savoir. Impossible dans le Bourg, un truc pareil. Habiter une maison rose dans le Bourg serait synonyme de castration.

Sans doute que le stuc rose était très méditerranéen. Et sans doute que pendant l'été, quand les vélums étaient déroulés, les meubles de la véranda débâchés, et que le rivage du New Jersey fondait sous un soleil de plomb, cette maison rose devait fleurer bon la vie. Au mois de mars, en tout cas, on aurait dit qu'elle attendait sa dose de Prozac pour se réveiller. Blême, froide et impassible.

J'aperçus un homme qui descendait de la Jaguar tandis que je passais devant la grille. Mêmes carrure et couleur de cheveux qu'Hannibal, donc c'était sûrement lui. Sauf, bien sûr, si Hannibal m'avait encore vue dans l'arbre, qu'il m'avait ensuite repérée en train d'attendre dans la voiture et qu'il avait un voisin sosie à qui il avait pu demander de se faufiler jusqu'à son garage pour prendre la Jag et venir jusqu'à Deal dans le seul but de me semer.

— Qu'est-ce que tu en penses ? demandai-je à Bob.

Bob souleva une paupière, me considéra d'un œil torve et se rendormit.

Ouais, c'était bien ce que je pensais aussi.

Je continuai à rouler environ quatre cents mètres sur Ocean Avenue, fis demi-tour au milieu de la route et repassai en sens inverse devant la maison rose. Je me garai hors de vue, au coin de la rue suivante. Puis je me coinçai les cheveux sous une casquette Metallica, chaussai des lunettes noires, attrapai la laisse de Bob et me mis en marche vers la résidence Ramos. Deal était une ville civilisée, avec des trottoirs en ciment immaculés conçus tout spécialement pour des nounous à landaus. Très pratiques aussi pour fouiner, déguisé en promeneur de chien.

Je me trouvais à quelques mètres de la grille lorsqu'une limousine noire me dépassa. La grille s'ouvrit et la voiture s'engouffra à l'intérieur. Deux hommes à l'avant. Vitres teintées à l'arrière. Je fis semblant de jouer avec la laisse de Bob, lui donnant l'occasion de renifler un peu dans les parages. La limousine s'arrêta devant le portique de la maison, et les deux hommes à l'avant en descendirent. L'un fit le tour pour sortir des sacs du coffre. L'autre alla ouvrir la portière au passager à l'arrière. Ce dernier paraissait âgé d'une soixantaine d'années. Taille moyenne. Mince. Vêtu d'un manteau et d'un pantalon. Cheveux gris ondulés. A la façon empressée dont les gens s'affairaient autour de lui, je devinai qu'il devait s'agir d'Alexander Ramos. Sans doute venu expressément pour l'enterrement de son fils. Hannibal sortit sur le perron afin d'accueillir son père. Un second Hannibal en version plus jeune et plus mince apparut alors dans l'embrasure de la porte, mais sans descendre les marches. Ulysse, le fils cadet, songeai-je.

Personne ne semblait particulièrement heureux de se retrouver. Compréhensible, bien sûr, vu les circonstances. Hannibal dit quelque chose au vieil homme. Celui-ci se raidit et lui donna une petite tape sur le crâne. Pas une tape méchante, non. Pas assez forte pour lui faire mal. Mais plutôt une sorte de mise au point : *imbécile* !

Pourtant, rétrospectivement, je tiquai en y repensant. Et même à cette distance, je pus voir Hannibal serrer les dents.

6

Voici la question qui m'obséda pendant tout le trajet jusqu'à la maison : si vous étiez un père qui vient de perdre son fils, accueilleriez-vous votre fils aîné avec une tape sur la tête ?

— Hé, qu'est-ce qu'on en sait, après tout ? lançai-je à Bob. Peut-être qu'ils concourent pour le prix de La Famille psychotique de l'année ?

Et, pour être honnête, c'est toujours un grand réconfort de découvrir une famille plus psychotique que la mienne. Quoique ma famille ne soit pas si psychotique que ça, selon les critères du New Jersey.

En arrivant sur la commune d'Hamilton, je fis un saut au supermarché et sortis mon téléphone portable pour appeler ma mère.

— Je suis au rayon boucherie, lui annonçai-je. Je veux faire un pain de viande. Qu'est-ce que j'achète ?

Silence au bout du fil. J'imaginais ma mère en train de faire le signe de croix, se demandant ce qui avait bien pu donner à sa fille l'idée de cuisiner un pain de viande, priant contre tout espoir pour que ce soit *un homme*.

— Un pain de viande, finit-elle par dire.

— C'est pour mamie, précisai-je. Elle veut un pain de viande.

— Bien sûr, répliqua ma mère. Où avais-je la tête ?

Je rappelai ma mère une fois arrivée chez moi.

— Voilà, je suis chez moi. Maintenant, qu'est-ce que je fais avec tous ces trucs ?

— Tu mélanges tout, tu le mets dans un moule à cake et au four à cent quatre-vingts degrés pendant une heure.

— Tu ne m'as pas parlé de moule à cake quand j'étais au supermarché ! gémis-je.

— Tu n'as pas de moule à cake ?

— Ben… Si, bien sûr, j'ai un moule à cake. C'est juste que… Laisse tomber.

— Bonne chance, conclut ma mère.

Rien n'avait échappé à Bob, assis au milieu de la cuisine.

— Je n'ai pas de moule à cake, confiai-je à Bob. Mais bon, on ne va quand même pas se laisser abattre par un détail de ce genre !

Je mis la viande hachée dans un grand saladier, en même temps que les autres ingrédients nécessaires. Je cassai par-dessus un œuf que je regardai glisser sur la surface avant de le crever avec une cuillère.

— Dans le mille ! dis-je à Bob.

Celui-ci remua la queue. Visiblement, il aimait bien les trucs un peu dégueu.

J'écrasai le tout à l'aide de la cuillère, mais l'œuf ne voulait pas se mélanger au reste. Prenant une grande inspiration, je dus me résoudre à y plonger les mains. Après quelques minutes de malaxage manuel, j'obtins une belle bouillie homogène que je modelai en bonhomme de neige. Puis en Humpty Dumpty. Et ensuite je l'aplatis d'un coup de paume. Ainsi étalé, ça ressemblait beaucoup au souvenir que Bob avait laissé sur le parking du McDonald's. Pour finir, je formai deux grosses boulettes de taille égale.

J'avais acheté un gâteau surgelé à la crème de banane pour le dessert. Après l'avoir démoulé dans une assiette, je pus utiliser la barquette en alu pour faire cuire les boulettes géantes.

— Nécessité est mère d'invention, déclarai-je à Bob.

Je plaçai les boulettes au four, coupai quelques patates que je mis à bouillir, puis ouvris une boîte de crème de maïs et la versai dans un bol de façon à n'avoir plus qu'à la réchauffer au micro-ondes au moment de passer à table. Cuisiner n'est pas si compliqué que ça, songeai-je. En fait, c'est un peu comme pour le sexe : parfois ça ne semble pas être une très bonne idée au début, mais une fois dans le feu de l'action…

Je mis le couvert pour deux personnes, et le téléphone sonna au moment où je terminais.

— Yo, *baby*, fit Ranger.

— Yo toi-même. J'ai du nouveau. La voiture qui est venue rendre visite à Hannibal hier soir appartient à Terry Gilman. J'aurais dû la reconnaître quand elle est sortie, mais je ne l'ai vue que de dos, et je ne pensais vraiment pas à elle.

— Elle venait sans doute présenter ses condoléances de la part de Vito.

— Je ne savais pas que Vito et Ramos étaient amis.

— Vito et Alexander coexistent.

— Autre chose, ajoutai-je. Ce matin, j'ai suivi Hannibal jusqu'à la résidence de Deal.

Je racontai alors à Ranger l'épisode du vieil homme dans la limousine, la tape sur la tête et l'apparition sur le perron d'un homme plus jeune que j'imaginais être Ulysse Ramos.

— Comment sais-tu que c'était Ulysse ?

— Juste une supposition. Il ressemblait beaucoup à Hannibal, mais en plus maigre.

Il y eut un moment de silence au bout du fil.

— Tu veux que je continue à surveiller la maison d'Hannibal ? demandai-je.

— Va jeter un œil de temps en temps. Je veux juste savoir si quelqu'un y habite.

— Tu ne trouves pas ça étrange que Ramos frappe son fils ? repris-je.

— J'en sais rien. Dans ma famille on se frappe tout le temps.

Ranger raccrocha, et je restai debout immobile pendant plusieurs minutes en cherchant ce qui m'avait échappé. Ranger ne disait jamais grand-chose, mais il avait eu une légère hésitation et un changement de ton imperceptible qui me faisaient penser que je venais de lui apprendre quelque chose d'intéressant. Je me repassai mentalement notre conversation ; rien d'extraordinaire, en apparence. Un père et deux de ses fils réunis à l'occasion d'une tragédie familiale. La réaction d'Alexander à l'arrivée d'Hannibal m'avait paru bizarre à moi, mais je n'avais pas l'impression que c'était ce qui avait retenu l'attention de Ranger.

Ma grand-mère déboula dans l'appartement en titubant.

— Bon Dieu, quelle journée ! s'exclama-t-elle. Je suis claquée.

— Comment s'est passée ta leçon de conduite ?

— Plutôt pas mal, je pense. Je n'ai écrasé personne. Et je n'ai pas embouti la voiture. Et toi, tu as passé une bonne journée ?

— Pareil que toi.

— Je suis allée au centre commercial avec Louise pour faire notre programme de marche à pied intensive spéciale troisième âge, mais on n'arrêtait pas d'être déconcentrées par les boutiques. Ensuite, après déjeuner, on est allées voir des appartements. J'en ai vu deux ou trois qui me plaisent, mais rien de transcendant. Demain on va visiter des appartements à vendre.

Elle jeta un œil sous le couvercle de la marmite.

— Tu te rends compte ? s'extasia-t-elle. Je rentre à la maison après une dure journée à courir partout, et le dîner est prêt, je n'ai plus qu'à mettre les pieds sous la table ! Un vrai mec.

— J'ai aussi un gâteau à la crème de banane pour le dessert, mais j'ai dû utiliser le moule pour faire cuire le pain de viande.

Mamie ouvrit le frigo et reluqua le gâteau.

— On devrait peut-être le manger maintenant avant qu'il décongèle et qu'il se ramollisse.

Ma foi, je trouvais que ce n'était pas une mauvaise idée, et nous prîmes toutes les deux une part de gâteau en attendant que le pain de viande finisse de cuire.

Enfant, je n'aurais jamais envisagé ma grand-mère comme une personne capable de manger le dessert au début du repas. Sa maison m'avait toujours paru propre et rangée. Les meubles étaient en bois foncé, les fauteuils confortables mais ordinaires. Les repas étaient tout ce qu'il y a de plus traditionnel dans le Bourg, servis à midi pile et le soir à 18 heures tapantes. Chou farci, rôti braisé, poulet grillé, de temps en temps un jambon ou du porc rôtis. Mon grand-père ne voulait pas qu'il en fût autrement. Il avait travaillé dans une aciérie toute sa vie. Il avait des idées bien arrêtées, et il estimait que ma grand-mère ne lui arrivait pas à la cheville. A vrai dire, ma grand-mère m'arrive tout juste au menton, et mon grand-père n'était guère plus grand qu'elle. Mais finalement, je crois que la stature n'a pas grand-chose à voir avec les centimètres.

Récemment, je m'étais mise à réfléchir à ce que ma grand-mère serait devenue si elle n'avait pas épousé mon grand-père. Je me demande si elle aurait commencé plus tôt à manger son dessert avant le plat.

Je sortis les boulettes géantes du four et les posai côte à côte sur une assiette. On aurait dit deux testicules de monstre.

— Regarde-moi ces gros machins, s'exclama mamie. Ça me rappelle ton grand-père, paix à son âme.

Après le dîner, je sortis promener Bob. Les réverbères étaient allumés et les fenêtres des maisons derrière mon immeuble déversaient leur halo lumineux dans la rue. Nous marchâmes quelques centaines de mètres dans un silence confortable. D'ailleurs, c'est l'un des avantages avec les chiens : ils ne parlent pas beaucoup, donc vous pouvez vous contenter de marcher, perdu dans vos pensées, en établissant des listes mentales.

Ma liste se composait comme suit : attraper Morris Munson, m'inquiéter pour Ranger et hésiter pour Morelli. Je ne savais pas trop quoi faire avec Joe. Si j'écoutais mon cœur, j'avais l'impression d'être amoureuse. Si j'écoutais ma tête, je n'en étais pas si sûre. Même si, de toute façon, ça n'avait pas beaucoup d'importance puisque Morelli ne voulait pas se marier. Et moi j'étais là avec le tic-tac de mon horloge biologique et rien d'autre en vue qu'un immense champ d'indécision.

— J'ai horreur de ça ! confiai-je à Bob.

Bob s'arrêta et se retourna pour me regarder pardessus son épaule, genre « Oh eh, c'est quoi le drame, là ? » Mais bon, qu'est-ce qu'il en savait, après tout ? On lui avait coupé les roubignoles quand il était petit, et aujourd'hui il ne lui restait plus qu'un bout de peau qui pendouillait entre ses pattes et un vague souvenir. Bob n'avait pas une mère qui attendait des petits-enfants. Bob n'avait pas toute cette pression sociale !

Quand je rentrai à l'appartement, mamie était endormie devant la télé. Je lui épinglai sur le pull un mot disant que je devais sortir faire un truc, et recommandai à Bob d'être sage et de ne pas bouffer les meubles. Rex était enseveli sous une montagne de copeaux, digérant sa part de gâteau dans un profond sommeil. Tout allait bien au foyer de Stéphanie Plum.

Je roulai directement jusqu'à la maison d'Hannibal. Il était 20 heures, et il semblait bien qu'il n'y eût personne. Mais bon, il semblait toujours ne jamais y avoir personne. Je me garai deux rues plus loin, sortis de la voiture et fis le tour par la piste cyclable. Aucune lumière aux fenêtres. Je grimpai à l'arbre pour jeter un œil dans le jardin. Obscurité totale. Je redescendis donc de mon perchoir et fis demi-tour en pensant que tout ça était quand même assez flippant. Des arbres et des bosquets plongés dans le noir. Pas de lune pour éclairer le chemin. Seule la lueur occasionnelle d'une fenêtre allumée dans une maison voisine.

Je n'aurais pas aimé tomber sur un sale type dans les parages. Munson, par exemple. Ou Hannibal Ramos. Ni peut-être Ranger… même si c'était un sale type assez intriguant dans son genre.

Je vins me garer plus près de la maison d'Hannibal, afin d'avoir une meilleure visibilité. J'inclinai le dossier de mon siège, verrouillai les portières et me mis à attendre.

L'attente ne tarda pas à me paraître interminable. Histoire de passer le temps, je composai le numéro de Morelli sur mon téléphone.

— Devine qui c'est ! lançai-je.

— Mamie est partie ?

— Non. Je travaille, elle est restée à la maison avec Bob.

— Bob ?

— Le chien de Brian Simon. Je le lui garde pendant que Simon est en vacances.

— Simon n'est pas en vacances. Je l'ai vu aujourd'hui.

— Quoi ?

— J'arrive pas à croire que tu aies gobé son histoire de vacances ! s'exclama Morelli. Simon essaye de se débarrasser de ce clebs pratiquement depuis le premier jour.

— Et pourquoi tu ne me l'as pas dit ?

— Je ne pouvais pas savoir qu'il allait te refourguer son chien.

Je fronçai les sourcils.

— Tu te marres ? demandai-je. C'est ton rire que j'entends, là ?

— Non. Je te jure.

Mais c'était bien ça. Ce salaud trouvait ça drôle !

— Il n'y a pas de quoi rire, rétorquai-je. Qu'est-ce que je vais foutre avec un chien ?

— Je croyais que tu avais toujours rêvé d'avoir un chien.

— Ben… Ouais, peut-être un jour. Mais pas maintenant ! En plus il hurle à la mort dès qu'on le laisse seul.

— Où es-tu ? s'enquit Morelli.

— C'est un secret.

— Putain, ne me dis pas que tu es encore en train de planquer devant la maison d'Hannibal !

— Non. Je ne te le dis pas.

— J'ai un gâteau, dit-il. Tu veux passer chez moi prendre une part de gâteau ?

— Tu mens. Tu n'as pas de gâteau.

— Je peux aller en acheter un.

— Je ne dis pas que je suis en train de planquer devant la maison d'Hannibal, mais si c'était le cas, tu crois que ça en vaudrait la peine ?

— Autant que je sache, Ranger peut compter sur une poignée de gens en qui il a confiance, et il les a tous chargés de surveiller la famille Ramos. J'ai repéré quelqu'un devant chez Homer dans le comté d'Hunterdon, et je sais qu'il y a quelqu'un en poste à Deal. Toi, il te fait planquer sur Fenwood… Je n'ai aucune idée de ce qu'il espère trouver, mais à mon avis il sait ce qu'il fait. Il a des infos qu'on n'a pas, sur cette affaire.

— On dirait bien que la maison est vide, ici.

— Alexander est en ville, donc Hannibal est sans doute allé s'installer provisoirement dans l'aile sud de la résidence de Deal.

Morelli marqua une légère pause avant de poursuivre.

— Ranger t'a sûrement demandé de planquer ici parce que c'est sans danger. Comme ça tu as l'impression de te rendre utile et tu ne vas pas aller fourrer ton nez ailleurs, où il se passe des choses plus importantes. A mon avis, tu ferais mieux de laisser tomber et de venir chez moi.

— Bien tenté, mais je ne crois pas, non.

— Ça ne coûtait rien d'essayer, conclut Morelli avant de raccrocher.

Je me recroquevillai pour reprendre ma surveillance. Morelli avait sans doute raison, Hannibal devait habiter à la mer. Mais il n'y avait qu'une façon d'en avoir le cœur net : attendre et observer. A minuit, toujours pas de signe d'Hannibal. J'avais froid aux pieds, et j'en avais marre d'être assise dans la bagnole. Je sortis m'étirer un peu. Un dernier tour derrière la maison, et ensuite je rentrerais.

Je m'engageai sur la piste cyclable avec ma bombe lacrymo à la main. Il faisait nuit noire. Pas une seule lumière allumée. Tout le monde était couché. Arrivée à la grille du jardin d'Hannibal, je levai les yeux vers ses fenêtres. Du verre froid et sombre. J'étais sur le point de rebrousser chemin lorsque je perçus le son étouffé d'une chasse d'eau. Impossible de se tromper sur l'origine du bruit : ça venait bien de chez Hannibal. Un frisson glacé me parcourut l'échine. Quelqu'un vivait là dans le noir. Je restai parfaitement immobile, retenant mon souffle, tous les pores de ma peau aux aguets. Il n'y eut pas d'autre bruit, et aucun autre signe d'une présence humaine dans la maison. Je ne savais pas quelle conclusion en tirer, mais j'étais absolument terrorisée. Je filai sur le chemin à pas de loup, traversai la pelouse jusqu'à ma voiture et déguerpis.

Rex courait dans sa roue lorsque je franchis la porte, et Bob se rua vers moi, les yeux brillants, haletant d'excitation à l'idée d'une caresse sur la tête et peut-être bien d'un truc à se mettre sous la dent. Je dis bonsoir à Rex et lui donnai un grain de raisin. Puis j'en donnai aussi quelques-uns à Bob, qui se mit à remuer la queue si fort que toute la moitié postérieure de son corps balançait de gauche à droite.

Je posai la boîte de raisins sur le bar et passai à la salle de bains. Quand je revins, les raisins avaient disparu. Il ne restait plus qu'un bout tout mâché et gluant de la boîte en carton.

— T'as un problème avec la bouffe, dis-je à Bob. Et crois-en ma vieille expérience, la boulimie n'est pas une solution. Tu vas te retrouver à l'étroit dans ta peau plus tôt que tu ne le penses.

Mamie m'avait déposé un oreiller et une couverture dans le salon. J'enlevai mes chaussures, me glissai sous la couverture et m'endormis en quelques secondes.

Je me réveillai avec une sensation de fatigue et de confusion. Coup d'œil à ma montre : 2 heures. Je plissai les yeux dans l'obscurité.

— Ranger ?

— C'est quoi, ce chien ?

— Je fais du baby-sitting. Apparemment, c'est pas l'idéal comme chien de garde.

— Je crois qu'il m'aurait même ouvert s'il avait trouvé la clé.

— Je sais que ce n'est pas très dur de crocheter une serrure, mais comment tu fais pour la chaîne de sécurité ?

— Secret professionnel.

— Je suis dans la profession.

Ranger me tendit une grande enveloppe.

— Regarde ces photos et dis-moi qui tu reconnais.

Je m'assis, allumai la lampe de chevet et ouvris l'enveloppe. J'identifiai sans peine Alexander Ramos et Hannibal. Il y avait également des clichés d'Ulysse et d'Homer Ramos, ainsi que deux cousins germains. Tous les quatre se ressemblaient beaucoup ; n'importe lequel aurait pu être l'homme que j'avais aperçu sur le perron de la résidence de Deal. Sauf bien sûr Homer, qui était mort. Il y avait aussi une femme, photographiée avec Homer Ramos. Petite, blonde, souriante. Homer avait un bras autour de ses épaules et souriait lui aussi.

— Qui est-ce ? demandai-je.

— La dernière petite copine d'Homer. Elle s'appelle Cynthia Lotte. Elle travaille en ville. Réceptionniste pour quelqu'un que tu connais.

— C'est pas vrai ! Mais oui, maintenant je la reconnais. Elle travaille pour mon ex-mari.

— Ouais, confirma Ranger. Le monde est petit, hein ?

Je racontai à Ranger l'épisode de la maison plongée dans l'obscurité, avec apparemment aucun signe de vie jusqu'au bruit de la chasse d'eau.

— Qu'est-ce que ça veut dire ? l'interrogeai-je.

— Ça veut dire qu'il y a quelqu'un dans la maison.

— Hannibal ?

— Hannibal est à Deal.

Ranger éteignit la lampe et se leva. Il était vêtu de noir de la tête aux pieds : tee-shirt, coupe-vent en Gore-Tex, pantalon rentré dans les bottes, genre militaire. La tenue parfaite du milicien urbain. J'étais prête à parier que n'importe quel type qui se retrouverait face à lui dans une ruelle sombre aurait instantanément le scrotum vide, ses bijoux de famille étant partis faire un tour dans le nord. Et n'importe quelle nana se lécherait les babines en vérifiant que tous ses boutons étaient bien fermés. Il posa son regard sur moi, mains dans les poches, le visage à peine discernable dans la pénombre de la pièce.

— Tu voudras bien aller rendre une petite visite à ton ex et papoter un peu avec Cynthia Lotte ?

— Bien sûr. Et à part ça ?

Il sourit et me répondit d'une voix suave :

— Pas avec ta grand-mère dans la pièce d'à côté.

Aïe aïe aïe.

Une fois Ranger parti, je remis la chaîne de sécurité en place et retournai m'affaler sur le canapé, agitée par des pensées érotiques. Aucun doute sur la question, j'étais une vraie perverse. Je levai les yeux au ciel, mais le plafond me barra le chemin.

— C'est une histoire d'hormones, dis-je à quiconque voudrait bien m'écouter. C'est pas ma faute. J'ai trop d'hormones.

Je me relevai pour boire un verre de jus d'orange. Après quoi je retournai me coucher et continuai à m'agiter de plus belle parce qu'à présent mamie ronflait si fort que je craignais qu'elle n'avale sa langue et ne meure étouffée.

— Quel matin d'enfer ! s'exclama mamie en allant dans la cuisine. Je me taperais bien une part de gâteau !

Je jetai un coup d'œil à ma montre. 6 h 30. Après m'être extirpée du canapé, je m'enfermai dans la salle de bains, où je restai un long moment sous la douche, renfrognée et de mauvais poil. En sortant de la baignoire, je me plantai devant le lavabo pour m'observer dans le miroir. J'avais un gros bouton sur le menton. Putain, il manquait plus que ça, tiens ! Je devais aller voir mon ex-mari avec un bouton sur la gueule. Sans doute la punition de Dieu pour ma lubricité mentale de la veille.

Je songeai au .38 dans la boîte à biscuits. Je serrai le poing, pouce en l'air, index pointé en avant. Puis je plaçai l'index contre ma tempe et prononçai :

— Bang !

Je revêtis une tenue à la Ranger : tee-shirt noir, pantalon noir, bottes noires. Gros bouton sur la gueule. J'avais l'air d'une conne. J'enlevai le tee-shirt noir, le pantalon, les bottes et enfilai à la place un tee-shirt blanc, une chemise à carreaux en flanelle et un jean avec un petit trou entre les jambes dont je me persuadais qu'il était invisible. Voilà une tenue pour quelqu'un avec un bouton.

Mamie était en train de lire le journal lorsque je ressortis de ma chambre.

— D'où tu sors ce journal ? lui demandai-je.

— Je l'ai emprunté au gentil voisin d'en face. Sauf qu'il ne le sait pas encore.

Mamie apprenait vite.

— Je n'ai pas d'autre leçon de conduite avant demain, alors aujourd'hui je vais visiter des apparts à vendre avec Louise. J'ai aussi parcouru les offres d'emploi, et j'ai l'impression qu'il y a des trucs pas mal. J'ai vu des annonces pour des cuisiniers, des femmes de ménage, des maquilleuses et des concessionnaires de voitures.

— Si tu pouvais faire n'importe quel boulot, qu'est-ce que tu choisirais ?

— Facile : je ferais star de cinéma.

— Oui, ça t'irait bien.

— Bien entendu, je ne jouerais que des premiers rôles. Je commence à m'affaisser à certains endroits, mais j'ai encore de jolies jambes.

J'examinai ses jambes qui dépassaient de sa robe. Oui, bon, tout est relatif.

Bob se tenait devant la porte, les genoux serrés. Je lui attachai sa laisse et nous sortîmes tous les deux. Regardez-moi ça, me dis-je, voilà que je me mets à faire du sport de bon matin. Peut-être qu'après deux semaines de Bob je serais devenue si maigre que je devrais changer toute ma garde-robe. Et l'air frais, ça ne peut faire que du bien à mon bouton. Attends, si ça se trouve ça va même le guérir. Si ça se trouve, le bouton aura carrément *disparu* le temps que je rentre à la maison.

Bob et moi marchions à plutôt bonne allure. Alors que nous tournions le coin de la rue pour entrer sur le parking de mon immeuble, nous nous retrouvâmes nez à nez avec Mitchell et Habib, qui m'attendaient dans une vieille Dodge entièrement tapissée de moquette vert pomme. Une enseigne au néon sur le toit de la voiture portait le nom de « Arturo, le roi du tapis ». A côté, la Rollswagen avait l'air raffinée.

— La vache ! m'exclamai-je. Qu'est-ce que c'est que ça ?

— C'est tout ce qu'il y avait de disponible tout de suite, répondit Mitchell. Et si j'étais vous, je n'insisterais pas trop parce que c'est un sujet sensible. A part ça, sans vouloir détourner la conversation ou quoi, on commence à s'impatienter. C'est pas pour vous faire flipper, mais on va être obligés de devenir vraiment méchants si vous ne nous livrez pas votre petit copain assez rapidement.

— C'est une menace ?

— Ben ouais. C'est une menace, confirma Mitchell.

Habib était au volant et portait une grande minerve en mousse. Il hocha faiblement la tête en signe d'approbation.

— Nous sommes des professionnels, insista Mitchell. Ne vous laissez pas duper par notre attitude sympathique.

— Exactement, renchérit Habib.

— Vous comptez me suivre, aujourd'hui ?

— Oui, c'est le plan, répondit Mitchell. J'espère que vous allez faire quelque chose d'intéressant. Je n'ai pas tellement envie de passer la journée au centre commercial à regarder les chaussures pour femmes. Comme je vous l'ai dit, notre patron commence à perdre patience.

— Pourquoi est-ce que votre patron veut Ranger ?

— Ranger a en sa possession quelque chose qui lui appartient, et M. Stolle aimerait en discuter avec lui. Vous n'avez qu'à lui faire passer le message.

J'avais le sentiment qu'une « discussion » avec Arturo Stolle risquait de se terminer par un accident fatal.

— Je lui transmettrai si jamais j'ai de ses nouvelles, dis-je.

— Dites-lui qu'il n'a qu'à rendre ce qu'il a et que tout le monde sera content. Le patron est prêt à passer l'éponge. Sans rancune.

— Hun-hun. Bon, ben je dois y aller, maintenant. A plus tard, les gars.

— Quand vous redescendrez, j'apprécierais beaucoup que vous m'apportiez une aspirine, intervint Habib. J'ai mal au cou avec cette minerve.

— Je ne sais pas pour toi, confiai-je à Bob en pénétrant dans l'ascenseur, mais tout ça me fout un peu les chocottes.

Mamie lisait tout haut une bande dessinée à Rex quand j'entrai dans l'appartement. Bob s'approcha furtivement pour en profiter, et j'emportai le téléphone dans le salon afin d'appeler Brian Simon.

Il répondit au bout de la troisième sonnerie.

— Allô ?

— C'était court, comme voyage, lançai-je.

— Qui est à l'appareil ?

— Stéphanie.

— Comment tu as eu mon numéro ? Je suis sur liste rouge.

— Il est écrit sur le collier de ton chien.

— Ah !

— Donc j'imagine que, puisque tu es rentré, tu vas pouvoir venir chercher Bob.

— J'ai pas mal de trucs à faire, aujourd'hui...

— Aucun problème. Je peux te le déposer. Tu habites où ?

Silence au bout du fil.

— Bon, écoute, voilà, finit par dire Simon. En fait je n'ai pas vraiment envie de reprendre Bob.

— Mais c'est ton chien !

— Plus maintenant. La possession, c'est neuf dixièmes de la loi. C'est toi qui as la bouffe. Le ramasse-crottes. Et le chien. Tu verras, il est très gentil. C'est juste que je n'ai pas le temps de m'en occuper. Et en plus il me fait éternuer. Je crois que je suis allergique.

— Moi je crois que t'es un con, oui !

Simon laissa échapper un soupir.

— Tu n'es pas la première à me le dire.

— Je ne peux pas le garder ici. Il hurle à la mort dès que je sors.

— Je sais bien ! Et si tu le laisses tout seul il bouffe les meubles.

— Quoi ? Comment ça, il bouffe les meubles ?

— Bon, oublie ce que je viens de dire. Je ne voulais pas dire ça. Il ne *bouffe* pas vraiment les meubles. Enfin, disons que grignoter ça ne veut pas vraiment dire bouffer. Et on ne peut même pas dire qu'il grignote réellement… Oh, et puis merde. Bonne chance.

Et il raccrocha. Je refis son numéro, mais il ne répondait plus.

Après avoir rapporté le téléphone à la cuisine, je donnai à Bob son petit déjeuner : un bol de croquettes pour chiens. Quant à moi, je me servis une tasse de café et mangeai un morceau de gâteau. Comme il en restait une part, je l'offris à Bob.

— Tu ne bouffes pas les meubles, pas vrai ? demandai-je.

Mamie était accroupie devant la chaîne météo.

— Ne t'occupe pas du dîner pour ce soir, me dit-elle. On pourra manger les restes de boulettes.

J'approuvai par un pouce tendu en l'air, mais elle était concentrée sur le temps qu'il faisait à Cleveland et ne me vit pas.

— Bon, ben je vais y aller, maintenant, annonçai-je.

Mamie opina du chef.

Elle avait l'air toute reposée. Et moi j'étais crevée. Je ne dormais pas assez. Mes visites nocturnes et les ronflements de ma grand-mère commençaient à se faire sentir. Je me traînai hors de l'appartement et le long du couloir. Mes paupières se fermaient toutes seules alors que j'attendais l'ascenseur.

— Je suis épuisée, glissai-je à Bob. J'ai besoin de plus de sommeil.

Je roulai jusqu'à chez mes parents, et entrai avec Bob. Ma mère était dans la cuisine, occupée à faire une tarte aux pommes en fredonnant.

— C'est Bob, je présume, dit-elle. Ta grand-mère m'a dit que tu avais un chien.

Bob se précipita vers elle.

— Non ! criai-je. T'as pas intérêt !

Bob s'immobilisa à un mètre de ma mère et se retourna vers moi.

— Tu sais très bien de quoi je parle, dis-je à Bob.

— Quel chien bien élevé, s'extasia ma mère.

Je volai un quartier de pomme sur la tarte.

— Est-ce que mamie t'a aussi dit qu'elle ronfle, qu'elle se lève aux aurores et qu'elle regarde la chaîne météo des heures d'affilée ?

Je me servis une tasse de café.

— A l'aide ! implorai-je ma tasse.

— C'est qu'elle doit s'enfiler un petit verre avant d'aller au lit, indiqua ma mère. Elle ronfle toujours quand elle est un peu pompette.

— Impossible, rétorquai-je. Je n'ai pas d'alcool à la maison.

— Regarde dans la penderie. C'est là qu'elle le range, d'habitude. Je n'arrête pas d'enlever des bouteilles vides de son placard.

— Tu veux dire qu'elle en achète elle-même et qu'elle les cache dans son placard ?

— Ce n'est pas *caché* dans le placard. C'est juste là qu'elle les met.

— Est-ce que tu es en train de me dire que mamie est alcoolique ?

— Non, bien sûr que non. Elle picole juste un peu. Elle dit que ça l'aide à s'endormir.

C'était peut-être ça, mon problème. Peut-être que je devrais picoler. L'ennui, c'est que je vomis quand je bois trop. Et quand je commence à boire, j'ai du mal à savoir où est la limite du trop avant de l'avoir déjà franchie. On dirait toujours qu'un verre mène à l'autre, et ainsi de suite.

La chaleur de la cuisine m'enveloppait et s'imprégnait dans ma chemise en flanelle. J'avais l'impression d'être une tarte aux pommes, couchée dans le four, fumante. J'enlevai ma chemise, posai la tête sur la table et m'endormis. Je rêvai que c'était l'été et que je me faisais dorer sur la plage à Point Pleasant. Le sable chaud sous mon corps, le soleil brûlant au-dessus. Ma peau toute bronzée et croustillante comme une pâte à tarte. Quand je me réveillai, la tarte était prête et il flottait dans la maison une odeur délicieuse. Et ma mère avait repassé ma chemise.

— Ça t'arrive de manger le dessert en premier ? lui demandai-je.

Elle me dévisagea d'un air sidéré. Comme si je lui avais demandé si elle se livrait à des sacrifices rituels de chats tous les vendredis sur le coup de minuit.

— Imagine que tu sois toute seule à la maison, développai-je, et qu'il y ait une charlotte aux fraises dans le frigo et un pain de viande au four. Lequel mangerais-tu en premier ?

Ma mère réfléchit une minute, les yeux écarquillés.

— Je ne me rappelle pas avoir jamais dîné toute seule, finit-elle par dire. Je n'arrive même pas à me l'imaginer.

Je boutonnai ma chemise et enfilai ma veste en jean.

— Il faut que j'y aille, déclarai-je. J'ai du travail.

— Tu pourrais venir dîner demain soir, suggéra ma mère. Tu n'as qu'à inviter ta grand-mère et Joseph. Je fais un rôti de porc et de la purée maison.

— D'accord, mais je ne sais pas pour Joe.

Je sortis sur le perron et m'aperçus que la voiture à moquette était garée derrière la Buick.

— Quoi encore ? demanda ma mère. C'est qui, ces types dans la drôle de voiture ?

— Mitchell et Habib.

— Pourquoi est-ce qu'ils sont garés là ?

— Ils me suivent. Mais ne t'inquiète pas, ils sont sympas.

— Comment ça, « ne t'inquiète pas » ? Comment peux-tu dire ça à ta propre mère ? Bien sûr, que je m'inquiète. Ils ont des têtes de gangsters.

Ma mère me poussa pour passer, marcha d'un pas déterminé jusqu'à la voiture et toqua à la vitre.

La vitre se baissa et Mitchell leva les yeux vers ma mère.

— Comment allez-vous ? demanda-t-il.

— Pourquoi est-ce que vous suivez ma fille ?

— Elle vous a dit qu'on la suivait ? Elle n'aurait pas dû. On n'aime pas causer du souci aux mamans.

— J'ai un revolver à la maison, et je m'en servirai si j'y suis contrainte, prévint ma mère.

— Bon sang, madame, répliqua Mitchell, pas besoin de vous exciter comme ça. Qu'est-ce que vous avez tous, dans la famille ? Vous êtes drôlement agressifs. On est juste en train de suivre votre fille gentiment, c'est tout.

— J'ai votre numéro d'immatriculation, avertit ma mère. S'il arrive quoi que ce soit à ma fille, j'avertirai la police.

Mitchell appuya sur un bouton et sa vitre se referma.

— Tu n'as pas de revolver, en vrai ? demandai-je à ma mère.

— J'ai juste dit ça pour leur faire peur, répondit-elle.

— Hum. Bon, merci. Je pense que ça va aller, maintenant.

— Ton père peut très bien faire jouer quelques pistons et te trouver un bon poste à l'usine de cosmétiques. La fille d'Evelyn Nagy travaille là-bas, elle a trois semaines de congés payés.

J'essayai d'imaginer Wonder Woman travaillant à la

chaîne à l'usine de cosmétiques, mais l'image n'arrivait pas bien à s'affirmer.

— J'en sais rien, dis-je. Je ne crois pas avoir un avenir dans les cosmétiques.

Je montai dans la Grande Bleue et saluai ma mère de la main.

Elle jeta à Mitchell un dernier regard menaçant avant de rentrer dans la maison.

— C'est la ménopause, expliquai-je à Bob. Elle s'excite toute seule. Mais c'est pas très grave.

7

Je roulai jusqu'à l'agence avec Mitchell et Habib dans mon sillage.

Alors que Bob et moi franchissions la porte, Lula s'approcha de la fenêtre qui donnait sur la rue.

— On dirait que ces deux abrutis se sont trouvé une nouvelle bagnole.

— Ouais. Ils me collent depuis ce matin. Ils disent que leur employeur s'impatiente au sujet de Ranger.

— Eh ben il est pas le seul, lança Vinnie depuis son bureau. Joyce pédale dans la semoule, et moi je sens un début d'ulcère. Sans parler de tout le pognon que je perds avec Morris Munson. Alors tu ferais bien de te bouger le cul et de me retrouver ce connard.

Avec un peu de chance, Munson était déjà au Tibet à l'heure qu'il était, et je ne le retrouverais *jamais*.

— Du nouveau, à part ça ? demandai-je à Connie.

— Rien qui te fera plaisir.

— Dis-lui quand même, insista Lula. Elle est bien bonne, tu vas voir.

— Hier soir, Vinnie a payé la caution d'un certain Douglas Kruper. Kruper avait vendu une bagnole à une môme de quinze ans, fille d'un de nos illustres sénateurs.

En rentrant chez elle, la gamine s'est fait aligner pour avoir brûlé un feu et conduit sans permis. Et il se trouve que la voiture était volée. Ecoute un peu la suite : la voiture est décrite comme une Rollswagen. Tu ne connaîtrais pas un certain Douglas Kruper, par hasard ?

— Alias le Fournisseur. On était au lycée ensemble.

— Eh ben il va pas pouvoir fournir grand-chose pendant quelque temps.

— Comment a-t-il réagi à son arrestation ? demandai-je à Vinnie.

— Il chialait comme un gosse. C'était immonde. Une honte pour tous les criminels du monde.

Juste par curiosité, j'ouvris l'armoire de classement pour voir si on avait quelque chose sur Cynthia Lotte. Je ne fus pas trop surprise de constater que non.

— J'ai une course à faire en ville, dis-je. Ça ne vous dérange pas que je laisse Bob ici ? Je serai de retour dans une petite heure.

— Tant qu'il ne vient pas dans mon bureau, répondit Vinnie.

— Ouais, rétorqua Lula, tu dirais pas ça si Bob était une chèvre.

Vinnie claqua sa porte et poussa le verrou.

J'expliquai à Bob que je reviendrais pour le déjeuner et filai jusqu'à ma voiture. Au distributeur le plus proche, je retirai cinquante dollars sur mon compte courant ; puis je mis le cap sur Grant Street. Dougie avait chez lui deux cartons de parfum Dolce Vita qui m'avaient paru hors de mes moyens lorsque j'étais venue lui rendre la Rollswagen, mais qui seraient sans doute soldés maintenant qu'il avait des problèmes avec la justice. Non que je sois du genre à profiter des malheurs d'autrui... Mais merde, on parle quand même de Dolce Vita, là.

Il y avait trois voitures garées devant chez Dougie. Je

reconnus celle de mon ami Eddie Gazzara. Eddie et moi avons grandi ensemble. Il est flic, maintenant, marié à ma cousine Shirley la Geignarde. La deuxième voiture portait un écusson de la *Patrolmen Benevolent Association*, le plus grand syndicat de police à New York, et la troisième était une vieille Cadillac d'au moins quinze ans, qui avait toujours sa peinture d'origine et pas un pète de rouille. Je ne voulais pas imaginer les implications, mais elle ressemblait étrangement à la voiture de Louise Greeber. Que pouvait bien faire ici une amie de ma grand-mère ?

L'intérieur de la maison grouillait de gens et de marchandises en tout genre. Dougie passait d'une personne à l'autre, l'air hébété.

— Tout doit disparaître, me dit-il. Je ferme.

Le Mooner était là aussi.

— Hé, mec, c'est vraiment pas juste, me lança-t-il. Cet homme a la responsabilité d'une entreprise. Il a le droit de diriger une entreprise, non ? Je veux dire, où sont passés ses droits civiques ? D'accord, il a vendu une voiture volée à une gosse. Mais bon, ça va, on fait tous des erreurs dans la vie. C'est vrai ou pas ?

— Il faut payer pour ses crimes, rétorqua Gazzara avec une pile de Levi's entre les bras. Combien tu veux pour tout ça, Dougie ?

J'attirai Gazzara à part.

— Il faut que je te parle de Ranger, chuchotai-je.

— Allen Barnes le cherche, il est comme un fou.

— Est-ce que Barnes a des preuves à part la vidéo ?

— J'en sais rien. Je ne suis pas sur le coup. Et il n'y a pas grand-chose qui fuit sur cette affaire-là. Personne ne tient à commettre une erreur avec Ranger.

— Est-ce que Barnes a d'autres suspects en vue ?

— Pas que je sache. Mais comme je t'ai dit, je ne suis pas sur le coup.

Une voiture de police se gara en double file dans la rue, et deux flics en uniforme déboulèrent dans la maison.

— Il paraît qu'il y a une grande braderie, fit l'un des deux. Est-ce qu'il reste des grille-pain ?

Je pris deux bouteilles de parfum dans le carton et donnai à Dougie un billet de dix dollars.

— Tu vas faire quoi, maintenant ? lui demandai-je.

— Je ne sais pas. Je me sens super découragé. Rien ne marche jamais, avec moi. Y a des gens qu'ont vraiment pas de chance.

— Faut garder la tête haute, mec, intervint le Mooner. Tu verras, le vent tournera. Tu devrais faire comme moi. Te laisser porter par le courant.

— Mais je vais en taule ! s'exclama Dougie. Ils m'envoient en taule !

— C'est bien ce que je dis, confirma le Mooner. Le vent finit toujours par tourner. Tu vas en taule, tu n'as plus à t'occuper de rien. Pas de loyer à payer. Pas de courses à faire. Prise en charge des soins dentaires. Et ça, c'est pas rien, mec. Tu ne peux pas cracher dans la soupe avec des soins dentaires gratos.

Nous considérâmes tous le Mooner l'espace d'une minute, réfléchissant à l'opportunité d'une réponse.

Je traversai la maison pour jeter un œil dans l'arrière-cour, mais ne vis ni mamie ni Louise Greeber. Après avoir dit au revoir à Gazzara, je me frayai un chemin au milieu de la cohue pour regagner la porte.

— C'est vraiment sympa de ta part d'être venue soutenir le Dougster, me lança Moon Man comme je partais. Vachement cool, mec.

— Je voulais juste des Dolce Vita, précisai-je.

La Cadillac n'était plus garée dans la rue. La voiture à moquette stationnait à l'angle. Je montai dans la Buick et m'aspergeai d'une petite giclée de parfum pour contrebalancer le bouton sur le menton et mon vieux jean troué dégueulasse. Décidant qu'il me fallait plus que du parfum, je me remis une couche de mascara et redonnai un peu de volume à mes cheveux. Mieux valait avoir l'air d'une pétasse avec un bouton que d'une plouc avec un bouton.

Je me rendis au centre-ville, jusqu'au bureau de mon ex-mari dans le Shuman Building. Richard Orr, avocat au barreau et dragueur de mes fesses. Il était l'un des associés d'un cabinet d'avocats à nom multiple : Rabinowitz, Rabinowitz, Zeller et MesFesses. Je pris l'ascenseur jusqu'au premier étage et cherchai la porte où était inscrit son nom en lettres dorées. Je ne venais pas souvent à son bureau. Le divorce ne s'était pas vraiment passé à l'amiable, et nous n'étions pas du genre à nous envoyer des cartes de vœux à Noël. De temps en temps, il arrivait que nos chemins professionnels se croisent.

Cynthia Lotte était assise à la réception. On aurait dit une pub pour Gap avec son tailleur gris de base et son chemisier blanc. Elle leva les yeux, affolée, lorsque je franchis la porte, m'ayant visiblement reconnue depuis ma dernière visite, au cours de laquelle Dickie et moi avions eu un léger différend.

— Il n'est pas dans son bureau, déclara-t-elle de but en blanc.

Dieu existe donc.

— Et quand sera-t-il de retour ?

— Difficile à dire. Il est au tribunal, aujourd'hui.

Elle ne portait pas d'alliance au doigt. Et elle ne semblait pas accablée de chagrin. A vrai dire, elle avait même l'air carrément heureuse, mis à part le fait que cette foldingue d'ex-femme de Dickie se trouvait dans son bureau.

Je feignis de considérer la réception avec intérêt.

— C'est plutôt mignon. Ça doit être sympa de travailler ici.

— En général, oui.

Ce que j'interprétai par : « presque toujours, sauf à cet instant précis ».

— J'imagine que c'est un bon plan pour une célibataire, repris je. Vous devez rencontrer des tas de mecs.

— Où voulez-vous en venir, exactement ?

— Je pensais simplement à Homer Ramos. Je me demandais si vous l'aviez rencontré ici, au bureau.

Il y eut un silence de plusieurs secondes, pendant lequel j'aurais juré entendre les battements de son cœur. Elle ne disait rien. Je ne disais rien non plus. Je ne pouvais pas savoir ce qui se passait dans sa tête à elle, mais moi je cogitais sérieusement. La question sur Homer Ramos était arrivée de façon un peu plus abrupte que je ne l'avais prévu, et je me sentais limite mal à l'aise. D'habitude, je ne suis malpolie avec les gens que *mentalement*.

Cynthia Lotte se ressaisit et me regarda droit dans les yeux. Elle avait un sourire timide et la voix empreinte de sollicitude.

— C'est pas pour changer de sujet ou quoi, dit-elle, mais vous avez essayé le fond de teint sur ce vilain bouton ?

Je faillis m'étouffer.

— Euh… non. Je ne pensais pas que…

— Vous devriez faire attention, parce que quand ils sont aussi gros, et rouges, et pleins de pus, ça peut laisser une cicatrice.

Mes doigts se portèrent à mon menton sans que j'aie le temps de les en dissuader. Bon sang, elle avait raison. Le bouton avait l'air *énorme*. Il avait grossi. Merde ! Le mode réaction d'urgence s'enclencha aussitôt, et il me souffla le message : « Fuis ! Cours ! »

— Je dois y aller, de toute façon, répondis-je en reculant déjà. Dites à Dickie que je ne voulais rien de spécial. Comme j'étais dans le quartier, je me suis dit que je pouvais passer faire coucou.

Je sortis, descendis l'escalier quatre à quatre et traversai le hall en courant. Je me précipitai dans la Buick et tournai brusquement le rétro vers moi afin de pouvoir observer mon bouton.

Horrible !

Renversée en arrière sur mon siège, je fermai les yeux. Non seulement j'avais un bouton monstrueux, mais Cynthia Lotte m'avait surpassée en dégueulasserie. Je n'avais dégoté aucun tuyau pour Ranger. La seule chose que je savais sur Lotte, c'est que le gris lui allait bien et qu'elle m'avait fait sortir de mes gonds. Une seule allusion à mon bouton et je m'étais enfuie en courant.

Je pivotai pour contempler le Shuman Building en me demandant si Ramos était en affaires avec le cabinet de Dickie. Et si oui, quel genre d'affaires ? Ça paraissait assez logique que Lotte ait rencontré Homer par ce biais-là. Evidemment, elle avait aussi pu le rencontrer dans la rue. L'immeuble de bureaux de la famille Ramos n'était qu'à quelques centaines de mètres.

Je démarrai et ralentis en passant devant l'immeuble Ramos. Le ruban jaune avait été retiré, et j'apercevais des ouvriers dans le hall. L'allée privée qui rejoignait l'entrée de service était encombrée par des camions de chantier.

Je fis demi-tour pour retourner à l'agence, m'arrêtant au passage à la droguerie de la 3e Rue.

— J'ai besoin d'une alarme, indiquai-je au gosse qui tenait la caisse. Rien de très sophistiqué, juste un truc qui me prévienne quand quelqu'un ouvre ma porte. Et arrêtez de fixer mon menton !

— Je ne regardais pas votre menton. Juré. Je n'avais même pas remarqué ce vilain bouton.

Une demi-heure plus tard, j'étais en route pour récupérer Bob à l'agence. Sur le siège à côté de moi était posé un petit sac contenant un genre de détecteur de mouvement pour ma porte. Je me persuadais que c'était nécessaire pour une question de sécurité générale, mais en vérité je savais bien que ça n'avait qu'un seul but : m'alerter chaque fois que Ranger pénétrait dans mon appartement. Et pourquoi avais-je ressenti le besoin d'un tel mécanisme ? Est-ce que ça avait quelque chose à voir avec la peur ? Non. Même si, à certains moments, Ranger pouvait être assez terrifiant. Est-ce que ça avait à voir avec une certaine méfiance ? Non plus. J'avais confiance en Ranger. En fait, j'avais acheté ce machin simplement parce que, pour une fois, je voulais prendre l'avantage. Ça me rendait folle que Ranger puisse entrer chez moi sans même me réveiller.

Je passai en vitesse au Cocorico-Chaud et pris une boîte de nuggets au poulet pour le déjeuner en me disant que c'était ce qu'il y avait de mieux pour Bob. Pas d'os à ronger.

Tous les regards s'illuminèrent lorsque je franchis la porte avec ma boîte de nuggets.

— Bob et moi, on avait justement envie de poulet, déclara Lula. C'est de la télépathie.

J'arrachai le couvercle que je posai par terre avant d'y renverser un petit tas de nuggets pour Bob. J'en gardai un pour moi et tendis le reste à Lula et à Connie. Puis j'appelai ma cousine Bunny à l'agence de crédit.

— Tu as quelque chose sur Cynthia Lotte ? demandai-je.

Une minute plus tard, elle revint avec la réponse.

— Pas grand-chose, dit-elle. Un emprunt récent pour

l'achat d'une voiture. Elle paye ses traites à date fixe. Aucune information négative. Elle vit à Ewing.

Elle marqua une pause un instant avant de reprendre :

— Qu'est-ce que tu cherches ?

— Je ne sais pas. Elle travaille pour Dickie.

— Ah !

Comme si ça expliquait tout.

Je notai l'adresse et le téléphone de Lotte avant de dire adios à Bunny.

Mon coup de fil suivant était destiné à Morelli. Comme il ne répondait à aucun de ses numéros, je laissai un message sur son alphapage.

— C'est marrant, observa Lula. Tu n'avais pas posé les nuggets sur le couvercle de la boîte ? Je n'arrive pas à remettre la main sur ce couvercle.

Nous nous tournâmes vers Bob à l'unisson. Il avait un petit bout de carton collé à la lèvre.

— Putain ! s'exclama Lula. Je suis une débutante, à côté.

— Dis donc, enchaînai-je, est-ce que tu remarques quelque chose d'anormal sur moi ?

— Non, rien à part cet énorme bouton sur le menton. C'est les Anglais qui ont débarqué, c'est ça ?

— C'est le stress !

Je plongeai une main dans ma besace pour y chercher du fond de teint. Torche électrique, brosse à cheveux, rouge à lèvres, chewing-gums, boîtier paralysant, Kleenex, crème pour les mains, bombe lacrymo. Pas de fond de teint.

— J'ai un pansement, suggéra Connie. Tu n'as qu'à essayer de le cacher avec un pansement.

Je me collai donc un pansement sur le menton.

— C'est mieux, confirma Lula. Maintenant on dirait que tu t'es coupée en te rasant.

Génial !

— Avant que j'oublie, ajouta Connie, on a reçu un coup de fil au sujet de Ranger pendant que tu étais au téléphone avec ta cousine. La police a émis un mandat pour son arrestation en rapport avec le meurtre de Ramos.

— Et que dit le mandat ?

— Recherché comme témoin.

— C'est comme ça que ça a commencé pour O.J. Simpson, fit remarquer Lula. Ils le recherchaient juste comme témoin. Et regarde comment ça a tourné.

Je voulais aller jeter un œil chez Hannibal, mais je n'avais pas envie de traîner Mitchell et Habib derrière moi.

— J'ai besoin de créer une diversion, expliquai-je à Lula. Pour me débarrasser de ces types dans la voiture à moquette.

— Tu veux vraiment te *débarrasser* d'eux ? Ou tu veux dire que tu ne veux pas qu'ils te suivent.

— Je ne veux pas qu'ils me suivent.

— Ben, c'est facile.

Elle sortit un .45 de son tiroir.

— J'ai qu'à leur crever un ou deux pneus.

— Non ! Pas d'armes à feu !

— Toi et tes principes débiles, pesta Lula.

Vinnie passa la tête par la porte de son bureau.

— Et le coup de la merde qui brûle ? suggéra-t-il.

Nous pivotâmes toutes dans sa direction.

— En général, c'est un gag qu'on fait devant l'entrée d'une maison. Tu mets une merde de chien dans un sac en papier. Ensuite tu poses le sac devant une porte et tu sonnes chez les gens. Et au dernier moment, tu fais brûler le sac et tu te casses en courant. Quand le type ouvre sa porte, il voit le sac en feu et il se met à le piétiner pour éteindre les flammes.

— Et ?

— Et il se retrouve avec de la merde plein sa

godasse. Si tu leur faisais le coup, ils auraient de la merde plein les godasses, ça détournerait leur attention et tu pourrais partir incognito.

— Sauf qu'ils n'ont pas de porte ni de sonnette, fit observer Lula.

— Fais marcher ton imagination ! s'écria Vinnie. Tu n'as qu'à le poser juste derrière leur bagnole. Ensuite tu te tires et quelqu'un de l'agence leur crie depuis la fenêtre qu'il y a des flammes sous leur voiture.

— Ouais, ça me plaît bien, comme idée, approuva Lula. Le seul truc, c'est qu'il nous faut de la merde de chien.

Notre attention se porta brusquement sur Bob.

Connie sortit un sac en papier kraft d'un tiroir.

— J'ai un sac, vous pouvez vous servir de la boîte de poulet vide comme ramasse-crottes.

J'accrochai Bob à sa laisse, et nous sortîmes avec Lula par la porte de derrière pour aller faire un tour. Bob pissa une bonne quarantaine de fois, mais il n'avait aucune contribution à nous apporter pour le sac.

— Il n'a pas l'air très motivé, constata Lula. Peut-être qu'on devrait l'emmener au parc.

Le parc n'était qu'à deux rues de là, et nous nous y rendîmes donc avec Bob, où nous attendîmes qu'il réponde enfin à l'appel de la nature. Sauf que la nature n'appelait pas son nom.

— T'as déjà remarqué que quand tu ne veux pas de crottes de chien, y en a partout, philosopha Lula, et pour une fois qu'on en *veut* une…

Soudain, elle écarquilla grands les yeux.

— Attends, reste en ligne. Chien à midi. Et *un gros*, en plus.

Bien entendu, nous n'étions pas les seules à venir promener notre chien au parc. Celui-là était gros et noir. La vieille dame à l'autre bout de la laisse était petite et blanche. Elle portait des chaussures plates et un manteau en tweed marron volumineux. Ses cheveux gris étaient coincés sous un bonnet en laine. Elle avait à la main un sac en plastique et un mouchoir en papier. Le sac était vide.

— C'est pas pour blasphémer ou quoi, reprit Lula, mais je crois que c'est Dieu qui nous envoie ce clebs.

Le chien s'immobilisa brusquement et arrondit le dos. Lula, Bob et moi-même nous élançâmes sur la pelouse. J'avais Bob au bout de la laisse, Lula agitait la boîte à nuggets et le sac en papier, et nous courions tous les trois à toute berzingue lorsque la dame releva les yeux et nous vit. Elle blêmit aussitôt et recula en titubant.

— Je suis vieille, gémit-elle. Je n'ai pas d'argent. Allez-vous-en. Ne me faites pas de mal.

— Ce n'est pas votre argent qu'on veut, rétorqua Lula. C'est votre crotte.

La femme tira violemment sur la laisse de son chien.

— Vous ne pouvez pas me prendre ma crotte, dit-elle. Il faut que je la rapporte à la maison. C'est la loi.

— La loi ne précise pas que *vous* devez la rapporter à la maison, rectifia Lula. Elle dit juste que *quelqu'un* doit le faire. Et justement, on se porte volontaires.

— Je ne sais pas si c'est légal, s'entêta la femme. Je n'ai jamais entendu parler de ça. Je crois qu'il faut que je rapporte ma crotte moi-même.

— Très bien, conclut Lula. On va vous l'acheter.

Elle se tourna vers moi.

— Donne-lui quelques dollars pour sa crotte.

Je fouillai dans mes poches.

— Je n'ai rien sur moi. Je n'ai pas pris mon porte-monnaie.

— Je n'accepte pas en dessous de cinq dollars, prévint la dame.

— Il se trouve qu'on n'a pas d'argent sur nous, expliqua Lula.

— Alors je garde ma crotte.

— Ça m'étonnerait, rétorqua Lula en bousculant violemment la femme avant de se pencher pour ramasser la crotte dans la boîte à nuggets. Il nous faut cette crotte.

— Au secours ! cria la bonne femme. On me vole ma crotte ! Arrêtez-les ! Au voleur !

— Je l'ai ! triompha Lula. Je l'ai !

Et nous partîmes en flèche, Lula, Bob et moi, tout droit vers l'agence avec notre boîte de crotte.

Nous nous arrêtâmes pour reprendre notre souffle devant la porte de service. Bob avait l'air tout content, sautillant partout. Mais Lula et moi étions pantelantes.

— La vache, soupira Lula, pendant un moment j'ai bien cru qu'elle allait nous rattraper. Elle courait plutôt vite, pour une vieille.

— Elle ne courait pas, rectifiai-je. C'est le chien qui la *tirait* en essayant de rattraper Bob.

Je tins le sac en papier kraft ouvert tandis que Lula y versait la crotte.

— On va bien se marrer, dit-elle. J'ai hâte de voir ces deux cons marcher sur le sac de merde.

Lula fit le tour avec le sac et un briquet. Bob et moi rentrâmes dans l'agence par la porte de derrière. Mitchell et Habib étaient garés le long du trottoir, pile devant l'entrée du bureau, juste derrière ma Buick.

Connie, Vinnie et moi allâmes nous planter à la fenêtre pendant que Lula se glissait furtivement derrière la voiture à moquette. Elle posa le sac à terre juste sous le pare-chocs. Nous vîmes la flamme du briquet, Lula bondit de côté et s'éclipsa, ni vue ni connue.

Connie passa la tête par la porte.

— Hé ! cria-t-elle. Hé, vous, dans la voiture ! Il y a quelque chose qui brûle derrière vous.

Mitchell baissa sa vitre.

— Quoi ?

— Il y a des flammes qui sortent de sous votre voiture !

Mitchell et Habib se déplacèrent pour voir, et nous les rejoignîmes tous sur le trottoir.

— C'est juste une poubelle, dit Mitchell à Habib. Ecarte-la pour qu'elle n'abîme pas la voiture, c'est tout.

— Il y a des flammes, rétorqua Habib. Je ne veux pas toucher un objet en flammes avec ma chaussure.

— Et voilà ce qui se passe quand on embauche un jockey pour chameaux, se lamenta Mitchell. Vous autres, vous n'avez vraiment aucune éthique de travail.

— C'est faux. J'ai travaillé très dur au Pakistan. Dans mon village là-bas, on a une fabrique de tapis, et mon boulot c'était de frapper les enfants désobéissants qui y travaillaient. C'est un très bon poste.

— Ouah, s'exclama Mitchell. Tu frappais les gamins qui travaillaient à la fabrique ?

— Oui. Avec un bâton. C'est un boulot de technicien. Il faut faire attention quand tu les frappes pour ne pas écraser leurs petits doigts sinon ils ne pourront plus nouer les tissages très serré.

— C'est dégoûtant, protestai-je.

— Pas du tout, m'assura Habib. Les enfants aiment ça, et ils rapportent beaucoup d'argent à leur famille.

Il se tourna vers Mitchell en agitant un doigt en l'air.

— Et je travaillais très dur à frapper les petits enfants, alors tu ne devrais pas dire des choses comme ça.

— Désolé, reconnut Mitchell. Je crois que je m'étais fait une fausse idée de toi.

Il flanqua un grand coup de pied dans le sac. Le

papier se déchira et une partie de son contenu resta collé à sa chaussure.

— Qu'est-ce que c'est que ça ? cria Mitchell en secouant le pied, projetant de la merde en feu partout.

Un gros morceau atterrit sur la moquette qui recouvrait la voiture ; il y eut comme un souffle, et les flammes se propagèrent partout d'un seul coup.

— Bordel de merde ! s'exclama Mitchell en se rattrapant à Habib comme il tombait à la renverse sur le bord du trottoir.

Le feu crépitait joyeusement, et l'intérieur du véhicule s'embrasa en un clin d'œil. On entendit une petite explosion au moment où le réservoir fut touché, après quoi la voiture fut engloutie dans un nuage de fumée noire et de flammes.

— Ça ne devait pas être une moquette ignifugée, déplora Lula.

Mitchell et Habib étaient plaqués contre la façade de l'immeuble, bouche bée.

— Tu dois pouvoir y aller, maintenant, me dit Lula. Je ne pense pas qu'ils te suivront.

Le temps que les pompiers arrivent, la voiture à moquette était réduite à l'état de carcasse calcinée, et le feu n'avait plus la force que d'alimenter un barbecue à merguez. Ma Buick, qui se trouvait à trois mètres seulement devant le véhicule incendié, avait été miraculeusement épargnée par les flammes. Pas même une cloque sur la peinture bleue. Seule différence notable, une poignée de portière légèrement plus chaude qu'à l'accoutumée.

— Il faut que j'y aille, maintenant, déclarai-je à Mitchell. Dommage pour votre voiture. Et pour vos sourcils, ne vous en faites pas. Ils sont un peu roussis pour le moment, mais ils vont sûrement repousser. Ça m'est déjà arrivé une fois, et tout est rentré dans l'ordre.

— Quoi… ? balbutia Mitchell… Qu'est-ce que… ?

J'embarquai Bob dans la Grande Bleue et démarrai, me frayant un passage entre les voitures de police et les camions de pompiers.

Cari Costanza, en uniforme, faisait la circulation.

— On dirait que t'es en forme, ces temps-ci, me lança-t-il. C'est la seconde bagnole que tu grilles cette semaine.

— C'était pas ma faute ! C'était même pas ma voiture !

— J'ai entendu dire que quelqu'un avait fait le bon vieux coup du sac plein de merde aux deux comparses d'Arturo Stolle.

— Sans blague ? Et j'imagine que tu ne sais pas qui c'est.

— C'est drôle, j'allais justement te poser la même question !

— C'est moi qui ai demandé en premier.

Costanza fit une petite grimace.

— Non, je ne sais pas qui c'est.

— Moi non plus, rétorquai-je.

— T'es trop forte. J'arrive pas à croire que tu te sois fait avoir par Simon pour son clebs.

— Je l'aime bien, en fait.

— En tout cas, ne le laisse jamais seul dans ta voiture.

— Tu veux dire que c'est illégal ?

— Non. Je veux dire qu'il a bouffé le siège avant de Simon. Tout ce qu'il en est resté, c'est des bouts de caoutchouc mousse et quelques ressorts par-ci, par-là.

— Merci pour l'info, dis-je.

Grand sourire de Costanza.

— Je pensais que t'avais le droit de savoir.

Je m'éloignai en pensant que si Bob mangeait les sièges de ma Buick ils se régénéreraient sans doute. Au risque de parler comme ma grand-mère, je commençais à me poser des questions sur la Grande Bleue. On aurait dit que ce sacré vieux clou était résistant à toute forme d'agression extérieure. Elle avait presque cinquante ans d'âge, et la peinture d'origine était toujours en parfait état. Tout autour, les voitures se faisaient cabosser, incendier, aplatir comme des crêpes, mais à elle, il n'arrivait jamais rien.

— C'en est presque flippant, confiai-je à Bob.

La truffe pressée contre la vitre, Bob n'avait pas l'air d'en avoir grand-chose à faire.

J'étais encore sur Hamilton Avenue lorsque mon portable sonna.

— Salut, *baby*, me lança Ranger. T'as du nouveau pour moi ?

— Seulement des infos élémentaires sur Lotte. Tu veux savoir où elle habite ?

— Jocker.

— Le gris lui va très bien.

— C'est ça qui va me sauver la vie, tu crois ?

— Hum... T'es de mauvais poil, aujourd'hui ?

— Le mot est faible. J'ai un service à te demander. Je voudrais que tu ailles faire un tour derrière la maison de Deal. N'importe qui d'autre que toi dans l'équipe serait suspect, mais une fille qui promène son chien sur la plage ne paraîtra pas menaçante pour la sécurité de Ramos. Je veux que tu repères bien la maison. Que tu comptes les portes et les fenêtres.

Il y avait une plage publique à environ quatre cents mètres de la résidence des Ramos. Je me garai au bord de la route et traversai avec Bob une petite étendue de dunes basses. Le ciel était couvert et l'air plus frais qu'à Trenton. La truffe au vent, Bob semblait tout guilleret ; je boutonnai ma veste jusqu'en haut en regrettant de ne pas avoir mis quelque chose de plus chaud. La plupart des grosses demeures cossues posées sur les dunes étaient apparemment inoccupées, volets clos. Des vagues grises écumeuses venaient lécher le rivage en chuintant. Quelques mouettes éparses sautillaient au bord de l'eau, mais c'était tout. Bob, moi et les mouettes.

La grosse maison rose apparut devant nous, plus exposée côté plage que côté rue. Une grande partie du rez-de-chaussée et tout le premier étage étaient visibles. Une véranda courait tout le long du bâtiment principal. Accrochées de chaque côté de cette structure centrale se trouvaient deux ailes. L'aile nord abritait des garages en rez-de-chaussée et peut-être des chambres au-dessus. L'aile sud comprenait deux étages et semblait entièrement résidentielle.

Je continuai à avancer péniblement sur le sable, ne voulant pas paraître trop curieuse, en comptant mentalement les portes et les fenêtres. Juste une fille qui promène son chien en se pelant les fesses. J'avais pris des jumelles, mais j'avais peur de les sortir. Je ne voulais pas éveiller les soupçons. Il était impossible de dire si j'étais observée depuis l'une des fenêtres. Bob courait autour de moi, insouciant, tout à la joie de gambader à l'air libre. Je longeai encore plusieurs maisons, m'arrêtai pour griffonner un schéma sur un bout de papier, fis demi-tour et retournai jusqu'à la rampe d'accès où était garée la Grande Bleue. Mission accomplie.

Bob et moi nous entassâmes dans la voiture et je passai une dernière fois devant la résidence. Alors que je m'arrêtais au coin de la rue, un homme d'une soixantaine d'années sauta du trottoir dans ma direction. Il portait un survêtement et des baskets. Et il agitait les mains.

— Attendez, cria-t-il. Attendez une minute.

J'aurais juré qu'il s'agissait d'Alexander Ramos. Non, c'était absurde.

Il s'approcha de ma vitre en trottinant et toqua trois petits coups.

— Vous n'auriez pas une cigarette ? me demanda-t-il.

— Euh… Non.

Il me tendit un billet de vingt.

— Amenez-moi au tabac. Il y en a pour une minute à peine.

Fort accent étranger. Même visage de faucon. Même taille, même carrure. Il ressemblait *vraiment* à Alexander Ramos.

— Vous habitez dans le coin ? m'enquis-je.

— Ouais, j'habite dans cette espèce d'énorme merde rose. Bon, alors ? Vous m'emmenez au tabac ou non ?

Bon Dieu ! *C'était* Ramos !

— Je ne prends jamais d'inconnus en stop.

— Allez, arrêtez votre cirque. Il me faut des cigarettes. Et de toute façon, vous avez un gros chien sur la banquette arrière et vous avez une tête à prendre des inconnus en stop toute la journée. Vous me croyez né de la dernière pluie, ou quoi ?

— Pas de la dernière pluie, non.

Il ouvrit la portière côté passager et monta dans la voiture d'office.

— Ah ah, très drôle, fit-il. Vous faites clown, comme métier ?

— Je ne connais pas le quartier. Vous allez où, pour acheter des cigarettes ?

— Tournez ici. Il y a un magasin environ huit cents mètres plus loin.

— Si c'est seulement à huit cents mètres, pourquoi n'y allez-vous pas à pied ?

— J'ai mes raisons.

— Vous n'êtes pas censé fumer, c'est ça ? Vous ne

voulez pas qu'on vous surprenne en train d'aller acheter des cigarettes ?

— Salauds de toubibs ! Je suis obligé de faire le mur de ma propre maison juste pour aller me griller une clope. Je ne supporte pas de rester enfermé là-dedans, de toute façon. On dirait un mausolée rempli de cadavres. Saleté de baraque de merde !

— Si vous n'aimez pas cette maison, pourquoi y habitez-vous ?

— Bonne question. Je devrais la vendre. Je ne l'ai jamais aimée, dès le départ. Mais je venais de me marier et ma femme voulait cette maison. Il ne lui fallait que des trucs roses.

Il marqua une pause, absorbé dans ses pensées.

— Comment elle s'appelait, déjà ? marmonna-t-il. Trixie ? Trudie ? Putain, je ne m'en souviens même pas.

— Vous ne vous souvenez pas du nom de votre femme ?

— J'en ai eu beaucoup. Vraiment beaucoup. Quatre. Non, attendez… Cinq.

— Et maintenant, vous êtes marié ?

Il secoua la tête.

— C'est fini, les mariages. Je me suis fait opérer de la prostate l'an dernier. Avant, les femmes voulaient m'épouser pour mes couilles et pour mon argent. Maintenant, ce serait seulement pour mon argent. Ça ne suffit pas. Il faut avoir des principes, dans la vie.

Je m'arrêtai devant le magasin, et il descendit de la voiture.

— Ne partez pas. J'en ai pour une seconde.

Une partie de moi-même voulait se tirer illico. C'était mon côté poltronne. Et une autre partie avait envie de crier *Youpi !* C'était mon côté débile.

Deux minutes plus tard, il était de retour dans la bagnole et sortait son briquet.

— Hé, lui lançai-je. On ne fume pas dans ma voiture.

— Je vous donnerai vingt billets en plus.

— Je ne veux déjà pas des vingt premiers. Et la réponse est non. On ne fume pas dans ma voiture.

— Bon sang, je déteste ce pays ! Personne n'a aucun savoir-vivre. Tout le monde boit du lait écrémé, putain !

Il me montra du doigt une rue transversale.

— Tournez là et prenez Shoreline Avenue.

— On va où ?

— Je connais un bar.

Tout ce qui me manquait ! Qu'Hannibal débarque pour venir chercher son père et qu'il me trouve à faire copain-copain avec lui dans un bar.

— Je ne crois pas que ce soit une très bonne idée, rétorquai-je.

— Vous me laissez fumer dans la voiture ?

— Non.

— Alors on va chez Sal.

— D'accord, je vous dépose chez Sal, mais je n'entre pas avec vous.

— Bien sûr que si, vous allez entrer avec moi.

— Mais mon chien…

— Le chien peut venir aussi. Je lui payerai une bière et un sandwich.

Sal était un établissement exigu et sombre. Le bar s'étendait sur toute la largeur de la pièce. Deux vieux étaient assis au bout du comptoir, sirotant leur verre en silence, les yeux rivés sur le poste de télévision. Trois tables vides s'agglutinaient à droite de l'entrée. Ramos s'installa à l'une d'elles.

Sans demander, le barman lui apporta une bouteille d'ouzo et deux verres à liqueur. Aucun mot ne fut échangé. Ramos but un premier verre d'une traite, puis s'alluma une cigarette et aspira profondément la fumée dans ses poumons.

— Ah, soupira-t-il en expirant.

Parfois j'envie les gens qui fument. Ils ont toujours l'air tellement heureux quand ils avalent cette première bouffée de nicotine. Je n'arrive pas à trouver beaucoup de choses qui me procurent autant de plaisir. Les gâteaux d'anniversaire, peut-être.

Ramos se servit une deuxième rasade et me tendit la bouteille.

— Non, merci. Je conduis.

Il secoua la tête.

— Quel pays de mauviettes, se lamenta-t-il avant d'engloutir son verre cul sec. Attention, comprenez-moi bien. Il y a des choses que j'aime bien. J'aime les grosses bagnoles américaines. Et j'aime le football américain. Et j'aime les Américaines à gros seins.

Ah, d'accord.

— Ça vous arrive souvent d'arrêter des voitures sur le bord de la route ? demandai-je.

— Chaque fois que je peux.

— Vous ne pensez pas que c'est dangereux ? Imaginez que vous tombiez sur un fou.

Il sortit un .22 de sa poche.

— Je le bute.

Il posa le flingue sur la table, ferma les yeux et aspira une autre bouffée de cigarette.

— Vous habitez par ici ? demanda-t-il.

— Non. Je viens juste de temps en temps promener mon chien. Il aime bien marcher sur la plage.

— C'est quoi, ce pansement sur votre menton ?

— Je me suis coupée en me rasant.

Il laissa un billet de vingt sur la table et se leva.

— Coupée en vous rasant, répéta-t-il. Ça me plaît. Je vous aime bien. Vous pouvez me ramener, maintenant.

Je le déposai à une rue de sa maison.

— Revenez demain, dit-il. Même heure. Peut-être que je peux vous engager comme chauffeur personnel.

Mamie était en train de mettre le couvert lorsque Bob et moi rentrâmes à la maison. Le Mooner était affalé sur le canapé devant la télé.

— Hé, lança-t-il. Ça gaze ?

— Y a pas à se plaindre, répondis-je. Et toi ?

— Je sais pas, mec. J'ai du mal à croire qu'il n'y ait plus de Fournisseur. Je croyais que le Fournisseur serait toujours là. Parce que, je veux dire, il fournissait un service à la communauté. C'était le Fournisseur, quoi.

Il secoua la tête avant d'ajouter :

— C'est un tremblement de terre, mec.

— Il a besoin d'une autre bibine et de se relaxer encore un peu, commenta mamie. Ensuite on dînera tous ensemble. J'aime bien avoir des invités à dîner. Surtout si c'est des hommes.

Je n'étais pas sûre qu'on puisse compter le Mooner parmi les hommes. Le Mooner était une sorte de Peter Pan défoncé au shit. Le Mooner passait beaucoup de temps au pays des merveilles.

— Je me suis acheté une bagnole, aujourd'hui, annonça mamie. Et le Mooner l'a conduite jusqu'ici pour moi.

Je sentis ma mâchoire inférieure se décrocher.

— Mais tu as déjà une voiture ! Tu as la Buick d'oncle Sandor.

— C'est vrai, et ne me fais pas dire ce que je n'ai pas dit. Je trouve que c'est une bagnole d'enfer. J'ai juste décidé qu'elle ne collait pas avec ma nouvelle image. J'avais envie de quelque chose de plus sport. Tu ne devineras jamais comment ça s'est passé. Louise est passée me chercher pour m'emmener conduire, et elle m'a dit qu'elle avait entendu que le Fournisseur s'était mis en faillite. Alors, évidemment, il fallait qu'on se grouille pour aller faire des stocks de Spagulax. Et pendant qu'on y était, je me suis acheté une voiture.

— Tu as acheté une voiture à Dougie ?

— Je veux, mon neveu. Une vraie petite merveille.

Je jetai un regard noir au Mooner, mais c'était peine perdue : la gamme émotionnelle du Mooner dépassait rarement le niveau mollusque.

— Attends de voir la voiture de ta grand-mère, dit-il Elle est terrible.

— C'est une voiture de pin-up, renchérit mamie. On dirait Marilyn, là-dedans.

Ouais, faut pas pousser. Marilyn Manson à la limite. Mais bon, si ça rendait mamie heureuse, je n'y voyais pas d'inconvénient.

— C'est quoi, comme voiture ? demandai-je.

— Une Corvette. Et elle est rouge.

8

Ma grand-mère avait donc une Corvette rouge, et moi une Buick bleue 1953 avec en prime un énorme bouton sur le menton. Allez, ça pourrait être pire, songeai-je.

J'aurais un bouton sur le nez.

— En plus, ajouta mamie, je sais que la Buick te plaît. Je ne voulais pas t'en priver.

J'opinai du chef en m'efforçant de sourire.

— Excusez-moi, bredouillai-je, je vais aller me laver les mains avant de passer à table.

Je marchai dignement jusqu'à la salle de bains, fermai la porte à clé, me penchai au-dessus du lavabo pour m'observer dans le miroir et me mis à renifler. Une larme s'échappa de mon œil gauche. Ressaisis-toi, me dis-je. C'est jamais qu'un bouton. Ça va partir. Oui, mais la Buick, alors ? La Buick n'avait pas l'air de vouloir partir. Une autre larme roula sur ma joue. Tu es trop émotive, déclarai-je à mon double dans le miroir. Tu fais toute une histoire pour rien. C'est sans doute un déséquilibre hormonal passager dû au manque de sommeil.

Je m'aspergeai le visage et me mouchai. Au moins pourrais-je dormir plus tranquillement ce soir en sachant que j'avais une alarme à ma porte. Ça ne me dérangeait pas outre mesure de recevoir la visite de Ranger à 2 heures du mat… mais je détestais qu'il me prenne par surprise. Imaginez que je bave dans mon sommeil et qu'il reste assis là à me regarder. Et s'il restait assis là à contempler mon bouton ?

Le Mooner partit tout de suite après le dîner et mamie se mit au lit de bonne heure, non sans m'avoir montré sa nouvelle voiture.

Morelli téléphona à 9 h 05.

— Désolé de ne pas t'avoir rappelée plus tôt, dit-il. J'ai eu une journée de fou. Et toi, comment ça va ?

— J'ai un bouton.

— Alors là, je m'incline.

— Tu connais une femme du nom de Cynthia Lotte ? A en croire la rumeur, c'était la petite copine d'Homer Ramos.

— D'après ce que je sais d'Homer, il changeait de copine comme d'autres changent de chaussettes.

— Tu as déjà rencontré son père ?

— Je lui ai parlé à deux ou trois reprises.

— Ton opinion ?

— Le trafiquant d'armes grec typique. Ça fait longtemps que je ne l'ai pas vu.

Il marqua une pause.

— Mamie Mazur est toujours chez toi ?

— Ouais.

Grand soupir morellien.

— Ma mère voudrait savoir si tu veux venir dîner demain. Elle fait un rôti de porc.

— Bien sûr. Tu y seras, j'espère.

— Moi, mamie et Bob.

— Ça promet, rétorqua Morelli.

Je raccrochai, sortis avec Bob faire le tour du pâté de

maisons, donnai un grain de raisin à Rex et me plantai devant la télévision pendant un petit moment. Je m'endormis quelque part au milieu du match de hockey et me réveillai juste à temps pour apercevoir la fin d'un programme sur les tueurs en série et la médecine légale. Après la fin de l'émission, je me levai trois fois pour vérifier les verrous de la porte d'entrée et suspendre le détecteur de mouvement à la poignée. L'alarme était censée se déclencher dès que quelqu'un ouvrirait ma porte. Bien entendu je préférais que cela ne se produise pas, parce que après le reportage que je venais de voir je n'étais pas très rassurée. L'idée de Ranger absorbé dans la contemplation de mon bouton semblait une perspective pas si terrible que ça à côté de quelqu'un qui viendrait me couper la langue afin de compléter sa collection de langues surgelées. Juste histoire de limiter les risques, je me rendis dans la cuisine où je planquai tous les couteaux. Inutile de faciliter la tâche à un psychopathe qui s'introduirait chez moi pour me découper en morceaux avec mon propre couteau à pain. Puis je pris mon revolver dans la boîte à biscuits et le glissai sous un coussin du canapé au cas où j'en aurais un besoin urgent.

Après avoir éteint la lumière, je me coulai sous l'édredon de mon lit de fortune. Mamie ronflait dans la pièce d'à côté. Dans la cuisine, le congélateur entama son cycle de dégivrage en ronronnant. Je perçus le claquement distant d'une portière sur le parking. Rien que des bruits normaux, me rassurai-je. Alors pourquoi mon cœur bringuebalait-il comme ça ? Parce que j'avais regardé cette émission débile sur les tueurs en série, voilà pourquoi.

D'accord, oublie cette émission. Endors-toi. Pense à autre chose.

Je fermai les yeux. Et je pensai alors à Alexander Ramos, sans doute pas très éloigné des tueurs fous qui me donnaient des palpitations. Que cachait-il ? Voilà un homme qui contrôlait le trafic mondial des armes clandestines, et qui en était réduit à faire du stop pour aller s'acheter des clopes en cachette. La rumeur le disait malade, mais il ne m'avait paru ni sénile ni fou lors de notre rencontre. Un peu agressif, peut-être. Pas très patient. J'imagine qu'à certains endroits son comportement aurait pu passer pour fantasque, mais nous étions dans le New Jersey, et j'avais plutôt l'impression que Ramos se fondait parfaitement dans le décor.

J'étais tellement troublée que je lui avais à peine parlé. Maintenant, avec le recul, un million de questions se bousculaient dans ma tête. Non seulement j'avais envie de le revoir, mais j'éprouvais une fascination étrange à l'idée de pénétrer dans sa résidence. Quand j'étais petite, mes parents m'avaient emmenée à Washington pour me montrer la Maison-Blanche. Nous avions fait la queue une heure avant d'être introduits dans les salles accessibles au public. Quelle arnaque ! Qui s'intéresse à la Salle à Manger Officielle ? Moi, je voulais visiter la cuisine. La salle de bains du président. Et maintenant, je voulais voir le tapis du salon d'Alexander Ramos. Je voulais flâner dans la suite d'Hannibal et jeter un coup d'œil dans le frigo. Parce que, je veux dire, s'ils avaient tous fait la couverture de *Newsweek*, c'est bien que c'étaient des gens intéressants, non ?

Ce qui me conduisit à repenser à Hannibal, qui, lui, ne m'avait pas paru intéressant du tout. Et à Cynthia Lotte, qui n'avait pas l'air tellement plus intéressante non plus. Et Cynthia Lotte à poil avec Homer Ramos ? Toujours pas très intéressant. D'accord, maintenant Cynthia Lotte et Batman. Déjà mieux. Attends, et pourquoi pas Hannibal Ramos et Batman ? *Berk !* Je courus à la salle de bains me brosser les dents. Je ne crois pas être particulièrement homophobe, mais Batman, c'est ma limite.

Lorsque je ressortis de la salle de bains, quelqu'un était en train de triturer ma serrure. La porte s'ouvrit brusquement et l'alarme se déclencha. La chaîne de sécurité bloqua le battant, et en déboulant dans l'entrée je pus voir la tête du Mooner qui me regardait par l'entrebâillement.

— Hé, mec, dit-il après que j'eus arrêté l'alarme. Ça boume ?

— Qu'est-ce que tu fous là ?

— J'ai oublié de donner à ta grand-mère le double des clés pour la voiture. Je l'avais dans la poche. Alors je l'ai rapporté.

Il me remit la clé.

— Ouah, reprit-il, elle est cool, ton alarme. Je connais quelqu'un qui en a une qui joue la musique de *Zorro*. Tu te souviens de *Zorro* ? Putain, c'était une chouette série.

— Comment tu as fait pour ouvrir ma porte ?

— Avec un crochet. Je ne voulais pas te déranger si tard.

— C'est gentil d'y avoir pensé.

— Le Mooner essaye toujours de penser à tout.

Il me fit le signe de la paix avant de s'éloigner dans le couloir d'un pas traînant.

Je refermai la porte et rebranchai l'alarme. Mamie ronflait toujours dans la chambre, et Bob n'avait pas bougé de sa place au pied du canapé. Si le tueur en série débarquait chez moi, c'était pour ma pomme.

Je me penchai sur la cage de Rex pour lui expliquer le coup de l'alarme.

— Pas de quoi t'affoler, lui dis-je. Je sais que ça sonne fort, mais au moins toi tu étais déjà réveillé et en train de courir.

Rex était en équilibre sur ses petites fesses de hamster, les pattes antérieures pendillant devant lui, les moustaches frétillantes, les oreilles vibrantes, fines comme du papier bible, ses yeux écarquillés tels deux roulements à billes. Je déposai un bout de biscotte dans sa coupelle et il accourut, le fourra dans le creux de sa joue, avant de disparaître dans sa boîte de conserve. Rex savait comment gérer les crises.

Je retournai m'allonger sur le canapé et tirai l'édredon jusque sous mon menton. Plus de digressions sur Batman, songeai-je. Plus de coups d'œil furtifs dans sa braguette en caoutchouc. Et plus de tueurs en série. Et plus de Joe Morelli non plus, vu que ça pourrait être tentant de lui téléphoner pour le supplier de venir m'épouser… ou autre.

A quoi pouvais-je penser, alors ? Aux ronflements de mamie ? Ils étaient suffisamment forts pour me rendre malentendante jusqu'à la fin de mes jours. J'aurais bien mis la tête sous l'oreiller, mais dans ce cas je risquais de ne pas entendre l'alarme quand le tueur en série viendrait pour me couper la langue. Et merde ! Voilà que je repensais au tueur en série, maintenant !

Il y eut de nouveau du bruit à ma porte. J'essayai de lire l'heure à ma montre dans le noir. Il devait être environ une heure du matin. La porte s'entrouvrit et l'alarme se déclencha. Ranger, évidemment. Je me passai une main dans les cheveux et vérifiai discrètement que le pansement était toujours en place. Je portais un short en coton et un tee-shirt blanc, ce qui me provoqua soudain un accès de panique à l'idée que mes tétons puissent se voir à travers le tissu. Merde ! J'aurais dû y penser plus tôt. Je me précipitai dans l'entrée pour éteindre l'alarme, mais avant que j'aie le temps d'atteindre la porte une paire de cisailles se glissa dans l'entre-bâillement, coupa la chaîne de sécurité, et le battant s'ouvrit d'un seul coup.

— Hé, criai-je à Ranger. C'est de la triche !

Mais ce n'était pas Ranger qui pénétrait ainsi chez moi. C'était Morris Munson. Il arracha le système d'alarme et l'écrasa d'un coup de cisailles. L'alarme émit un dernier jappement avant de succomber. Mamie ronflait toujours. Bob était toujours vautré au pied du canapé. Et Rex se tenait au garde-à-vous, dans son grand numéro d'imitation de l'ours grizzli.

— Surprise ! s'exclama Munson en refermant la porte et en s'approchant de moi.

Mon boîtier paralysant, ma lacrymo, ma torche-matraque, ma lime à ongles, tout était dans ma besace, elle-même suspendue à une patère inaccessible, derrière Munson. Mon revolver était planqué quelque part dans les coussins du canapé, mais je ne tenais vraiment pas à m'en servir. Les revolvers me foutent une trouille bleue… sans compter qu'ils tuent des gens. Et tuer des gens ne fait pas partie de mes distractions favorites du dimanche.

En théorie, j'aurais dû être contente de voir Munson. Après tout, j'étais à ses trousses, non ? Et le voilà qui se matérialisait devant moi, après s'être introduit par effraction dans mon appartement.

— Ne bougez plus, dis-je. Vous êtes en violation de votre liberté conditionnelle, et en état d'arrestation.

— Tu as ruiné ma vie, répondit-il. J'ai tout fait pour toi, et tu as ruiné ma vie. Tu m'as tout pris. La maison, la voiture, les meubles…

— Ça, c'est votre ex-femme, espèce d'abruti ! Est-ce que j'ai l'air de votre ex-femme ?

— Un peu.

— Pas du tout !

Surtout vu que son ex-femme était morte, avec des traces de pneu dans le dos.

— Comment vous avez fait pour me trouver ?

— Je vous ai suivie jusqu'à chez vous un jour. Difficile de vous rater, dans cette vieille Buick pourrie.

— Vous ne me prenez pas réellement pour votre ex-femme, pas vrai ?

Sa bouche se contracta en un rictus de psychopathe.

— Bien sûr que non, dit-il. Mais s'ils pensent que je suis vraiment cinglé, je pourrai plaider la folie. Un pauvre mari effondré pète les plombs. J'ai déjà préparé le terrain, avec vous. Maintenant il ne me reste plus qu'à vous taillader un peu, vous faire flamber, et je serai un homme libre !

— Vous êtes malade !

— Vous voyez, ça marche déjà.

— Eh ben vous tombez mal, parce que je suis une pro de l'autodéfense.

— Eh oh, atterrissez. J'ai fait ma petite enquête. Vous n'êtes une pro de rien du tout. Vous vendiez de la lingerie fine avant de vous faire virer.

— Je ne me suis pas fait virer. On m'a débauchée, c'est différent.

— Ouais, peu importe.

Il ouvrit la main, paume en l'air, pour me montrer qu'il avait un couteau à cran d'arrêt. Quand il appuya sur le bouton, la lame se déplia d'un coup.

— Maintenant, je vous conseille de coopérer si vous voulez que tout se passe au mieux. Je n'ai jamais dit que je voulais vous tuer. Je pensais juste vous poignarder une ou deux fois pour que ce soit crédible. Peut-être vous découper un sein.

— Hors de question !

— Ecoutez, ma petite dame, ça commence à bien faire, d'accord ? Je suis parti pour une condamnation pour homicide, quand même.

— C'est complètement idiot. Ça ne marchera jamais ! Vous en avez parlé avec un avocat ?

— Je n'ai pas les moyens de me payer un avocat, pardi ! Ma salope de femme m'a tout raflé.

Tout en discutant, j'essayais de me rapprocher discrètement du canapé. Maintenant que je connaissais son intention de me découper un sein, faire usage de mon revolver ne me paraissait pas une si mauvaise idée.

— Ne bougez plus, dit-il. Vous n'allez pas m'obliger à vous courir après dans tout l'appartement, j'espère !

— Je voudrais juste m'asseoir. Je ne me sens pas très bien.

Ce qui n'était pas tellement éloigné de la vérité. Mon cœur papillonnait dans ma poitrine, et je sentais la sueur perler à la racine de mes cheveux. Je me laissai tomber sur le canapé et plongeai les doigts entre les coussins. Pas de revolver. Je fis courir ma main sous le coussin le plus proche de moi. Toujours pas de revolver.

— Qu'est-ce que vous faites ? voulut-il savoir.

— Je cherche mon paquet de cigarettes. J'ai besoin d'une dernière cigarette pour me calmer.

— Laissez tomber. C'est l'heure.

Il se jeta sur moi en brandissant son couteau, je fis une roulade de côté et la lame vint se planter dans le dossier du canapé.

Laissant échapper un cri, je rampai à quatre pattes pour chercher le revolver, que je finis par trouver enfoui sous le coussin du milieu. Comme Munson revenait à la charge, je lui tirai dans le pied.

Bob ouvrit un œil.

— Salope ! hurla Munson en lâchant son couteau pour s'attraper le pied. Salope !

Je reculai sans cesser de le viser avec mon revolver.

— Vous êtes en état d'arrestation.

— Je suis touché. Je suis touché. Je vais mourir. Je vais me vider de mon sang.

Nous regardâmes tous les deux son pied blessé. On ne pouvait pas vraiment dire que ça pissait le sang. Une minuscule tache sur sa chaussure au niveau du petit orteil.

— J'ai dû seulement vous effleurer, constatai-je.

— Putain, s'exclama-t-il, quelle minable ! Vous étiez à deux mètres de moi. Comment vous avez pu rater mon pied ?

— Vous voulez que je réessaye ?

— C'est foutu, maintenant. Vous avez tout gâché, comme toujours. Chaque fois que j'ai un plan, il faut que vous veniez tout gâcher. J'avais tout prévu. Je devais venir ici, vous couper un sein et vous faire flamber. Et maintenant c'est raté !

Il leva les deux mains en l'air en signe de découragement.

— Ah, les femmes !

Puis il se tourna et se mit à boiter en direction de la porte.

— Hé ! criai-je. Où allez-vous ?

— Je m'en vais. Mon orteil me fait super mal. Et regardez ma chaussure. Elle est complètement foutue. Vous croyez que les chaussures poussent aux arbres, vous ? Voyez, c'est exactement ce que je dis : vous ne pensez qu'à vous. Vous, les femmes, vous êtes toutes les mêmes. C'est toujours prendre, prendre, prendre. Donne-moi ci, donne-moi ça.

— Ne vous en faites pas pour la chaussure. L'Etat vous en procurera une nouvelle paire.

Ainsi qu'une jolie combinaison orange et des chaînes aux chevilles.

— Alors là, n'y comptez pas. Je ne retournerai pas

en prison avant que tout le monde soit convaincu que je suis fou.

— En tout cas, moi, vous m'avez convaincue. En plus, j'ai un revolver et pas vous, et je suis prête à vous retirer dessus si besoin est.

Il leva les mains en l'air.

— Allez-y. Tirez.

Non seulement je ne pus me résoudre à tirer sur un homme sans arme, mais en plus j'étais à court de munitions. C'était marqué sur ma liste de courses : lait, pain, munitions.

Je courus dans l'entrée, arrachai mon sac de sa patère et en renversai tout le contenu par terre, puisque c'était le moyen le plus rapide de trouver mes menottes et ma lacrymo. Munson et moi plongeâmes en même temps, et c'est lui qui gagna ; il s'empara de la bombe lacrymo avant moi et sautilla à cloche-pied jusqu'à la porte.

— Si vous me suivez, je vous gaze, dit-il.

Je le vis s'éloigner dans le couloir en une sorte de galop dissymétrique, s'appuyant surtout sur son pied valide. Il s'arrêta devant l'ascenseur en agitant la bombe dans ma direction.

— Je reviendrai, déclara-t-il.

Puis il s'engouffra entre les portes de l'ascenseur et disparut.

Je m'enfermai de nouveau chez moi à double tour. Enfin, pour ce que ça valait… Ensuite, j'allai à la cuisine me chercher un petit remontant. Le gâteau était fini. La tarte était finie. Pas de Kit-Kat oubliés dans les sombres recoins d'un placard. Pas d'alcool. Pas de crackers au fromage. Et le pot de beurre de cacahuète était vide.

Bob et moi picorâmes quelques olives, mais ce n'était pas exactement ce qu'il nous fallait, vu la situation.

— Ça manque de sucre, confiai-je à Bob.

Je ramassai le fouillis sur le sol de l'entrée et le remis en vrac dans ma besace. Après quoi je posai l'alarme cassée sur le bar de la cuisine, éteignis les lumières et retournai sur le canapé. Allongée dans le noir, je ne pouvais m'empêcher de me repasser mentalement la dernière menace de Munson. Finalement, peu importait qu'il simule la folie ou non ; le résultat, c'était quand même que j'avais failli y laisser un sein. Je n'aurais sûrement pas dû me recoucher avant de changer le verrou de ma porte. Il avait promis qu'il reviendrait, et je ne savais pas s'il voulait dire dans une heure ou un jour.

L'ennui, c'est que j'arrivais à peine à garder les yeux ouverts. J'essayai bien de chanter tout haut, mais je m'assoupis en plein milieu d'*Un éléphant qui se balançait*. Autant que je m'en souvienne, j'en étais restée à cinquante-sept éléphants sur une toile d'araignée, et ensuite je fus réveillée en sursaut avec la sensation que je n'étais pas seule dans la pièce. Je me tins parfaitement immobile, le cœur au ralenti, les poumons ne donnant aucun signe de vie. Je n'avais perçu aucun bruit de chaussures traînant sur la moquette ; aucune odeur de fou psychopathe ne flottait dans l'air. Seulement le sentiment irrationnel qu'il y avait quelqu'un chez moi.

Alors, sans préavis, une main se posa sur mon poignet, et je bondis comme un ressort. Mon corps reçut une décharge d'adrénaline, et je fus catapultée du canapé en direction de mon mystérieux visiteur.

Aussi surpris l'un que l'autre, nous nous écrasâmes sur la table basse avant de rouler à terre, enlacés dans la lutte. En l'espace d'une seconde, je me retrouvai plaquée au sol sous son poids, ce qui se révéla être une expérience pas totalement désagréable lorsque je me rendis compte qu'il s'agissait de Ranger. Nous étions nez à nez, poitrine contre poitrine, ses doigts enroulés autour de mes poignets. Pendant un moment, nous ne pûmes rien faire d'autre que reprendre notre souffle.

— Joli tacle, *baby*, finit-il par dire.

Et puis il m'embrassa. Pas de doute sur ses intentions, cette fois. Pas le genre de baiser qu'on donne à sa cousine, par exemple. Plutôt le genre de baiser qu'un homme réserve à une femme quand il a envie de lui arracher tous ses vêtements et de lui offrir une bonne raison de chanter un alléluia.

Il enfonça encore plus sa langue dans ma bouche tout en glissant les mains sous mon tee-shirt, empoignant fermement mes seins. Dieu merci, j'avais encore les deux ! Un frisson d'électricité me contracta les tétons.

La porte de ma chambre s'entrebâilla et mamie passa la tête dans le salon.

— Tout va bien, là-dedans ?

Génial ! C'est maintenant qu'elle se réveille !

— Ouais, ouais. Tout va bien, répondis-je.

— C'est Ranger, qui est couché sur toi ?

— Il me montrait une prise d'autodéfense.

— J'aimerais bien apprendre, moi aussi.

— On avait justement fini, en fait.

Ranger roula sur le côté et resta couché sur le dos.

— Si c'était pas ta grand-mère, je l'aurais butée, murmura-t-il.

— Merde, soupira mamie. Je loupe toujours les meilleurs moments.

Je me relevai en ajustant mon tee-shirt.

— Tu n'as pas raté grand-chose. J'allais faire un chocolat chaud. Tu en veux ?

— Bien sûr. Je vais mettre ma robe de chambre.

Ranger me regardait. La pièce était plongée dans l'obscurité, avec pour seul éclairage le rai de lumière qui filtrait sous la porte de la chambre. Mais c'était suffisant pour voir que, si sa bouche souriait, ses yeux étaient sérieux.

— Sauvée par mamie, dit-il.

— Tu veux un chocolat chaud ?

Il me suivit à la cuisine.

— Je passe.

Je lui remis le bout de papier sur lequel j'avais griffonné le plan de la maison.

— Tiens, voilà le schéma que tu voulais.

— Tu n'as rien d'autre à me dire ?

Il était au courant pour Alexander Ramos.

— Comment tu sais ?

— Je surveillais la résidence. Je t'ai vue prendre Ramos en stop.

Je remplis deux bols de lait avant de les mettre au micro-ondes.

— C'est quoi, son problème ? Il m'a arrêtée pour me taper une clope.

Sourire de Ranger.

— T'as déjà essayé d'arrêter de fumer ?

Je fis non de la tête.

— Alors tu ne peux pas comprendre.

— Tu as déjà fumé, dans ta vie ? m'étonnai-je.

— J'ai déjà tout fait, dans ma vie, *baby*.

Il ramassa le système d'alarme sur le bar et le retourna dans sa paume.

— J'ai vu que la chaîne était cassée, dit-il.

— Tu n'es pas mon premier visiteur, cette nuit.

— Qu'est-ce qui s'est passé ?

— Un DDC a fracturé ma porte. Je lui ai tiré dans le pied, et il est parti.

— Tu n'as pas dû bien lire le *Manuel du bon chasseur de primes*, alors. On est censés retrouver les méchants et les traîner en taule par la peau du cul.

Je mélangeai la poudre de cacao dans le lait.

— Ramos veut que j'y retourne demain, déclarai-je. Il m'a proposé d'être sa contrebandière de clopes officielle.

— Ce n'est pas un boulot que je te conseille d'accepter. Alexander peut être imprévisible, lunatique et paranoïaque. Il prend des médocs, mais il lui arrive de les oublier. Quant aux gardes du corps qu'Hannibal a recrutés pour le surveiller, il les fait passer pour des amateurs. Il leur file entre les doigts dès qu'il peut. Il y a une lutte de pouvoir entre Hannibal et lui, et je ne te conseille pas de t'en mêler.

— Si c'est pas sympa ! s'exclama ma grand-mère en nous rejoignant d'un pas traînant à la cuisine. C'est bien plus marrant d'habiter avec toi. Jamais aucun homme ne venait nous rendre visite au milieu de la nuit quand je vivais chez ta mère.

Ranger reposa l'alarme sur le bar.

— Il faut que j'y aille. Bon chocolat.

Je le raccompagnai jusqu'à la porte.

— Je peux encore faire quelque chose pour toi ? demandai-je. Relever ton courrier ? Arroser tes plantes ?

— Mon courrier est directement transféré à mon avocat. Et j'arrose moi-même mes plantes.

— Donc tu te sens bien dans la Batcave ?

Les coins de sa bouche esquissèrent l'ombre d'un sourire. Il se pencha pour m'embrasser dans le cou, juste au-dessus du décolleté de mon tee-shirt.

— Fais de beaux rêves, murmura-t-il.

Avant de partir, il dit au revoir à ma grand-mère, qui était toujours à la cuisine.

— Quel gentil jeune homme bien élevé, s'extasia mamie. Et il en a une très belle paire.

Je filai droit à sa penderie et trouvai en effet une bouteille d'alcool, dont je me versai une bonne rasade dans mon chocolat.

Le lendemain matin, mamie et moi avions la gueule de bois.

— Il faut que j'arrête de boire du chocolat si tard dans la nuit, dit mamie. J'ai l'impression que mes yeux vont exploser. Peut-être que je devrais aller faire le test du glaucome.

— Encore mieux, tu devrais plutôt aller faire le test du degré de gnôle que t'as dans le sang.

J'avalai deux aspirines avant de m'extirper tant bien que mal du parking. Mitchell et Habib étaient là, qui m'attendaient patiemment dans un monospace vert avec deux sièges enfant à l'arrière mais pas d'enfants dedans.

— Discret, pour une bagnole de filature, commentai-je. Elle se fond complètement dans le décor.

— Ah, ne commencez pas, hein, rétorqua Mitchell. Je ne suis pas d'humeur.

— C'est la voiture de votre femme, c'est ça ?

Il me fusilla du regard.

— Juste histoire de vous faciliter la vie, ajoutai-je, pour que vous ne vous perdiez pas en route, autant vous dire tout de suite que je vais au bureau.

— Je *déteste* cet endroit ! s'exclama Habib. Il est maudit ! Il est hanté par l'esprit du mal !

Je roulai néanmoins jusqu'à l'agence et me garai pile devant l'entrée. Habib resta à une centaine de mètres derrière, moteur allumé.

— Hé, copine, me lança Lula. Où est Bob ?

— Avec ma grand-mère. Ils font la grasse mat, aujourd'hui.

— Je voudrais pas dire, mais t'aurais dû en faire autant. T'as une de ces têtes ! Si le reste de ton visage était aussi noir que les cernes sous tes yeux, tu pourrais venir emménager dans mon quartier. Bon, la bonne nouvelle c'est qu'avec des cernes pareils et tes yeux injectés de sang on ne remarque presque plus ce gros vilain bouton.

Et la *vraie* bonne nouvelle, c'était que je me fichais pas mal du bouton, aujourd'hui. Marrant comme une toute petite expérience où on a risqué sa vie peut vous faire relativiser un bouton. Ce qui m'importait aujourd'hui, c'était de coffrer Munson une bonne fois pour toutes. Je n'avais pas envie de passer encore une nuit blanche à me demander si j'allais finir en fumée.

— J'ai comme l'intuition que Morris Munson est rentré chez lui depuis ce matin, confiai-je à Lula. J'y vais illico, et je compte bien l'embarquer, cette fois.

— Je viens avec toi. Ça me dit bien d'embarquer quelqu'un, aujourd'hui. A vrai dire, je suis même d'une humeur parfaitement embarquatrice.

Je sortis mon revolver de mon sac.

— Je suis temporairement à court de munitions, dis-je à Connie. Il t'en reste quelque part ?

Vinnie sortit la tête par la porte de son bureau.

— Tu mets des balles dans ton flingue ? J'ai bien entendu ? En quel honneur ?

— J'ai très souvent des balles dans mon flingue, répliquai-je en fronçant les sourcils, me sentant facilement irritable. D'ailleurs, pas plus tard qu'hier soir, j'ai tiré sur quelqu'un.

Moment de stupeur collective.

— Sur qui ? s'extasia Lula.

— Morris Munson. Il est entré chez moi par effraction.

Vinnie se précipita sur moi.

— Où est-il ? Il est mort ? Tu ne lui as pas tiré dans le dos, j'espère ! Je n'arrête pas de le répéter à tout le monde : *jamais dans le dos !*

— Je ne lui ai pas tiré dans le dos. Je lui ai tiré dans le pied.

— Et alors ? Il est où ?

— Putain, c'est pas vrai ! s'exclama Lula. Tu lui as tiré ta dernière balle dans le pied, c'est ça ? T'as tiré un pauvre petit coup et tu t'es retrouvée à court de munitions.

Elle secoua la tête en soupirant.

— Tu ne trouves pas ça horrible, quand ça t'arrive ? reprit-elle.

Connie revint de la réserve avec une boîte de cartouches.

— Tu es sûre que tu les veux ? me demanda-t-elle. Tu n'as pas l'air en forme. Je ne sais pas si c'est une bonne idée de donner une boîte de cartouches à une fille qui a un bouton sur le menton.

Je chargeai quatre coups dans mon revolver et rangeai le reste de la boîte dans ma besace.

— Ça va aller, assurai-je.

— Ça, c'est une nana qui a un plan derrière la tête, déclara Lula.

Ça, c'était plutôt une nana qui avait une gueule de bois et qui voulait juste en finir avec cette journée de merde.

A mi-chemin de la maison de Munson sur Rockwell Street, je me garai le long du trottoir pour vomir. Mitchell et Habib grimacèrent derrière moi.

— Quelle nuit tu as dû passer, compatit Lula.

— Je ne veux même pas y repenser.

Et c'était plus qu'une façon de parler : je ne voulais *vraiment pas* y repenser. Parce que enfin qu'est-ce que c'était que ce truc entre Ranger et moi ? J'étais givrée, ou quoi ? Et je n'arrivais pas à croire que j'avais réellement passé une partie de la nuit à boire du whisky et du chocolat chaud avec mamie. Je ne tiens pas bien l'alcool. Je suis bourrée au bout de deux bouteilles de bière. J'avais l'impression qu'on avait téléporté mon cerveau dans une autre galaxie, et que mon corps était resté derrière.

Je roulai encore quatre cents mètres avant de m'arrêter au drive-in du McDonald's pour me procurer mon remède infaillible contre la gueule de bois : des frites et un Coca.

— Tant qu'on est là, dit Lula, je ferais aussi bien de grignoter un petit quelque chose moi aussi. Un muffin, une grande frite, un milk-shake chocolat et un Big Mac, cria-t-elle au caissier par-dessus mon épaule.

Je me sentis blêmir.

— C'est ça que tu appelles *grignoter* ?

— Ouais, t'as raison, reconnut-elle. Annulez la grande frite !

Le vendeur du guichet extérieur me tendit le sac en papier et jeta un coup d'œil vers la banquette arrière.

— Où est passé votre chien ?

— A la maison.

— Dommage. C'était plutôt cool, la dernière fois. Chère madame, votre chien nous a laissé une montagne de…

J'écrasai la pédale de l'accélérateur et décampai aussi sec. Le temps d'arriver chez Munson, le sac du McDo était vide et je me sentais déjà beaucoup mieux.

— Qu'est-ce qui te fait croire qu'il est rentré chez lui ? demanda Lula.

— Juste un pressentiment. Il lui fallait un pansement pour son pied et une nouvelle paire de godasses. A sa place, je serais rentrée chez moi pour faire tout ça. Et comme il était déjà tard, une fois chez moi, je serais restée dormir dans mon lit.

Impossible de deviner quoi que ce soit depuis l'extérieur. Pas de lumière aux fenêtres. Aucun signe de vie dans la maison. Je fis le tour en voiture et m'engouffrai dans l'allée qui menait au garage. Lula descendit en vitesse jeter un œil par les vitres.

— Il est bien là, chuchota-t-elle en remontant dans la Buick. En tout cas son épave est là.

— Tu as ton boîtier paralysant et ta bombe lacrymo ? vérifiai-je.

— Est-ce qu'un coq sort sans sa quéquette ? Je pourrais envahir la Bulgarie avec tout le bordel que j'ai dans mon sac.

Je refis le tour jusqu'à l'entrée principale, où je déposai Lula pour qu'elle monte la garde. Puis j'allai me garer deux maisons plus loin, hors du champ de vision de Munson. Mitchell et Habib se rangèrent derrière moi dans leur voiture pour enfants, verrouillèrent leurs portières de l'intérieur et ouvrirent enfin leur sac McDonald's.

Je passai par-derrière en coupant à travers les pelouses des voisins, traversai le jardin de Munson et regardai prudemment par la fenêtre de sa cuisine. Rien à signaler, à part une boîte de pansements et un rouleau d'essuie-tout sur la table. Ma parole, mais je suis géniale ou quoi ? Je reculai de quelques pas et levai la tête pour observer les fenêtres du premier étage. On percevait un vague bruit d'eau qui coule. Munson était en train de prendre une douche. La vache, on pouvait difficilement rêver mieux.

J'essayai d'ouvrir la porte de service. Fermée. J'essayai les fenêtres. Fermées. J'étais sur le point de casser une vitre lorsque Lula m'ouvrit la porte.

— Nulle, la serrure de sa porte d'entrée, lança-t-elle.

Je devais être la seule personne au monde à ne pas savoir crocheter une serrure.

Nous restâmes un moment dans la cuisine, l'oreille tendue. L'eau coulait toujours à l'étage. Lula avait sa lacrymo dans la main gauche et son boîtier paralysant dans la droite. Quant à moi, j'avais une main libre et les menottes dans l'autre. Nous montâmes l'escalier sur la pointe des pieds et nous arrêtâmes sur le palier. C'était une petite maison. Deux chambres et une salle de bains à l'étage. Les portes des chambres étaient ouvertes, et les deux pièces étaient vides. En revanche, celle de la salle de bains était fermée. Lula se posta d'un côté, prête à bondir, la lacrymo en l'air. Je me rangeai de l'autre côté. Nous savions toutes les deux exactement comment faire, car nous regardions beaucoup les séries policières à la télé. Munson n'était pas réputé porter une arme, et de toute façon il était assez peu probable qu'il soit armé sous sa douche, mais ça ne coûtait rien d'être prudentes.

— A trois, chuchotai-je à Lula, la main déjà sur la poignée. Un, deux, trois !

9

— Attends une seconde, s'exclama Lula à mi-voix. Il va être à poil. Je ne suis pas sûre d'avoir envie de voir ça. J'ai vu suffisamment de types répugnants dans ma vie. Je ne tiens pas spécialement à en voir un de plus.

— Je me fous pas mal qu'il soit à poil ou pas, rétorquai-je. Ce qui compte, c'est qu'il n'aura pas de couteau ni de torche à propane sur lui.

— C'est vrai.

— Bon, je recompte. Prête ? Un. Deux. Trois !

J'ouvris d'un grand coup la porte de la salle de bains et nous bondîmes à l'intérieur.

Munson écarta violemment le rideau de la douche.

— Qu'est-ce que c'est que ce bordel ?

— Vous êtes en état d'arrestation, annonça Lula. Et nous vous serions reconnaissantes de bien vouloir attraper une serviette parce que je n'ai pas tellement envie d'assister au triste spectacle de vos roustons ratatinés.

Il avait du shampooing plein les cheveux et un gros bandage autour du pied, qu'il avait protégé à l'aide d'un sac plastique retenu à la cheville par une bande élastique.

— Je suis fou ! hurla-t-il. Je suis complètement taré et vous ne m'aurez jamais vivant !

— Ouais, c'est ça, répliqua Lula en lui tendant une serviette. Vous ne voulez pas fermer le robinet, là ?

Munson prit la serviette et s'en servit pour frapper Lula.

— Hé ! s'offusqua Lula. Attendez un peu. Vous me frappez encore une fois avec cette serviette et je vous fais bouffer une giclée de lacrymo, pigé ?

Munson la frappa de nouveau.

— Grosse dondon, grosse dondon, chantonnait-il.

Oubliant la lacrymo, Lula l'agrippa par le cou. Munson leva un bras pour orienter le jet de la douche vers elle, profitant de la confusion pour sauter de la baignoire. J'essayai de l'intercepter, mais il était mouillé et savonneux. Lula se trémoussait en essayant de se protéger de l'eau.

— Bombe-le, criai-je à Lula. Electrocute-le ! Tire-lui dessus ! Fais quelque chose !

Munson nous bouscula toutes les deux et descendit l'escalier quatre à quatre. Il traversa la maison comme une flèche et sortit par la porte de service. J'étais sur ses talons, et Lula trois mètres derrière moi. Son pied devait le faire horriblement souffrir, mais il franchit deux jardins d'affilée avant de rejoindre l'allée. Je me jetai sur lui et l'atteignis pile dans le creux des reins. Nous roulâmes à terre en même temps, enlacés, distribuant les injures et les coups de griffes à tour de rôle. Munson se débattait tant bien que mal pendant que je tentais de le retenir pour lui passer les menottes. La tâche aurait été plus facile s'il avait eu des vêtements auxquels m'agripper. En l'occurrence, je n'avais pas tellement envie de m'agripper à ce que j'avais sous la main.

— Frappe-le là où ça fait mal ! me hurlait Lula. Frappe-le là où ça fait mal !

Ce que je finis donc par faire. Il arrive un moment où on est juste fatigué de se rouler par terre. Je pris mon élan et envoyai à Munson un grand coup de genou dans les testicules.

— Aïe, dit Munson en adoptant la position fœtale.

Lula et moi lui arrachâmes les mains de ses parties intimes avant de lui passer les menottes dans le dos.

— Dommage que je n'aie pas pu te filmer en train de te bagarrer avec ce type, commenta Lula.

Mitchell et Habib étaient sortis de leur voiture et observaient la scène à une distance respectueuse, l'air profondément affligés.

— Même vu d'ici, ça m'a fait mal, dit Mitchell. Si jamais on reçoit l'ordre de vous tabasser, je mets une coquille.

Lula retourna à la maison en courant pour chercher une couverture et fermer à clé. Pendant ce temps, Mitchell, Habib et moi traînions Munson jusqu'à la Buick. Lorsque Lula revint, nous enveloppâmes Munson dans la couverture avant de le jeter sur la banquette arrière et de le conduire au poste de police sur North Clinton Street. Nous le fîmes passer par l'entrée de derrière, qui était équipée d'une rampe d'accès direct.

— Exactement comme au McDo, fit observer Lula. Sauf qu'on dépose au lieu de prendre à emporter.

Je sonnai à l'interphone et m'identifiai. Quelques instants plus tard, Cari Costanza venait nous ouvrir. Il considéra la Buick d'un œil méfiant.

— Quoi encore ? fit-il.

— J'ai un type sur le siège arrière. Morris Munson. DDC.

Cari se pencha contre la vitre et son visage s'illumina d'un grand sourire.

— Il est à poil ?

Je laissai échapper un soupir.

— Vous n'allez pas m'emmerder avec ça, quand même ?

— Hé, Juniak ! cria Costanza. Viens voir, y a un mec à poil. Devine qui c'est qui l'a ramené !

— C'est bon, indiqua Lula à Munson en se retournant vers lui. Terminus. Vous pouvez descendre, maintenant.

— Non, rétorqua Munson. Je ne descends pas.

— C'est ce qu'on va voir ! s'exclama Lula.

Juniak et deux autres flics rejoignirent Costanza devant la porte. Ils affichaient tous leur sourire de flic à la con.

— Il y a des jours où je me dis qu'on fait vraiment un boulot de merde, médita tout haut un des policiers. Mais d'autres fois, on est amenés à voir des trucs comme ça et on se dit que ça vaut quand même le coup. Pourquoi est-ce que le mec à poil a un sac en plastique autour du pied ?

— Je lui ai tiré dessus, expliquai-je.

Costanza et Juniak se regardèrent en silence.

— Je préfère ne pas le savoir, répondit Costanza. Je n'ai rien entendu.

Lula décocha à Munson son regard de chien des décharges à ordures.

— Si tu ne sors pas vite fait ta carcasse de blanc-bec de cette bagnole, je viens te chercher par la peau des couilles, menaça-t-elle.

— Va te faire foutre, gros cul ! gueula Munson.

Les flics retinrent leur souffle et reculèrent d'un pas.

— Cette fois c'est trop, déclara Lula. Tu m'as mise de mauvaise humeur, là. Tu as abusé de mon bon caractère. Je vais venir te sortir de là comme le petit rongeur à bite molle que tu es.

Elle s'extirpa de la voiture et ouvrit la portière arrière d'un coup sec.

C'est alors que Munson se rendit.

J'enroulai la couverture autour de lui et nous nous engouffrâmes tous dans le commissariat, sauf Lula qui a une phobie de ce genre d'endroits. Elle se désengagea de la rampe d'accès en marche arrière et trouva une place pour se garer sur le parking.

Je menottai Munson au banc près de l'accueil, remplis les papiers et pris mon reçu. Prochaine mission sur ma liste : rendre une petite visite à Brian Simon.

J'étais en route pour le deuxième étage lorsque Costanza m'intercepta dans le couloir.

— Si tu cherches Simon, pas la peine de te fatiguer. Il s'est tiré à la minute où il a su que tu étais ici.

Il me toisa de la tête aux pieds avant d'ajouter :

— Sans vouloir t'offenser ni rien, tu fais peur à voir.

J'étais couverte de poussière, mon jean était déchiré au genou, j'avais la coiffure des *très* mauvais jours, tout ça sans parler du bouton.

— On dirait que tu n'as pas dormi depuis des semaines, renchérit Costanza.

— C'est exactement le cas.

— Je peux en parler à Morelli, si tu veux.

— Ce n'est pas Morelli. C'est ma grand-mère. Elle a emménagé avec moi, et elle ronfle.

Ça, plus le Mooner. Plus les psychopathes. Plus Ranger.

— Donc, si je comprends bien, tu vis avec ta grand-mère et le chien de Simon ?

— Ouais.

Grand sourire de Costanza.

— Hé, Juniak ! cria-t-il. Tu sais pas la meilleure ?

Il se retourna vers moi :

— Maintenant je comprends pourquoi Morelli est d'une humeur de chien, depuis quelques jours.

— Dis à Simon que je suis passée le voir.

— Tu peux compter sur moi, répondit Costanza.

Je quittai le commissariat et retournai à l'agence avec Lula, histoire de me vautrer allègrement dans l'autocélébration de mes exploits professionnels. Lula et moi avions capturé notre proie. Et une grosse prise, pardessus le marché. Un meurtrier psychopathe. Bon, d'accord, ça n'avait peut-être pas été une opération entièrement irréprochable, mais hé, on l'avait eu !

J'étalai triomphalement le reçu du commissariat sur le bureau de Connie.

— Alors, on est des pros ou pas ? lançai-je.

Vinnie passa la tête par la porte de son bureau.

— J'ai bien entendu ? Vous nous annoncez une arrestation ?

— Morris Munson, confirma Connie. Emballez, c'est pesé.

Vinnie se balança sur ses talons, mains dans les poches, un grand sourire lui fendant le visage.

— Joli.

— Il n'a même pas mis le feu à Steph ni à moi, cette fois, commenta Lula. On a assuré. On l'a traîné au poste par la peau du cul.

Connie dévisageait Lula en écarquillant les yeux.

— Tu sais que tu es toute mouillée ?

— Ouais. On a sorti ce connard de sa douche.

Les sourcils de Vinnie se dressèrent sur son front.

— Vous voulez dire que vous l'avez arrêté à poil ?

— Ça, à la limite, c'était pas le plus grave, répondit Lula. Mais il s'est enfui de la maison et il a couru dans la rue les fesses à l'air.

Vinnie secoua la tête, le sourire plus radieux que jamais.

— Bon sang, j'adore ce métier.

Connie me versa ma commission. Je donnai sa part à Lula et rentrai chez moi me changer.

Mamie n'était pas encore partie, elle se préparait pour sa leçon de conduite. Elle portait son survêtement violet, des baskets à semelles compensées et un tee-shirt Bart Simpson à manches longues.

— J'ai rencontré un type dans l'ascenseur, m'annonça-t-elle. Je l'ai invité à dîner chez ta mère ce soir.

— Comment s'appelle-t-il ?

— Myron Landowsky. Il a l'air un peu chiant, mais je me suis dit qu'il fallait bien commencer quelque part.

Elle ramassa son sac sur le bar, le coinça sous son bras et donna une petite tape amicale sur la tête de Bob.

— Bob a été sage, aujourd'hui, à part le rouleau de PQ qu'il a mangé. Ah oui, et je me demandais si on pourrait y aller en voiture avec Joseph et toi. Myron n'aime pas conduire le soir, il a une mauvaise vision de nuit.

— Pas de problème.

Je me fis un sandwich à l'omelette pour le déjeuner, changeai de jean, nouai mes cheveux en queue-de-cheval et étalai une tartine de fond de teint sur mon bouton. Je regonflai mes cils avec des pâtés de mascara et contemplai le désastre dans le miroir. Stéphanie, Stéphanie, Stéphanie, murmurai-je. Qu'est-ce que tu fous ?

J'essayais de me motiver pour retourner à Deal, voilà ce que je foutais. Ça me rendait malade de penser que j'avais raté une occasion de parler avec Alexander Ramos. J'étais restée assise en face de lui comme un gros champignon moisi. Depuis des jours, tout le monde surveillait la famille Ramos, et au moment où par hasard on m'ouvre la porte du poulailler, je ne trouve pas une question à poser au coq. J'étais convaincue que le conseil de Ranger était sage, à savoir de me tenir éloignée d'Alexander Ramos, mais je me trouvais trop lâche de ne pas y retourner pour essayer de tirer meilleur parti de la situation.

J'enfilai ma veste et accrochai la laisse de Bob à son collier. Je fis un détour par la cuisine pour dire au revoir à Rex et ranger mon flingue dans la boîte à biscuits. Je ne pensais pas que c'était une bonne idée d'être armée pour servir de chauffeur à Alexander Ramos. J'aurais eu un peu de mal à expliquer la présence du revolver si jamais Ramos ou l'un de ses baby-sitters avait eu l'idée de me fouiller.

Joyce Barnhardt était garée sur mon parking lorsque je redescendis.

— Bien maquillée, lança-t-elle. On dirait une pizza.

J'imagine que le fond de teint ne faisait pas totalement illusion.

— Qu'est-ce que tu veux ?

— Tu le sais très bien.

Joyce n'était pas la seule abrutie à traîner sur mon parking. Mitchell et Habib étaient stationnés dans le fond. Je marchai dans leur direction, et Mitchell baissa la vitre côté conducteur.

— Vous voyez cette femme avec qui je viens de parler ? dis-je. C'est Joyce Barnhardt. L'agent de cautionnement judiciaire que Vinnie a embauché pour retrouver Ranger. Si vous voulez choper Ranger, c'est plutôt elle que vous devriez suivre.

Les deux hommes se tournèrent vers Joyce.

— Dans mon village, si une femme s'habillait comme ça, on la condamnerait à être lapidée, fit observer Habib.

— Jolis nichons, commenta Mitchell. C'est des vrais ?

— A ce que je sais, oui.

— A votre avis, quelles sont ses chances de retrouver Ranger ?

— Aucune.

— Et les vôtres ?

— Aucune.

— On nous a chargés de vous surveiller, vous, conclut Mitchell. Et c'est ce que nous allons continuer de faire.

— Dommage, soupira Habib. J'aime bien regarder cette pute, Joyce Barnhardt.

— Vous allez me suivre tout l'après-midi ?

Mitchell rougit jusqu'à la racine des cheveux.

— On a d'autres trucs à faire.

— Comme rapporter la voiture à la maison ? suggérai-je avec un sourire.

— Putain de club de foot ! s'exclama Mitchell. Mon fils a un match ce soir ! C'est mon tour de faire l'accompagnateur.

Je retournai à la Buick et fis monter Bob sur le siège arrière. Au moins, grâce au match de foot, je n'avais pas à me soucier d'être suivie. Je jetai quand même un œil dans le rétro pour m'en assurer. Pas de Mitchell ni d'Habib… mais Joyce m'avait prise en filature. Je m'arrêtai sur le bord de la route, et elle se rangea quelques mètres derrière moi. Alors je sortis pour aller lui parler.

— Laisse tomber, lui dis-je.

— Je suis libre, je fais ce que je veux.

— Tu comptes me suivre toute la journée ?

— Sans doute.

— Et si je te le demande gentiment ?

— Rien à branler.

Je considérai un instant sa voiture. Un 4×4 noir flambant neuf. Puis je considérai la mienne. La Grande Bleue. Je remontai dans la Buick.

— Accroche-toi, lançai-je à Bob.

Et je démarrai à fond en marche arrière.

BANG !

Je repassai la marche avant et fis quelques mètres avant de sortir contempler l'étendue des dégâts. Le pare-chocs du 4×4 était ratatiné comme les couilles de Munson, et Joyce se débattait dans son airbag. L'arrière de la Buick, lui, était intact. Pas une égratignure. Je remontai en voiture et déguerpis. Ce n'est jamais une bonne idée d'enquiquiner une nana qui a un bouton.

Le temps était couvert à Deal, avec une brume qui planait au-dessus de l'océan. Ciel gris, mer grise, trottoirs gris, grosse maison rose appartenant à Alexander Ramos. Je passai une première fois devant la maison sans m'arrêter, fis demi-tour, repassai en sens inverse, bifurquai dans une perpendiculaire et me garai à l'angle. Je me demandais si Ranger était en planque. J'avais le sentiment que oui. Aucun camion ni aucune fourgonnette n'était stationné le long de la rue. Ce qui signifiait qu'il devait être caché dans une maison. Une maison forcément inhabitée. Facile de repérer les villas inhabitées sur la plage. Beaucoup plus difficile sur la route. Aucune n'avait les volets clos.

Je consultai ma montre. Même heure, même endroit. Pas de Ramos. Au bout de dix minutes, mon téléphone sonna.

— Yo, fit Ranger.

— Yo toi-même.

— Tu n'es pas très douée pour suivre les conseils qu'on te donne.

— Tu parles de ce boulot de contrebandière de clopes ? Ça semblait trop beau pour ne pas accepter.

— Tu vas faire attention, hein ?

— Ouais.

— Notre ami a quelques petits problèmes pour sortir de chez lui. Attends une seconde.

— Comment tu sais ça ? Où es-tu ?

— Prépare-toi, dit Ranger. Le spectacle va commencer.

Et il raccrocha.

Alexander Ramos sortit de la résidence en courant et se précipita vers ma voiture. Il ouvrit brusquement la portière côté passager et plongea sur le siège avant.

— Foncez ! cria-t-il. Foncez !

Je démarrai au moment où deux types en costard déboulaient dans notre direction. J'écrasai la pédale de l'accélérateur, et la Buick bondit en rugissant.

Ramos n'avait pas l'air en forme du tout. Il était blême, en sueur, complètement essoufflé.

— Putain, dit-il, je ne pensais pas que j'y arriverais. C'est la foire d'empoigne, dans cette baraque. Heureusement que j'ai regardé par la fenêtre juste à ce moment-là et que j'ai reconnu votre voiture. Je devenais cinglé, là-dedans.

— Vous voulez aller au tabac ?

— Non. C'est le premier endroit où ils vont me chercher. Je ne peux pas aller chez Sal non plus.

Tout ça commençait à sentir sérieusement le roussi. Genre, j'étais tombée sur un jour où Alexander n'avait pas pris ses médocs.

— Emmenez-moi à Asbury Park, dit-il. Je connais un endroit là-bas.

— Pourquoi est-ce que ces types vous poursuivaient ?

— Personne ne me poursuivait.

— Mais je les ai vus.

— Vous n'avez rien vu du tout.

Dix minutes plus tard, il tendit un doigt en avant.

— Voilà. Arrêtez-vous devant ce bar.

Nous entrâmes tous les trois dans le bar pour nous asseoir à une table et nous livrer exactement au même petit rituel que la fois précédente. Le barman nous apporta une bouteille d'ouzo sans rien nous demander. Ramos s'envoya deux verres cul sec et s'alluma une clope.

— Tout le monde vous connaît, constatai-je.

Il balaya du regard les banquettes éraflées qui s'alignaient le long du mur et le comptoir en acajou sombre qui leur faisait face. Derrière le bar s'étalait la gamme de bouteilles habituelle. Et derrière les bouteilles, le grand miroir traditionnel. Un seul tabouret était occupé, à l'autre bout de la salle. Le type plongea le nez dans son verre.

— Ça fait quelques années que je viens ici, répondit Alexander. Je viens chaque fois que j'ai besoin d'échapper à ces dingues.

— Quels dingues ?

— Ma famille. J'ai élevé trois bons à rien qui dépensent mon argent plus vite que je n'arrive à le gagner.

— Vous êtes Alexander Ramos, n'est-ce pas ? J'ai vu votre photo dans *Newsweek* il y a quelque temps. Je suis désolée pour Homer. J'ai appris la nouvelle dans le journal.

Il se servit un autre verre.

— Un dingue en moins à gérer.

Je me sentis blêmir. C'était une façon de voir les choses assez terrifiante de la part d'un père.

Il aspira une longue bouffée de cigarette et ferma les yeux pour la savourer.

— Ils pensent que le vieux schnock ne sait pas ce qui se passe, reprit-il. Eh bien ils se trompent. Le vieux schnock sait tout. Je n'ai pas bâti cet empire en étant idiot. Et je ne l'ai pas bâti non plus en étant gentil, alors ils feraient bien de faire attention là où ils mettent les pieds.

Je me retournai pour jeter un coup d'œil vers la porte.

— Vous êtes sûr qu'on est en sécurité, ici ?

— Tant que vous êtes avec Alexander Ramos, vous êtes en sécurité. Personne ne touche à Alexander Ramos.

Ouais, c'est ça. Et c'est pour ça qu'on est obligés de se planquer dans un bar à Asbury Park. J'avais de plus en plus l'impression d'être à Bizarro Land.

— C'est juste que je n'aime pas être dérangé quand je fume, reprit Alexander. Je n'ai pas envie de devoir supporter toutes ces sangsues.

— Pourquoi vous ne vous débarrassez pas d'eux ? Pourquoi vous ne leur dites pas de partir de chez vous ?

Il me regarda en plissant les yeux dans un nuage de fumée.

— Et je passerais pour quoi ? C'est la famille, quand même.

Il laissa tomber sa cigarette sur le sol avant de l'écraser du bout de la chaussure.

— Il n'y a qu'une seule façon de se débarrasser de la famille, ajouta-t-il.

Quelle horreur !

— Allez, on y va. Il faut que je rentre avant que mon fils ne m'enterre.

— Hannibal ?

— Monsieur Gros Bonnet. Je n'aurais jamais dû lui payer des études.

Il se leva et posa une liasse de billets sur la table.

— Et vous ? dit-il. Vous avez fait des études ?

— Ouaip.

— Vous faites quoi, maintenant ?

J'avais peur qu'il me tue si je lui avouais que j'étais chasseuse de primes.

— Un peu de tout, répondis je, évasive.

— Vous avez des diplômes et vous faites *un peu de tout* ?

— On dirait ma mère !

— Je suis sûr que vous devez lui filer de l'angine de poitrine, à votre mère.

Je ne pus m'empêcher de sourire. Il était fou à lier, mais il me plaisait bien. Il me faisait penser à mon oncle Punky.

— Vous savez qui a tué Homer ? risquai-je.

— Homer s'est suicidé.

— J'ai lu dans le journal qu'ils n'ont pas retrouvé d'arme, et que du coup ils ont éliminé la thèse du suicide.

— Y a plus d'une façon de se suicider. Mon fils était bête et cupide.

— Vous ne l'avez pas tué, quand même ?

— J'étais en Grèce quand il est mort.

Nos yeux se croisèrent une seconde. Nous savions tous les deux que ça ne répondait pas à la question. Ramos pouvait très bien avoir commandité l'exécution de son fils.

Je le ramenai jusqu'à Deal et me garai dans une rue perpendiculaire, à quelques encablures de la maison rose.

— Quand ça vous dit de vous faire vingt dollars, vous n'avez qu'à m'attendre au coin, me dit Ramos.

Je souris. Je n'avais encore jamais accepté son argent, et je savais que je ne reviendrais sans doute pas.

— D'accord, répondis-je. Ouvrez l'œil, alors.

Je démarrai à la minute où il sortit de la voiture. Je n'avais pas envie de risquer que les types en costard me repèrent. Dix minutes plus tard, mon téléphone sonna.

— Courte visite, commenta Ranger.

— Il boit, il fume, il rentre à la maison.

— Tu as appris des choses ?

— Je pense qu'il est fou.

— C'est l'avis général, en effet.

Parfois, Ranger parlait comme s'il avait grandi dans la rue, et d'autres fois on aurait cru un agent de change. Ricardo Carlos Manoso, l'Homme du Mystère.

— Tu crois que Ramos peut avoir tué son propre fils ? demandai-je.

— Il en est capable.

— Il dit qu'Homer a été tué parce qu'il était bête et cupide. Tu connaissais Homer. Il était vraiment bête et cupide ?

— Homer était le plus faible des trois fils. Il suivait toujours la route la plus facile. Mais parfois la route facile pouvait générer des problèmes.

— Comme ?

— Par exemple il perdait cent mille dollars au jeu et ensuite il cherchait une façon rapide de se rembourser, en détournant un camion ou en dealant de la drogue. Au passage, il marchait sur les plates-bandes de la mafia ou bien il se fritait avec la police et Hannibal devait venir lui débrouiller ses histoires.

Ce qui m'amena à me demander ce que Ranger pouvait bien faire avec Homer Ramos la nuit de son assassinat. Pas la peine de poser la question.

— A plus, *baby*, me lança-t-il.

Et il raccrocha.

Je rentrai à temps pour aller promener Bob et prendre une petite douche. Après quoi je m'accordai une demi-heure supplémentaire pour étudier ma coiffure afin qu'elle paraisse faussement naturelle comme si c'était vraiment une chose dont je me moquais éperdument mais que j'avais quand même l'air sublime sans faire d'efforts car c'était ma nature. Comme il me semblait sacrilège d'avoir une coiffure aussi sexy et un bouton aussi dégueulasse, je le pressai jusqu'à ce qu'il éclate. Résultat, j'avais maintenant un gros trou sanglant au milieu du menton. Merde. Je collai par-dessus un morceau de PQ pour arrêter le saignement pendant que je me maquillais. Puis j'enfilai un pantalon moulant noir et un pull rouge très décolleté. Je retirai le PQ de mon menton et reculai d'un pas pour contempler l'ensemble. Les cernes sous mes yeux avaient considérablement diminué et le trou dans le menton commençait déjà à cicatriser. Bon, pas un top model mais avec une lumière tamisée ça pourrait passer.

J'entendis la porte d'entrée s'ouvrir et se refermer, et mamie passa devant la salle de bains en coup de vent sur le chemin de la chambre.

— La vache, c'est vraiment le pied de conduire ! s'exclama-t-elle. Je ne sais pas ce que j'ai attendu pour passer mon permis. J'ai eu ma leçon cet après-midi, et ensuite Melvina est venue me chercher pour m'emmener au centre commercial, et elle m'a laissée conduire sur le parking. Je m'en suis vraiment bien tirée ! Sauf quand j'ai freiné un peu brusquement et que Melvina s'est bloqué le dos.

La sonnette retentit. J'allai ouvrir et tombai nez à nez avec Myron Landowsky qui ahanait dans le couloir. Landowsky me faisait toujours penser à une tortue, avec sa petite tête chauve couverte de taches brunes tendue en avant, ses épaules voûtées et ses pantalons remontés jusque sous les aisselles.

— Sérieusement, dit-il, s'ils ne font pas quelque chose pour l'ascenseur, je déménage. J'habite ici depuis vingt-deux ans mais je m'en irai s'il le faut. Cette vieille Mme Bestier qui monte avec son déambulateur et qui ensuite appuie sur stop quand elle sort… Je l'ai vue faire des milliers de fois. Ça lui prend un quart d'heure juste pour sortir de l'ascenseur, ensuite elle s'en va et le bouton stop reste appuyé. Et nous, pendant ce temps, qu'est-ce qu'on est censés faire au deuxième étage ? J'ai été obligé de descendre à pied, cette fois.

— Vous voulez un verre d'eau ?

— Vous n'avez pas d'alcool ?

— Non.

— Laissez tomber, alors.

Il jeta un coup d'œil autour de lui.

— Je suis venu voir votre grand-mère. Nous allons dîner dehors.

— Elle se prépare. Elle en a pour une minute.

Il y eut trois petits coups à la porte et Morelli fit son entrée. Il me regarda. Et puis il regarda Myron.

— On fait un double, ce soir, expliquai-je. Je te présente un ami de ma grand-mère, Myron Landowsky.

— Vous voulez bien nous excuser une seconde ? demanda Morelli en m'attirant dans le couloir.

— De toute façon il faut que j'aille m'asseoir, répondit Landowsky. J'ai été obligé de descendre à pied.

Morelli ferma la porte, me plaqua contre le mur et m'embrassa fougueusement. Quand il eut terminé, je dus vérifier ma tenue pour m'assurer que j'étais encore habillée.

— Ouah, murmurai-je.

Il effleura mon oreille du bout des lèvres.

— Si tu ne vires pas ces vieux de chez toi vite fait, je vais devoir m'autoconsumer.

Je voyais très bien ce qu'il voulait dire. Je m'étais moi-même autoconsumée dans ma douche le matin, mais ça n'aidait pas des masses.

Mamie ouvrit la porte et passa la tête dans le couloir.

— Ah, j'avais peur que vous soyez partis sans nous.

Nous prîmes la Buick car nous ne tenions pas tous dans le 4×4 de Morelli. Il conduisait, Bob était assis à côté de lui, et moi j'étais sur le côté, collée contre la vitre. Mamie et Myron étaient à l'arrière, en grande conversation sur les différentes marques de laxatifs.

— Des nouvelles du meurtre de Ramos ? demandai-je à Morelli.

— Non, rien. Barnes est toujours persuadé que c'est Ranger.

— Pas d'autres suspects ?

— Assez de suspects pour remplir un stade. Aucune preuve contre aucun d'entre eux.

— Et la famille ?

Morelli me jeta un regard en coin.

— Quoi, la famille ?

— Ils font partie des suspects ?

— Au même titre que la population entière de trois pays.

Ma mère se tenait sur le perron quand nous nous garâmes. Ça faisait bizarre de la voir là toute seule. Depuis quelques années, mamie était toujours à côté d'elle pour nous accueillir. La mère et la fille dont les rôles s'étaient inversés : mamie abdiquant joyeusement toute responsabilité parentale tandis que ma mère endossait la tâche à contrecœur, luttant pour faire une place à cette vieille femme soudain transformée en une étrange créature hybride entre mère permissive et fille rebelle. Mon père, dans le salon, refusant de se mêler à tout ça.

— Ça alors ! s'exclama ma grand-mère. C'est marrant comme ça paraît différent vu de ce côté de la porte !

Bob bondit de la voiture et se précipita sur ma mère, attiré par les effluves de porc rôti qui s'échappaient de la cuisine.

Myron mit un peu plus de temps à démarrer.

— C'est une belle bagnole que vous avez là, dit-il. Un vrai petit bijou. On n'en fabrique plus des comme ça. Maintenant, c'est que de la saloperie. Saleté de plastoc. Fabriquées par une bande de métèques.

Mon père nous rejoignit dans l'entrée en traînant les pieds. C'était le genre de discours qu'il aimait bien. Mon père était un Américain de la deuxième génération, et il adorait cracher sur les étrangers, sauf la famille. Il recula quand il vit que c'était l'homme-tortue qui parlait.

— C'est Myron, annonça ma grand-mère en guise de présentations. Mon cavalier de ce soir.

— Jolie baraque, commenta Myron. Rien ne vaut les revêtements en aluminium. C'est de l'aluminium que vous avez dehors, non ?

Bob courait dans toute la maison comme un chien fou, enivré par les odeurs de cuisine. Il s'arrêta dans l'entrée et renifla un grand coup le derrière de mon père.

— Vire-moi ce clebs, ordonna mon père. D'où tu le sors, ce clébard ?

— C'est Bob, répondit ma grand-mère. Il veut juste te dire bonjour. J'ai vu un reportage à la télé sur les chiens, l'autre jour, et ils disaient que, pour eux, se sentir le cul c'était comme se serrer la main. Maintenant je sais tout sur les chiens. Et on a vraiment du pot qu'ils aient coupé les couilles de Bob avant qu'il soit trop vieux et qu'il ait pris l'habitude de se branler sur la jambe des gens. Il paraît que c'est très dur de leur faire perdre cette manie ensuite.

— Quand j'étais gosse, j'avais un lapin, renchérit Myron, et il se branlait tout le temps sur tout le monde. Putain, une fois qu'il vous avait chopé, c'était la mort pour s'en débarrasser. Et ce lapin se foutait pas mal de savoir avec qui il s'envoyait en l'air.

Je sentais Morelli secoué d'un rire silencieux derrière mon dos.

— Je crève la dalle, déclara mamie. On va manger ?

Nous prîmes tous place autour de la table, excepté Bob qui dînait à la cuisine. Mon père se servit deux tranches de rôti avant de passer le plat à Morelli, pendant que nous faisions circuler la purée. Et puis les haricots verts, le coulis de pomme, les cornichons, le panier de petits pains et les betteraves marinées au vinaigre.

— Pas de betteraves pour moi, dit Myron. Ça me file la chiasse. Je sais pas pourquoi, mais en vieillissant tout me donne la chiasse.

— Vous avez la chance de ne pas être constipé, répliqua ma grand-mère. Vous avez la chance de ne pas avoir besoin de prendre du Spagulax pour aller aux chiottes. Maintenant que le Fournisseur a fait faillite, les prix des médocs vont flamber. Pour les autres trucs aussi, d'ailleurs. J'ai acheté ma voiture pile au bon moment.

Mon père et ma mère relevèrent la tête en même temps.

— Tu as acheté une voiture ? s'étonna ma mère. Personne ne m'a rien dit.

— Elle est canon, en plus, renchérit ma grand-mère. C'est une Corvette rouge.

— Doux Jésus, murmura ma mère en se signant.

10

— Avec quel argent vous avez pu vous payer une Corvette ? demanda mon père. Vous ne touchez que la retraite.

— J'ai des économies de quand j'ai vendu la maison. Et en plus, j'ai fait une super affaire. Même le Mooner a dit que j'avais fait une affaire.

Ma mère fit de nouveau le signe de croix.

— Le Mooner, répéta-t-elle avec une légère pointe d'hystérie dans la voix. Tu as acheté une voiture au Mooner ?

— Non, pas au Mooner, rétorqua mamie. Le Mooner ne vend pas de voitures. Je l'ai achetée au Fournisseur.

— Dieu merci, soupira ma mère, la main sur le cœur. L'espace d'un instant, j'ai cru que… Enfin, je suis contente que tu sois allée chez un fournisseur officiel.

— Pas un *fournisseur de voitures*, rectifia mamie. J'ai acheté ma voiture au fournisseur de Spagulax. Je l'ai payée quatre cent cinquante dollars. C'est un bon prix, non ?

— Ça dépend, répondit mon père. Elle a un moteur ?

— Je n'ai pas vérifié, avoua mamie. Les voitures n'ont pas toutes des moteurs ?

Joe paraissait affligé. Il n'avait pas envie d'être celui qui allait devoir balancer ma grand-mère aux flics pour recel de voiture volée.

— Pendant que Louise et moi regardions les voitures dans la cour du Fournisseur, il y avait des types qui parlaient d'Homer Ramos à côté, raconta mamie. Ils disaient que c'était un gros marchand de voitures. Je ne savais pas que la famille Ramos vendait des voitures. Je croyais juste qu'ils vendaient des armes.

— Homer Ramos vendait des voitures *volées*, précisa mon père, la tête penchée au-dessus de son assiette. C'est de notoriété publique.

Je me tournai vers Joe.

— C'est vrai ?

Haussement d'épaules morellien. Evasif. Gueule de flic. Pour peu que vous sachiez interpréter les signes un minimum, ça voulait dire : « investigation en cours ».

— Et c'est pas tout, poursuivit ma grand-mère. Il trompait sa femme. Un vrai mufle. Il paraît que son frère ne vaut pas mieux, d'ailleurs. Il habite en Californie, mais il a gardé une maison ici pour pouvoir recevoir des femmes en cachette. A mon avis, c'est toute la famille qui est pourrie.

— Il doit être riche, pour avoir deux maisons, fit observer Myron. Moi aussi j'aimerais bien être riche. Comme ça je pourrais avoir une maîtresse.

Il y eut un silence collectif alors que nous nous demandions tous ce que Landowsky pourrait bien faire d'une maîtresse.

Il attrapa le plat de purée, qui était vide.

— Attendez, laissez-moi vous en rapporter, dit mamie. Ellen garde toujours du rab au chaud à la cuisine.

Elle prit le plat et s'éloigna en trottinant.

— Oh oh, fit-elle en pénétrant dans la cuisine.

Ma mère et moi nous levâmes en même temps pour

aller voir de quoi il retournait. Debout au milieu de la pièce, mamie contemplait le gâteau posé sur la table.

— La bonne nouvelle, dit-elle, c'est que Bob n'a pas mangé tout le gâteau. La mauvaise, c'est qu'il a léché tout le glaçage sur un côté.

Sans perdre une seconde, ma mère sortit un couteau à beurre du tiroir à couverts, préleva un peu de glaçage sur le dessus du gâteau, l'étala sur le côté que Bob avait léché et saupoudra des copeaux de noix de coco sur tout le pourtour.

— Ça faisait longtemps qu'on n'avait pas mangé de gâteau à la noix de coco, approuva mamie. C'est une très bonne idée.

Ma mère posa le plat sur le dessus du frigo, hors de portée de Bob.

— Quand tu étais petite, tu léchais toujours le glaçage, me dit-elle. On mangeait beaucoup de gâteaux à la noix de coco.

Morelli m'interrogea du regard lorsque je revins au salon.

— Ne pose pas de questions, répondis-je. Et ne mange pas l'extérieur du gâteau.

Le parking était presque plein quand nous arrivâmes devant mon immeuble. Les vieux étaient chez eux, sagement installés devant leur télé.

Myron agita ses clés sous le nez de mamie.

— Ça vous dirait de venir prendre un dernier verre chez moi, beauté ?

— Vous les hommes, vous êtes tous les mêmes, soupira mamie. Vous n'avez qu'une seule chose en tête.

— Ah bon ? Et c'est quoi ? demanda Myron.

Ma grand-mère esquissa un petit rictus.

— Si je dois vous faire un dessin, alors c'est pas la peine de venir prendre un verre chez vous.

Morelli nous raccompagna mamie et moi jusqu'à mon appartement. Il laissa ma grand-mère entrer avant de me prendre à part.

— Tu pourrais venir chez moi, dit-il.

C'était assez tentant. Mais pas pour les raisons que Morelli espérait. Je ne tenais plus debout. Et Joe ne ronflait pas, lui. Chez lui, j'aurais peut-être enfin une chance de *dormir*. Je ne me souvenais même plus de la dernière fois que j'avais fait une nuit complète.

Il effleura mes lèvres avec les siennes.

— Ta grand-mère s'en fout. Elle a Bob.

Huit heures d'affilée, songeai-je. Tout ce que je voulais, c'était huit heures de sommeil, et après je serais comme neuve. Il glissa les mains sous mon pull.

— Je te promets de te faire passer une nuit mémorable.

Une nuit sans pyromane armé d'un cran d'arrêt.

— Ce serait le pied, dis-je, sans même me rendre compte que je parlais tout haut.

Il était si près de moi que je sentais chaque parcelle de son corps plaqué contre le mien. Et une de ces parcelles grossissait à vue d'œil. En temps normal, cela aurait dû déclencher une réaction similaire de mon côté. Mais ce soir-là j'étais plutôt dans un état d'esprit où je pouvais me passer de ça. Pourtant, si c'était le prix à payer pour une bonne nuit de sommeil, qu'à cela ne tienne.

— Laisse-moi juste prendre quelques affaires en vitesse, dis-je à Morelli en m'imaginant déjà bien au chaud dans son lit douillet avec ma chemise de nuit en flanelle. Et il faut aussi que je prévienne mamie.

— Tu ne vas pas rentrer chez toi, fermer la porte à clé et me laisser poireauter dans le couloir, j'espère.

— Pourquoi est-ce que je ferais une chose pareille ?

— Je ne sais pas. Juste un pressentiment.

— Vous devriez venir voir ! nous lança mamie depuis le salon. Il y a une émission sur les alligators à la télé.

Elle pencha la tête de côté.

— Qu'est-ce que c'est que ce bruit ? dit-elle. On dirait un grillon.

— Merde ! s'exclama Morelli.

Joe et moi savions parfaitement d'où provenait ce bruit : son alphapage. Morelli faisait de son mieux pour l'ignorer. Je fus la première à céder.

— Il faudra bien que tu regardes tôt ou tard, lui fis-je remarquer.

— Je n'ai pas besoin de regarder, me rétorqua-t-il. Je sais ce que c'est, et ça s'appelle une mauvaise nouvelle.

Il vérifia le numéro qui s'était affiché, fit la grimace et se dirigea vers le téléphone de la cuisine. Lorsqu'il revint avec une serviette en papier sur laquelle il avait griffonné une adresse, je le considérai d'un œil inquisiteur.

— Je dois y aller, annonça-t-il. Mais je reviendrai.

— Quand ? Tu reviendras quand ?

— Mercredi au plus tard.

Je haussai les yeux au ciel. Humour de flic.

Il m'embrassa goulûment et partit.

Je me précipitai aussitôt pour appuyer sur la touche bis du téléphone. Une femme répondit, et je reconnus sa voix. Terry Gilman.

— Regarde ça, me lança ma grand-mère. L'alligator vient de bouffer une vache. On ne voit pas ça tous les jours.

Je vins m'asseoir à côté d'elle. Heureusement, il n'y avait plus de vaches dévorées à l'écran. Même si, maintenant que je savais que Joe était en route pour aller retrouver Terry Gilman, le spectacle de la mort et de la destruction m'attirait assez. Le fait qu'il s'agisse probablement d'un rendez-vous professionnel ôtait cependant un peu de piquant à la chose, puisque je ne pouvais pas complètement me laisser aller à péter les plombs. Mais bon, j'aurais sans doute pu atteindre un sérieux niveau d'hystérie si je n'avais pas été aussi crevée.

Après le reportage sur les alligators, nous regardâmes la chaîne de téléachat pendant un moment.

— Je vais me pieuter, déclara finalement ma grand-mère. Il faut que je dorme pour préserver mon teint.

A la seconde où elle quitta la pièce, j'installai mon oreiller et mon édredon, éteignis les lumières et m'écroulai sur le canapé. Je m'endormis en un clin d'œil, sombrant dans un profond sommeil sans rêves. Et de courte durée. Je ne tardai pas à être réveillée par les ronflements de ma grand-mère. Résignée, je me levai pour aller fermer sa porte, qui l'était déjà. Je laissai échapper un profond soupir, moitié apitoyée sur mon propre sort, moitié sidérée qu'elle réussisse à dormir dans un boucan pareil. On aurait pu penser que ses propres ronflements l'auraient réveillée. Bob avait l'air de n'avoir rien remarqué. Il dormait par terre à une extrémité du canapé, étalé sur le flanc.

Je retournai me glisser sous l'édredon en faisant tout mon possible pour me rendormir au plus vite. Je gigotai un peu, me bouchai les oreilles, gigotai derechef Le canapé était inconfortable. L'édredon s'entortillait. Et ma grand-mère ronflait toujours.

— Arrrrgh, grommelai-je.

Bob ne bougea pas d'un pouce.

Mamie allait devoir déménager, d'une façon ou d'une autre. Je me relevai et me rendis dans la cuisine sur la pointe des pieds. Coup d'œil dans les placards et le frigo. Rien d'intéressant. Il était minuit et des poussières. Pas si tard que ça, finalement. Peut-être que je ferais aussi bien de sortir m'acheter une barre au chocolat pour me calmer les nerfs, songeai-je. Le chocolat, c'était bon pour les nerfs, non ?

J'enfilai un jean et des chaussures, ainsi qu'un manteau par-dessus mon haut de pyjama. Après avoir attrapé mon sac au passage, je sortis de l'appartement. Je n'en aurais que pour dix minutes aller-retour, et en rentrant je tomberais sûrement de sommeil.

Je m'engouffrai dans l'ascenseur en m'attendant à tomber sur Ranger, mais Ranger ne se montra pas. Pas de Ranger non plus sur le parking. Je montai dans la Buick, filai tout droit à l'épicerie de service, où j'achetai un Milky Way et un Snickers. Je mangeai le Snickers tout de suite, avec l'intention de garder le Milky Way pour plus tard. Mais je ne sais pas comment, le Milky Way y passa dans la foulée.

Comme je songeais à mamie et à ses ronflements, pas très enthousiaste à l'idée de rentrer chez moi, je fis un petit détour par chez Joe. Il habite juste en dehors du Bourg, dans une maison qu'il a héritée de sa tante. Au début, j'avais du mal à l'envisager comme un propriétaire immobilier. Mais d'une certaine façon cette maison lui ressemblait, et leur union s'était révélée confortable. C'était un joli petit nid dans une rue tranquille. Une maison standard, avec la cuisine à l'arrière et les chambres et la salle de bains à l'étage.

Les lumières étaient éteintes. Noir complet derrière les rideaux aux fenêtres. Pas de 4×4 garé devant. Aucun signe de Terry Gilman. Bon d'accord, peut-être que j'étais un tout petit peu hystérique. Et peut-être que les barres au chocolat n'étaient qu'un prétexte pour venir ici. Je composai le numéro de Joe depuis mon téléphone portable. Pas de réponse.

Dommage que je ne sache pas crocheter les serrures. J'aurais pu m'introduire chez lui et m'endormir dans son lit. Comme Boucle d'Or.

Je redémarrai et avançai très lentement jusqu'au bout de la rue, plus du tout fatiguée à présent. Et puis merde, pensai-je, après tout, maintenant que je suis là, autant aller faire un tour du côté de chez Hannibal.

Je quittai le quartier de Joe et pris Hamilton Avenue en direction du fleuve. Quelques minutes après avoir bifurqué sur la Route 29, je passais devant la maison d'Hannibal. Noir, noir, noir. Pas de lumière ici non plus. Je me garai une rue plus loin, juste à l'angle, et revins sur mes pas. Plantée sur le trottoir d'en face, je fixai attentivement du regard les fenêtres du rez-de-chaussée. Avais-je bien vu ? Une infime lueur dans la première pièce ? Je m'approchai le plus discrètement possible, traversai la pelouse et collai mon nez à la fenêtre. Il y avait en effet une lumière allumée quelque part dans la maison. Peut-être une lampe de chevet. Difficile de dire d'où ça venait.

Je regagnai le trottoir et fis le tour par la piste cyclable. Après avoir laissé mes yeux s'habituer à l'obscurité, je repérai le jardin d'Hannibal, grimpai à l'arbre et me mis à scruter les fenêtres de la façade arrière. Tous les rideaux étaient tirés. Mais là encore, on distinguait une lueur imperceptible quelque part au rez-de-chaussée. J'étais justement en train de me dire que c'était sans doute un effet d'optique lorsque la lumière s'éteignit.

Mon cœur tressauta malgré moi ; je n'avais pas très envie de servir de cible encore une fois. A vrai dire, ce n'était peut-être pas une bonne idée de rester dans cet arbre. Peut-être valait-il mieux observer tout ça à une certaine distance… Depuis la Géorgie, par exemple. Je redescendis tout doucement de mon perchoir, et j'étais sur le point de rebrousser chemin lorsque je perçus un bruit de serrure. Ou bien on fermait la maison pour la nuit, ou bien on sortait pour me tuer. Je n'attendis pas d'avoir la réponse pour décamper.

J'allais enfin atteindre la rue quand je reconnus le grincement d'une grille qui s'ouvre. Je me plaquai contre le mur de clôture, enveloppée par l'obscurité. J'observai le sentier en retenant mon souffle. Une silhouette d'homme apparut un peu plus loin. Il referma la grille puis s'immobilisa un instant en regardant droit dans ma direction. J'étais à peu près sûre qu'il sortait du jardin d'Hannibal. Et j'étais à peu près sûre qu'il ne pouvait pas me voir. Il y avait une bonne distance entre nous deux, et il se fondait quasiment dans le noir, la lumière ambiante dessinant seulement son contour. Il pivota et partit dans la direction opposée à la mienne. Alors qu'il passait sous une fenêtre éclairée, il fut brièvement illuminé. Mon souffle se coinça dans ma gorge. C'était Ranger. J'ouvris la bouche pour crier son nom, mais il avait déjà disparu, dissous dans la nuit. Comme un fantôme.

Je courus jusqu'à la rue et guettai des bruits de pas. J'entendis seulement un moteur de voiture démarrer pas très loin. Un 4×4 noir traversa le carrefour, et le calme revint dans le secteur. Je me demandai à moitié paniquée si je n'étais pas en train de devenir folle, si je n'étais pas victime d'hallucinations à cause du manque de sommeil. Je retournai à ma voiture, pas très rassurée, et rentrai chez moi.

Mamie ronflait toujours comme un bûcheron lorsque je posai mon sac sur le comptoir de la cuisine. Je dis bonjour à Rex et me traînai péniblement jusqu'au canapé. Je ne pris même pas la peine d'enlever mes chaussures, me contentant de m'écrouler et de me couvrir avec l'édredon.

Quand je rouvris les yeux, le Mooner et Dougie me

regardaient fixement, assis sur la table basse à côté de moi.

— Haaa ! criai-je. Qu'est-ce que vous voulez ?

— Salut, mec, répondit le Mooner. J'espère qu'on t'a pas fait peur.

— Qu'est-ce que vous foutez là ? hurlai-je.

— L'individu ici présent, anciennement connu sous le nom du Fournisseur, a besoin de quelqu'un à qui parler, m'expliqua le Mooner. Il est un peu, disons... perplexe. Tu vois, un jour c'est un homme d'affaires à qui tout réussit, et le lendemain, *boum !* tout son avenir s'écroule sous ses pieds. C'est pas juste, mec.

Dougie secoua la tête et répéta :

— Ouais, c'est pas juste.

— Alors on a pensé que tu aurais peut-être des idées pour lui trouver un boulot, reprit le Mooner. Vu que toi-même t'as un super boulot. Toi et le Dougster, vous êtes un peu... une équipe qui gagne, tu vois.

— Et j'ai déjà eu plusieurs propositions, ajouta Dougie.

— Exact, confirma le Mooner. Le Dougster est très demandé dans le commerce pharmaceutique. Il y a toujours des ouvertures pour des jeunes entreprenants comme lui dans le domaine de la pharmacie.

— Tu veux dire le Spagulax, des trucs comme ça ?

— Ouais, entre autres.

Comme si Dougie n'était pas déjà assez dans la merde. Dealer du Spagulax tombé des camions était une chose. Dealer du crack était une tout autre affaire.

— Je ne suis pas sûre que le commerce pharmaceutique soit une très bonne idée, dis-je. Ça pourrait avoir des effets négatifs sur ton espérance de vie.

Dougie hocha la tête.

— Exactement ce que je pensais, répliqua-t-il. Et

maintenant qu'Homer est hors jeu, ça risque de se corser.

— C'est vraiment trop con, pour Homer, renchérit le Mooner. C'était un chouette type. Et *ça*, c'était un homme d'affaires.

— Homer ? répétai-je.

— Homer Ramos. On était comme ça, lui et moi, m'expliqua le Mooner en levant deux doigts collés l'un contre l'autre. On était proches, mec.

— Vous êtes en train de me dire qu'Homer Ramos trempait dans la drogue ?

— Ben ouais, bien sûr, répondit le Mooner. Comme tout le monde, non ?

— D'où tu le connaissais ?

— Je ne le connaissais pas vraiment au sens physique du terme. C'était plus comme une connexion cosmique, tu vois. Lui, c'était un peu le grand bouddha de la drogue, et moi j'étais… tu sais, un consommateur, quoi. C'est vraiment pas de pot qu'il se soit fait ventiler la tête. Et juste au moment où il venait d'acheter ce tapis super cher, en plus.

— Un tapis ?

— J'étais chez « Arturo, le roi du tapis » la semaine dernière, parce que je voulais m'acheter un tapis. Et tu sais comme au début tu les trouves tous excellents, et ensuite, plus tu les regardes, plus ils ont l'air de tous se ressembler. Et sans même t'en apercevoir tu te retrouves complètement hypnotisé par tous ces tapis. Du coup tu es obligé de faire un break, de t'allonger par terre pour redescendre un peu, tu vois. Et pendant que j'étais couché là derrière les tapis, j'ai entendu Homer entrer. Il est passé dans l'arrière-boutique, il a pris un tapis et il est reparti. Et le gars des tapis, tu sais, le patron ou je sais pas quoi, il discutait avec Homer de la valeur du tapis, il disait qu'il valait un million de dollars et qu'Homer devrait faire vachement attention avec. Dingue, non ?

Un tapis d'un million de dollars ! Arturo Stolle avait donné à Homer Ramos un tapis d'une valeur d'un million de dollars, juste avant que Ramos soit assassiné. Et à présent Stolle cherchait Ranger, la dernière personne à avoir vu Ramos vivant… à l'exception de l'assassin, bien sûr. Stolle pensait que Ranger détenait quelque chose qui lui appartenait. Est-ce que tout ça pouvait être une histoire de tapis ? Difficile à croire. Ou alors c'était un putain de tapis.

— Je suis presque sûr que c'était pas une hallucination, ajouta le Mooner.

— Ce serait une drôle d'hallucination, fis-je remarquer.

— Pas aussi drôle que la fois où j'ai eu l'impression d'être transformé en énorme boule de bubble-gum. Ça, c'était vraiment flippant, mec. J'avais juste des petites mains et des petits pieds, et tout le reste c'était du chewing-gum. J'avais même pas de visage. Et j'étais genre tout mâché, tu vois.

Le Mooner ne put réprimer un frisson d'effroi.

— C'était un super mauvais trip, mec.

La porte d'entrée s'ouvrit, et Morelli déboula dans l'appartement. Il regarda alternativement le Mooner et Dougie, puis sa montre, et enfin releva la tête en haussant les sourcils.

— Hé, mec, dit le Mooner. Ça fait un bail. Comment ça va, mec ?

— Y a pas à se plaindre, répondit Morelli.

Dougie, qui était loin d'avoir la nonchalance du Mooner, bondit aussitôt qu'il vit Morelli et marcha accidentellement sur Bob. Lequel glapit de stupeur, planta ses crocs dans le pantalon de Dougie et lui arracha un bout de tissu.

Mamie Mazur ouvrit la porte de la chambre et passa la tête par l'entrebâillement.

— Qu'est-ce qui se passe ? s'enquit-elle. Je rate quelque chose ?

Le Dougster trépignait sur place, prêt à s'élancer vers la porte à la première occasion venue. Le Dougster n'était pas très à l'aise en présence d'un flic de la brigade des mœurs. Il manquait au Dougster pas mal des talents nécessaires au succès d'un criminel.

Morelli leva les mains en signe de reddition.

— J'abandonne, dit-il.

Il me donna un baiser sur la bouche pour la forme et pivota pour s'en aller.

— Hé, attends ! criai-je. Il faut que je te parle.

Je me tournai vers le Mooner avant d'ajouter :

— Seule à seul.

— Bien sûr, fit le Mooner. No problemo. Nous apprécions le sage conseil sur la question pharmaceutique. Le Dougster et moi allons devoir envisager d'autres domaines d'activité.

— Je retourne me coucher, annonça mamie après le départ du Mooner et de Dougie. Tout ça ne m'a pas l'air très intéressant. J'aimais mieux l'autre nuit, quand tu te roulais par terre avec le chasseur de primes.

Morelli me jeta un regard à la David Addison dans *Clair de Lune* quand Maddie Hayes vient de faire quelque chose d'incroyablement stupide.

— C'est une longue histoire, dis-je.

— Je veux bien le croire.

— Je ne pense pas que ce soit le moment de te raconter cette longue et fastidieuse histoire.

— Au contraire, je suis sûr que ça doit être passionnant. C'est à cette occasion que ta chaîne de sécurité a été détruite ?

— Non. Ça, c'était Morris Munson.

— Tu as des nuits drôlement mouvementées, dis-moi.

Je me laissai retomber sur le canapé en poussant un soupir. Morelli s'installa dans un fauteuil en face de moi.

— Alors ?

— Tu t'y connais en tapis ?

— Je sais que c'est pour mettre par terre.

Je lui rapportai l'histoire de Mooner sur le tapis à un million.

— Ce n'était peut-être pas le tapis qui valait un million de dollars, suggéra Morelli. Peut-être qu'il y avait quelque chose dedans.

— Comme quoi ?

Morelli se contenta de me regarder, et je me mis à réfléchir à voix haute.

— Qu'est-ce qui est assez petit pour tenir dans un tapis ? De la drogue ?

— J'ai vu un extrait de la vidéo de surveillance du soir de l'incendie, me confia Morelli. Homer Ramos portait un sac de sport lorsqu'il est entré dans l'immeuble ce soir-là. Et Ranger portait le même sac en ressortant. La rumeur dit qu'Arturo Stolle s'est fait chourer un paquet de fric et qu'il veut parler à Ranger. Qu'est-ce que tu en penses ?

— Je pense que Stolle donne de la drogue à Ramos. Ramos la redistribue pour qu'elle soit coupée et revendue, après quoi il se retrouve avec un sac de gym rempli de fric, qui devrait revenir en partie ou en totalité à Stolle. Il se passe quelque chose entre Ranger et Homer Ramos, et c'est Ranger qui hérite du sac.

— Et si c'est bien comme ça que ça s'est passé, alors il s'agissait sans doute d'une activité extrascolaire pour Homer Ramos, ajouta Morelli. La drogue, l'extorsion et les jeux clandestins, c'est pour le crime organisé. Les armes, pour la famille Ramos. Alexander Ramos a toujours respecté la règle.

Sauf que, à Trenton, il s'agissait plutôt de crime *désorganisé*. Trenton se trouvait pile à mi-chemin entre New York et Philadelphie. Personne n'en avait grand-chose à foutre. En gros, Trenton comptait une poignée de cadres moyens qui passaient leurs journées à jouer dans des clubs clandestins. L'argent des jeux contribuait à donner une certaine stabilité au trafic de drogue. Et la drogue était distribuée par des gangs qui portaient des noms comme les Corleone. Sans la série des *Parrain* et les émissions spéciales sur la grande délinquance, sans doute que personne à Trenton n'aurait su comment se comporter ni quel surnom choisir.

Je comprenais donc mieux à présent pourquoi Alexander Ramos pouvait avoir été déçu par son fils. La question étant toujours : suffisamment déçu pour le faire descendre ? Et j'avais peut-être même une idée de la raison pour laquelle Arturo Stolle recherchait Ranger.

— Tout ça n'est qu'une simple hypothèse, s'empressa de préciser Morelli. C'est juste pour parler.

— Tu ne partages jamais tes infos de flic avec moi. Pourquoi est-ce que tu me racontes tout ça ?

— Ce ne sont pas exactement des infos de flic. C'est des idées en l'air qui s'entrechoquent dans ma tête. Ça fait un certain temps que je surveille Stolle sans grand succès. Peut-être que cela est enfin la faille que j'attendais. J'ai besoin de parler à Ranger, mais il ne me rappelle pas. Donc je te fais passer le message, et tu pourras le lui transmettre.

— Je transmettrai, acquiesçai-je avec un hochement de tête.

— Aucun détail par téléphone.

— Compris. Comment ça s'est passé avec Gilman ?

Sourire morellien.

— Laisse-moi deviner : ton doigt a accidentellement appuyé sur la touche bis du téléphone après mon départ.

— D'accord, j'avoue, je suis curieuse.

— Le crime a des petits soucis d'organisation, ces temps-ci. J'ai remarqué une hausse du trafic qui entre et qui sort des casinos clandestins, alors j'ai fait part de mon inquiétude à Vito. Vito m'a envoyé Terry pour m'assurer que ses gars n'étaient pas en train de constituer des stocks d'armes nucléaires en prévision de la Troisième Guerre mondiale.

— J'ai vu Terry mercredi dernier. Elle portait une lettre à Hannibal Ramos.

— Le crime et les armes sont en train d'essayer de redéfinir les frontières. Homer Ramos a fait sauter certaines barrières, et maintenant qu'il est hors jeu il faut réparer les dégâts.

Morelli me taquina du bout du pied.

— Alors ?

— Alors quoi ?

— T'as pas envie ?

J'étais si fatiguée que je ne sentais pas mes lèvres, et Morelli voulait s'envoyer en l'air.

— Ouais, bien sûr, répondis-je. Laisse-moi juste me reposer les yeux une minute.

Je fermai les paupières, et quand je les rouvris c'était déjà le matin. Morelli avait disparu.

— Je suis en retard, déclara mamie en passant de la chambre à la cuisine d'un pas léger. Je n'ai pas entendu le réveil. C'est à cause de toutes ces interruptions chaque nuit. On se croirait à la gare Grand Central de New York, ici. J'ai ma dernière leçon de conduite dans une demi-heure. Et demain, je passe l'examen. Je me demandais si tu pourrais m'emmener. Demain matin très tôt.

— Bien sûr. Si tu veux.

— Ensuite je déménage. Ce n'est pas contre toi, mais tu vis dans un asile de fous.

— Tu vas aller où ?

— Je retourne chez ta mère. Ton père mérite de m'avoir sur le dos, après tout.

On était dimanche, et mamie a toujours été à l'église le dimanche matin.

— Et la messe ? demandai-je.

— Pas le temps. Dieu va devoir faire sans moi, aujourd'hui. De toute façon, ta mère y sera pour représenter la famille.

C'était toujours ma mère qui représentait la famille, car mon père ne mettait jamais les pieds à l'église. Mon père restait à la maison et attendait qu'on lui rapporte le sac en papier blanc de la boulangerie. Du plus loin qu'il m'en souvienne, tous les dimanches matin, ma mère allait à l'église et s'arrêtait à la boulangerie sur le chemin du retour. Tous les dimanches matin, ma mère nous achetait des beignets à la confiture. Uniquement des beignets à la confiture. Les cookies, les éclairs au café et les *cannoli*, c'était pour les jours de la semaine. Le dimanche, c'était le jour des beignets. Un peu comme si on communiait. Je suis catholique de naissance, mais dans ma propre religion personnelle, la Trinité restera à jamais le Père, le Fils et le Saint Beignet à la Confiture.

J'attachai la laisse au collier de Bob et le sortis. L'air était frais, le ciel parfaitement bleu. On sentait que le printemps n'était pas loin. Je ne vis pas de Mitchell et d'Habib sur le parking. Sans doute qu'ils ne bossaient pas le dimanche. Je ne vis pas Joyce Barnhardt non plus. Un vrai soulagement.

Mamie était déjà partie quand je rentrai, et un calme divin régnait dans l'appartement. Je donnai à manger à Bob. Je bus un verre de jus d'orange. Après quoi je me coulai sous mon édredon. Je me réveillai à 13 heures en repensant à ma conversation nocturne avec Morelli. Je lui avais caché des choses. Je ne lui avais pas dit que j'avais vu Ranger sortir de chez Hannibal. Et je me demandais si Joe m'avait dissimulé des informations lui aussi. Il y avait de fortes chances que oui. Nos relations professionnelles obéissaient à une tout autre règle du jeu que nos relations intimes. Morelli avait donné le ton dès le début. Il y avait des trucs de flic qu'il ne partageait avec personne, point. Quant aux règles intimes, elles étaient encore en constante évolution. Il avait les siennes, j'avais les miennes. De temps en temps, il arrivait que nous tombions d'accord. Quelque temps plus tôt, nous avions eu une brève expérience de vie en commun, mais Morelli n'était pas très à l'aise avec la notion de couple et moi avec celle de l'enfermement. Donc nous nous étions séparés.

Je me fis réchauffer une soupe de vermicelles au poulet et appelai Morelli.

— Désolée pour cette nuit, lui dis-je.

— Au début j'ai eu peur que tu sois morte.

— J'étais fatiguée.

— Je m'en suis douté.

— Mamie est sortie pour la journée, et moi j'ai du travail. Je me demandais si tu pouvais me garder Bob.

— Pour combien de temps ? demanda Morelli. Un jour ? Un an ?

— Quelques heures.

Le coup de fil suivant était pour Lula.

— J'ai besoin de perquisitionner chez quelqu'un par effraction. Tu veux venir ?

— Un peu, ouais ! Y a rien que j'aime autant qu'une perquisition illégale.

Je déposai Bob chez Morelli en lui donnant bien les consignes.

— Surveille-le du coin de l'œil. Il bouffe tout.

— On devrait peut-être le recruter comme flic, plaisanta Morelli. Il tient bien l'alcool ?

Lula m'attendait devant chez elle quand je passai la prendre en voiture. Elle portait une tenue discrète : pantalon stretch vert poison et veste en fausse fourrure rose bonbon. Vous pouviez la planter sur un trottoir, par temps de brume, à minuit, et elle serait visible à cinq kilomètres à la ronde.

— Jolie tenue, dis-je.

— Je voulais être sexy pour le cas où je me ferais arrêter. Tu sais, vu qu'ils prennent ta photo et tout.

Elle boucla sa ceinture et se tourna vers moi.

— Tu vas voir, tu vas regretter d'avoir mis ce tee-shirt pourri. Ça fera vraiment naze. En plus, tu n'as même pas mis de gel dans les cheveux. Qu'est-ce que c'est que cette coiffure à la New Jersey ?

— Je n'ai pas l'intention de me faire arrêter.

— On sait jamais. Ça ne coûte rien de prendre ses précautions et de forcer un peu sur le mascara pour l'occasion. On va chez qui, au fait ?

— Hannibal Ramos.

— Pardon ? Tu veux dire le frère de feu Homer Ramos ? Et le fils numéro un du roi du calibre, Alexander Ramos en personne ? T'es malade ou quoi ?

— Il ne sera sûrement pas chez lui.

— Et comment tu comptes le savoir ?

— Je vais sonner à sa porte.

— Et s'il t'ouvre ?

— Je lui demanderai s'il n'a pas vu mon chat.

— Hum, fit Lula. Tu n'as pas de chat.

Bon d'accord, c'était un peu faiblard. Mais c'était ce que j'avais trouvé de mieux. Je prenais le pari qu'Hannibal ne serait pas chez lui. Je n'avais pas entendu Ranger balancer des au revoir à la cantonade, la nuit précédente.

Pas plus que je n'avais remarqué de lumières allumées après son départ.

— Tu cherches quoi, exactement ? demanda Lula. A moins que t'aies juste envie de mourir jeune…

— Je saurai ce que je cherche quand je l'aurai trouvé, répondis-je.

Du moins je l'espérais. La vérité, c'est que je préférais ne pas trop réfléchir à ce que je cherchais. J'avais un peu la trouille que ça puisse incriminer Ranger. Il m'avait chargée de surveiller la maison d'Hannibal, et ensuite il était venu fouiner sans me prévenir. Je me sentais un chouïa exclue. Et peut-être un tantinet inquiète. Qu'était-il venu chercher dans la maison d'Hannibal ? Et d'ailleurs, que cherchait-il à la résidence de Deal ? J'imaginais que ma mission de comptage des portes et des fenêtres avait servi à lui fournir les informations dont il avait besoin afin de s'introduire dans la maison. Que pouvait-il bien espérer y trouver pour valoir la peine de prendre un tel risque ?

Ranger, l'Homme du Mystère, était un type chouette quand tout allait bien. Mais là j'étais embarquée dans quelque chose de grave, et je commençais à trouver que le mystère constant qui entourait Ranger avait peut-être un peu trop duré. Je voulais savoir ce qui se tramait. Et je voulais des garanties que Ranger était du bon côté de la loi sur ce coup-là. Parce que, après tout, je ne le connaissais pas vraiment, ce type ?

Campées sur le trottoir, Lula et moi étudiions la maison d'Hannibal. Rideaux toujours tirés. Calme absolu. Comme d'ailleurs dans les maisons voisines. Dimanche après-midi. Tout le monde était sorti faire des courses au centre commercial.

— Tu es sûre que c'est la bonne adresse ? me demanda Lula. On dirait pas la baraque d'un super méga trafiquant d'armes international. Je m'attendais plus à quelque chose du genre Taj Mahal. Genre là où habite Donald Trump.

— Donald Trump n'habite pas dans le Taj Mahal.

— Quand il est à Atlantic City, si. Ce minable n'a même pas de miradors. C'est quoi son style, à ce trafiquant d'armes à la con ?

— La discrétion.

— Ah ouais, génial.

Je m'approchai de la porte et appuyai sur la sonnette.

— Discrétion ou pas, reprit Lula, s'il nous ouvre je crois que je vais faire dans mon froc.

J'essayai la poignée, mais la porte était fermée à clé.

— Tu sais crocheter une serrure, pas vrai ? lançai-je à Lula.

— Ça oui ! Ils n'ont pas encore inventé la serrure qui me résistera. C'est juste que je n'ai pas apporté mon machin-truc.

— Ton bidule pour crocheter les serrures ?

— Exact. Et puis, qu'est-ce que tu comptes faire du système d'alarme ?

— J'ai le pressentiment que le système d'alarme n'est pas activé.

Et dans le cas contraire, on court comme des malades s'il se déclenche.

Nous retournâmes sur le trottoir et fîmes le tour du pâté de maisons pour emprunter la piste cyclable une rue plus loin, juste au cas où on serait observées. Une fois à la hauteur du jardin d'Hannibal, nous entrâmes par la grille, qui elle n'était pas fermée à clé.

— Tu es déjà venue ? s'enquit Lula.

— Ouais.

— Comment ça s'est passé ?

— Il m'a tiré dessus.

— Ah !

Je posai la main sur la poignée de la porte de service : c'était ouvert.

— Je t'en prie, après toi, me chuchota Lula. Je sais que tu aimes bien entrer la première.

J'écartai le rideau et pénétrai dans la maison d'Hannibal.

— Il fait tout noir, là-dedans, murmura Lula. Ce type doit être un vampire.

Je me retournai pour la regarder.

— Oh oh, dit-elle, je crois que je viens de me faire peur toute seule.

— Ce n'est pas un vampire. Il laisse les rideaux tirés pour que personne ne puisse voir chez lui. Je vais faire une petite ronde préliminaire, histoire de vérifier que la maison est vide. Ensuite je regarderai pièce par pièce pour voir s'il y a quelque chose d'intéressant. Et toi, je veux que tu restes en bas pour surveiller.

11

Au rez-de-chaussée, la voie était libre. Pareil au sous-sol. Hannibal y avait un petit débarras, ainsi qu'une salle de jeux un peu plus vaste, équipée d'une télévision géante, d'une table de billard et d'un bar. Je me rendis compte que quelqu'un pouvait très bien être au sous-sol en train de regarder la télé sans que la maison, plongée dans le noir, ait l'air habitée. Il y avait trois chambres au premier étage. Toutes trois également désertes. L'une était visiblement la chambre principale. La deuxième avait été transformée en bureau, avec des étagères encastrées et une grande table tendue de cuir. La troisième pièce était une chambre d'amis. Ce fut celle qui retint le plus mon attention. On aurait dit que quelqu'un l'occupait. Draps froissés. Vêtements d'homme posés sur le dossier d'une chaise. Chaussures balancées dans un coin.

Je passai en revue les tiroirs et la penderie, fouillant les poches à la recherche d'un indice qui m'aurait permis d'identifier l'hôte. Rien. C'étaient des vêtements chers. Leur propriétaire devait être de taille et de carrure moyennes, moins d'un mètre quatre-vingts, et autour de quatre-vingts kilos. Je pris un pantalon pour le comparer à ceux de la chambre principale. Hannibal avait un plus grand tour de taille et des goûts plus classiques. Sa salle de bains privée était attenante à sa chambre, tandis que celle des invités donnait sur le palier. Ni l'une ni l'autre ne renfermait aucune surprise, à part peut-être la présence de capotes dans la salle de bains des invités. L'hôte avait de l'action au programme.

Je continuai par le bureau, examinant d'abord la bibliothèque. Des biographies, un atlas, quelques romans. Je m'assis à la table. Pas de Rolodex ni de carnet d'adresses. Il y avait un bloc-notes et un stylo. Aucun message. Un ordinateur portable. Je l'allumai. Rien sur le bureau. Et le contenu du disque dur était insignifiant. Hannibal était visiblement *très* prudent. J'éteignis l'ordinateur et entrepris de fouiller dans les tiroirs. Là encore, rien. Hannibal était ordonné. Ses affaires se réduisaient au strict minimum. Je me demandai si sa suite dans la résidence à la mer était aussi comme ça.

L'occupant de la chambre d'amis était loin d'être aussi soigneux. Son bureau à lui, où qu'il se trouvât, devait être un joyeux bordel.

Je n'avais repéré aucune arme dans les pièces du haut. Comme j'étais bien placée pour savoir qu'Hannibal possédait au moins un revolver, ça signifiait sans doute qu'il l'avait sur lui. Hannibal n'avait pas l'air du genre à laisser son armement dans la boîte à biscuits.

Je redescendis ensuite au sous-sol. Pas grand-chose à inspecter de ce côté-ci.

— C'est vraiment décevant, dis-je à Lula en refermant la porte de la cave derrière moi. Il n'y a rien en bas non plus.

— Je n'ai rien trouvé à cet étage non plus. Pas de boîtes d'allumettes avec le nom d'un bar, pas de flingues planqués sous les coussins du canapé. Y a des trucs au frigo. Bière, jus de fruits, pain de mie, charcuterie. Et aussi des canettes de Coca. C'est à peu près tout.

J'allai ouvrir le frigo pour consulter le papier d'emballage de la charcuterie. Elle avait été achetée au Shop Rite deux jours plus tôt.

— Ça fout vraiment les chocottes, confiai-je à Lula. Quelqu'un habite dans cette maison.

Et ce que je ne disais pas, c'était qu'il pouvait rentrer d'une minute à l'autre.

— Ouais, approuva Lula, et il s'y connaît pas des masses en charcuterie. Il a pris de la poitrine de dinde et de la bresaola alors qu'il aurait pu prendre du salami et de la mortadelle.

Nous étions dans la cuisine, absorbées dans la contemplation du réfrigérateur sans trop nous préoccuper de ce qui se passait dans le reste de la maison. Il y eut un bruit de clé dans une serrure, et Lula et moi nous redressâmes d'un seul bloc.

— Oh oh, murmura Lula.

La porte d'entrée s'ouvrit. Cynthia Lotte pénétra dans la pièce principale et nous dévisagea en plissant les yeux dans la pénombre.

— Qu'est-ce que vous foutez là ? demanda-t-elle.

Lula et moi étions muettes.

— Dis-lui, m'enjoignit Lula en m'envoyant un petit coup de coude. Dis-lui ce qu'on fait là.

— Peu importe ce qu'on fait là, rétorquai-je. La question c'est, qu'est-ce que *vous* faites là ?

— C'est pas vos oignons. Et d'abord j'ai la clé, donc visiblement j'ai le droit d'être ici.

Lula sortit un Glock.

— Ouais, mais moi j'ai un flingue, donc j'ai un point d'avance.

Cynthia tira un .45 de son sac à main.

— Moi aussi, j'ai un flingue. Un partout.

Elles se tournèrent toutes deux vers moi.

— J'ai un flingue à la maison, dis-je. J'ai oublié de le prendre.

— Ça ne compte pas, déclara Cynthia.

— Ça compte, rectifia Lula. C'est pas comme si elle n'en avait pas du tout. Et en plus, elle est drôlement méchante quand elle a un flingue. Elle a déjà tué un mec, une fois.

— Je me rappelle l'avoir lu dans le journal. Dickie a failli avoir une crise cardiaque. Il trouvait que ça pouvait nuire à son image.

— Dickie est une hémorroïde, répondis-je.

Cynthia eut un petit sourire sans humour.

— Tous les hommes sont des hémorroïdes.

Elle balaya la pièce du regard.

— Je venais ici avec Homer quand Hannibal n'était pas là.

Ce qui expliquait la clé. Et peut-être les capotes dans la salle de bains.

— Est-ce qu'Homer laissait des vêtements à lui dans la chambre d'amis ? demandai-je.

— Deux ou trois chemises. Et des caleçons.

— Il y a des vêtements, là-haut, dans la chambre d'amis. Vous pourriez peut-être aller jeter un œil et me dire s'ils sont à Homer.

— D'abord, je veux savoir ce que vous faites là.

— Un de mes amis est un suspect potentiel dans l'incendie et le meurtre d'Homer. J'essaye de me faire une idée sur ce qui a bien pu se passer.

— Et vous croyez quoi ? Qu'Hannibal a tué son frère ?

— J'en sais rien. Je tâtonne.

Cynthia se dirigea vers l'escalier.

— Je vais vous dire ce que j'en pense, moi. Tout le monde voulait tuer Homer. Moi la première. Homer était une sale petite vermine, menteur et infidèle. Sa famille devait toujours venir le tirer d'affaire. Si j'étais Hannibal, j'aurais déjà tué Homer depuis belle lurette, mais les liens sont solides dans la famille Ramos.

Nous la suivîmes à l'étage, jusqu'à la chambre d'amis, restant sur le pas de la porte tandis qu'elle entrait faire sa petite inspection.

— Certains de ces vêtements appartiennent à Homer, déclara-t-elle en fouillant dans les tiroirs, et il y en a d'autres que je n'ai jamais vus.

Elle poussa du pied un caleçon en soie rouge à motifs cachemire sur le sol.

— Vous voyez ce caleçon ?

Elle le visa et tira cinq balles dedans.

— Ça, c'était à Homer.

— La vache, s'exclama Lula. Allez-y, lâchez-vous !

— Il pouvait être extrêmement charmant, parfois, poursuivit Cynthia. Mais la portée de son attention était assez limitée en ce qui concernait les femmes. J'ai cru qu'il m'aimait. J'ai cru que je pouvais le faire changer.

— Et qu'est-ce qui vous a fait penser le contraire ?

— Deux jours avant sa mort, il m'a annoncé que notre relation était finie. Il m'a dit des choses particulièrement désagréables à entendre, que si je lui créais le moindre problème il me tuerait, et ensuite il a vidé ma boîte à bijoux et il s'est tiré avec ma voiture. Soi-disant qu'il avait besoin d'argent.

— Vous avez porté plainte ?

— Non. Je l'ai cru quand il a menacé de me tuer.

Elle rangea son revolver dans la poche de sa veste.

— Enfin bref, je me suis dit que peut-être Homer n'avait pas encore eu le temps de refourguer mes bijoux... Qu'il les avait peut-être planqués ici.

— J'ai déjà fouillé toute la maison, indiquai-je, et je n'ai pas remarqué de bijoux de femme, mais n'hésitez pas à vérifier par vous-même.

Elle haussa les épaules.

— Y avait assez peu de chances. J'aurais dû venir voir plus tôt.

— Vous n'aviez pas peur de tomber sur Hannibal ? demanda Lula.

— Je pensais qu'Alexander serait venu pour l'enterrement, et qu'Hannibal serait parti s'installer dans leur résidence à la mer.

Nous redescendîmes toutes au rez-de-chaussée.

— Et le garage ? lança Cynthia. Vous avez aussi regardé là-bas ? J'imagine que vous n'avez pas retrouvé ma Porsche argent.

— Ouah ! souffla Lula, impressionnée. Vous roulez en Porsche ?

— Je *roulais* en Porsche. Homer me l'a offerte pour notre anniversaire de six mois.

Elle laissa échapper un soupir.

— Comme je vous le disais, Homer pouvait être extrêmement charmant, à ses heures.

« Charmant » étant ici synonyme de « généreux ».

Hannibal avait un garage deux places accolé à la maison. La porte du garage donnait directement sur le hall d'entrée et elle était fermée par un verrou coulissant. Cynthia l'ouvrit, alluma la lumière, et elle était là, devant nous : la Porsche argent.

— Ma Porsche ! Ma Porsche ! s'écria Cynthia. Moi qui croyais ne jamais la revoir.

Elle s'arrêta de brailler et plissa le nez.

— C'est quoi, cette odeur ?

Lula et moi échangeâmes un regard. Nous connaissions l'odeur.

— Oh oh, murmura Lula.

Cynthia courut vers la voiture.

— J'espère qu'il m'a laissé les clés. J'espère que…

Elle s'immobilisa tout net et se pencha vers la vitre.

— Y a quelqu'un qui dort dans ma Porsche.

Grimace de Lula et de moi.

Alors, Cynthia se mit à hurler.

— Il est mort ! Il est mort ! Y a un mort dans ma Porsche !

Lula et moi nous approchâmes pour jeter un œil.

— Ouais, il est vraiment bien mort, confirma Lula. Ça se voit à cause des trois trous dans le front. Mais vous avez de la chance, on dirait que le boulot a été fait avec un .22. Avec un .45, vous auriez eu des bouts de cervelle partout. Avec un .22, la balle entre à l'intérieur et dégomme tout comme un PacMan.

C'était assez difficile à dire étant donné qu'il était complètement affalé sur le siège, mais à vue de nez il devait faire environ un mètre quatre-vingts et peser vingt kilos de trop. Cheveux bruns, courts. La quarantaine. Vêtu d'une chemise en jersey et d'un manteau sport. Bague en diamants au petit doigt. Trois trous dans la tête.

— Vous le reconnaissez ? demandai-je à Cynthia.

— Non. Je ne l'ai jamais vu. C'est horrible. Comment une chose pareille a-t-elle pu arriver ? Il y a du sang sur mon siège.

— Ça pourrait être pire, la rassura Lula, vu qu'il s'en est pris trois dans la tête. Surtout ne lavez pas à l'eau chaude. L'eau chaude, ça fixe le sang.

Cynthia avait ouvert la portière et essayait tant bien que mal d'extirper le cadavre de sa voiture, mais le cadavre ne se montrait pas très coopérant.

— J'aimerais bien que vous me donniez un coup de main, dit-elle. Si quelqu'un pouvait aller pousser de l'autre côté.

— Hé, attendez, rétorquai-je. C'est une scène de crime. Il ne faut toucher à rien.

— Alors là, mon cul, répondit Cynthia. C'est ma voiture, et je repars avec. Je travaille pour un avocat. Je sais comment ça se passe. Ils vont mettre la bagnole sous scellés pendant une éternité. Et ensuite c'est sans doute sa femme qui en héritera.

Elle avait réussi à faire sortir la moitié du corps, mais les jambes étaient raides et ne voulaient pas se déplier.

— Il nous faudrait David Copperfield pour ça, fit observer Lula. Je l'ai vu à la télé, il découpait un type en deux sans même en foutre partout.

Cynthia tenait le type par la tête.

— Son pied est coincé derrière le levier de vitesses, dit-elle. Quelqu'un peut le faire bouger ?

— Ne me regardez pas comme ça, répondit Lula. Les morts, ça me fout la chair de poule. Je ne touche pas un mort.

Cynthia attrapa le macchabée par la veste et se mit à tirer de toutes ses forces.

— C'est impossible. Je ne vais jamais réussir à sortir ce connard de ma caisse.

— Peut-être avec un peu de lubrifiant… suggéra Lula.

— Peut-être avec un peu *d'aide*, répliqua Cynthia. Faites le tour et poussez sur son cul avec votre pied pendant que Stéphanie m'aide à tirer.

— Si c'est que mon pied, je veux bien, soupira Lula.

Cynthia attrapa la tête par une clé de bras tandis que je l'agrippais par la chemise et que Lula le débloquait d'un grand coup de pied.

Nous le lâchâmes instantanément et reculâmes d'un pas.

— A votre avis, qui l'a tué ? demandai-je, sans véritablement attendre de réponse, à vrai dire.

— Homer, bien sûr, affirma Cynthia.

Je secouai la tête.

— Il n'est pas mort depuis assez longtemps pour que ce soit Homer.

— Hannibal ?

— Je ne pense pas qu'Hannibal laisserait un cadavre dans son propre garage.

— En tout cas, je me fous de savoir qui l'a tué, conclut Cynthia. J'ai la Porsche, je rentre chez moi.

Le type gisait par terre comme un pantin désarticulé, les jambes repliées bizarrement, les cheveux en pagaille, la chemise débraillée.

— Et lui, alors ? dis-je. On ne peut pas le laisser comme ça. Il a l'air tellement... inconfortable.

— C'est à cause de ses jambes, expliqua Lula. Elles se sont figées en position assise.

Elle alla chercher une chaise de jardin sur une pile au fond du garage et l'apporta près du cadavre.

— Si on l'asseyait sur une chaise, il aurait l'air plus naturel, comme s'il attendait le bus, ou un truc comme ça.

Et de le ramasser par terre, et de l'installer sur la chaise, et de reculer pour contempler le résultat. Sauf que, quand nous reculâmes, il tomba de la chaise. *Boum !* Tête la première.

— Heureusement qu'il est mort, fit remarquer Lula, parce que sinon ça fait un mal de chien.

Nous le hissâmes de nouveau sur la chaise, cette fois en prenant soin de l'attacher avec un tendeur. Il avait le nez un peu écrasé et son œil droit s'était refermé lors de l'impact, de sorte qu'il avait désormais un œil ouvert et l'autre fermé, mais à part ça il n'avait pas l'air mal. Nous nous éloignâmes une nouvelle fois, et il ne bougea pas.

— Je m'en vais, annonça Cynthia.

Elle baissa toutes les vitres de la voiture, appuya sur le bip pour ouvrir le garage, sortit en marche arrière et disparut dans la rue.

La porte du garage se referma. Il ne restait plus que Lula et moi avec le cadavre.

Lula se balançait d'un pied sur l'autre.

— Tu crois qu'on devrait dire quelque chose en hommage au défunt ? Je n'aime pas manquer de respect aux morts.

— Je crois surtout qu'on devrait foutre le camp d'ici.

— Amen, dit Lula en se signant.

— Je croyais que tu étais baptiste.

— Ouais, mais on n'a pas de geste spécial pour ce genre d'occasion.

Après avoir quitté le garage et jeté un œil par la fenêtre du jardin pour nous assurer qu'il n'y avait personne dans les parages, nous sortîmes discrètement par la porte de service. Puis, ayant refermé la grille derrière nous, nous reprîmes la piste cyclable jusqu'à la voiture.

— Je ne sais pas pour toi, fit Lula, mais moi je vais rentrer chez moi et rester deux heures sous la douche, et ensuite je me désinfecterai à l'eau de Javel.

Ça paraissait être un bon plan. Surtout qu'une douche me permettrait de retarder mes retrouvailles avec Morelli. Parce que, bon, qu'est-ce que j'allais lui dire ? « Tu sais quoi, Joe, j'ai perquisitionné sans mandat chez Hannibal Ramos aujourd'hui et je suis tombée sur un cadavre. Ensuite j'ai chamboulé la scène du crime, aidé une femme à soustraire une pièce à conviction, et je suis partie. Alors, si tu me trouves encore sexy après dix ans de prison… » Sans même parler du fait que c'était la seconde fois de suite que Ranger était surpris quittant un endroit peu après qu'un crime s'y était produit.

Le temps d'arriver chez moi, j'avais tous les ingrédients nécessaires pour être de mauvais poil. Je m'étais introduite chez Hannibal Ramos pour y chercher des informations. A présent j'en avais bien plus que j'aurais souhaité en avoir, sans la moindre idée de ce que ça pouvait signifier. Je laissai un message à Ranger sur son alphapage et m'accordai une rapide pause déjeuner, qui vu mon état d'agitation se limita simplement à quelques olives. Encore.

J'emportai le téléphone avec moi dans la salle de bains pendant que je prenais ma douche. Je changeai de vêtements, me séchai les cheveux et me passai sur les cils deux ou trois coups de mascara. J'hésitais sur l'eye-liner lorsque Ranger me rappela.

— Je veux savoir ce qui se passe, déclarai-je. Je viens de trouver un mort dans le garage d'Hannibal.

— Et alors ?

— Et alors je veux savoir qui c'est. Et je veux savoir qui l'a tué. Et je veux savoir ce que tu faisais à fouiner dans la maison d'Hannibal la nuit dernière.

Je sentais toute la force de la personnalité de Ranger au bout du fil.

— Tu n'as rien besoin de savoir de tout ça.

— Mon œil, ouais. Je viens d'être impliquée dans un meurtre.

— Tu es tombée par hasard sur le lieu d'un meurtre. C'est différent que d'être impliquée. Tu as prévenu la police ?

— Non.

— Ce serait peut-être un bon truc à faire. Et tu devrais sans doute rester vague sur le côté perquisition illégale.

— Je devrais sans doute rester vague sur pas mal de points.

— C'est toi qui vois.

— C'est quoi cette attitude de merde ? hurlai-je dans le combiné. J'en ai ras le bol du mystérieux Ranger de mes deux. T'as un sérieux problème avec la confiance, tu sais ça ? Un jour tu as les mains sous mon tee-shirt, et le lendemain tu me dis que tout ça ne me regarde pas. Je ne sais même pas où tu habites.

— Si tu ne sais rien, tu ne peux rien révéler.

— C'est bien ce que je dis, bonjour la confiance !

— C'est comme ça.

— Et encore autre chose : Morelli veut que tu l'appelles. Il y a quelqu'un qu'il surveille depuis longtemps, et maintenant tu as des liens avec ce quelqu'un et Morelli pense que tu pourrais peut-être l'aider.

— A plus, conclut Ranger avant de raccrocher.

Très bien. S'il veut que ça se passe comme ça, très bien.

Je me dirigeai tout droit vers la cuisine, renfrognée, pris mon revolver dans la boîte à biscuits, attrapai ma besace, et d'un pas résolu je sortis dans le couloir, descendis l'escalier, traversai le hall et fonçai jusqu'à la Buick. Joyce était garée sur le parking, dans sa voiture avec le pare-chocs en accordéon. Me voyant sortir de l'immeuble, elle me fit un doigt. Je le lui rendis et démarrai aussi sec, direction la maison de Morelli. Joyce me suivait à distance respectueuse. Pas de problème. Elle pouvait me suivre tant qu'elle voulait. Dorénavant, je considérais que Ranger faisait cavalier seul. Moi, je retirais mes billes.

Assis côte à côte sur le canapé, Morelli et Bob regardaient un match de base-ball lorsque j'arrivai. Il y avait une boîte de pizza vide sur la table basse, un pot de glace vide également et deux ou trois canettes de bière écrabouillées.

— C'est votre déjeuner ? demandai-je.

— Bob avait faim. Et ne t'inquiète pas, il n'a pas touché à la bière. Viens là, me dit-il en tapotant le coussin à côté de lui, il y a de la place pour toi.

Quand Morelli était d'une humeur de flic, son regard marron était dur et froid, son visage creusé et anguleux, et la cicatrice qui lui barrait le sourcil droit donnait à juste titre l'impression qu'il n'avait jamais mené une vie prudente. Quand il était d'humeur sexy, son regard marron avait la suavité du chocolat fondu, sa bouche s'attendrissait et sa cicatrice donnait à tort l'impression qu'il avait besoin qu'on le materne un peu.

Et à cet instant même, Morelli était d'humeur *très* sexy. Et moi, d'humeur très *anti-sexy*. Pour tout dire, je me sentais parfaitement grincheuse. Je me laissai tomber sur le canapé et considérai d'un air maussade la boîte de pizza vide en me rappelant mon déjeuner d'olives.

Joe me passa un bras autour des épaules et se mit à m'embrasser dans le cou.

— Enfin seuls, murmura-t-il.

— J'ai quelque chose à te dire, annonçai-je.

Morelli se raidit brusquement.

— Je suis en quelque sorte tombée sur un cadavre, aujourd'hui.

Il se renversa en arrière sur le canapé.

— J'ai une nana qui tombe sur des cadavres, soupira-t-il. Pourquoi moi ?

— Tu parles comme ma mère.

— Je me *sens* comme ta mère.

— Eh ben arrête ! aboyai-je. Déjà que je n'aime pas quand ma *vraie* mère se sent comme ma mère…

— J'imagine que tu veux m'en dire plus.

— Attends, si tu n'as pas envie de m'écouter, aucun problème. Je peux directement appeler les flics.

Il se redressa d'un seul coup.

— Ah, parce que tu ne les as pas encore prévenus ?

Oh non, merde, laisse-moi deviner : tu as perquisitionné illégalement chez quelqu'un et tu t'es retrouvée sur une scène de crime.

— Chez Hannibal.

Morelli était carrément debout, à présent.

— *Chez Hannibal ?*

— Mais je ne suis pas entrée par effraction. La porte de service était ouverte.

— Qu'est-ce que tu foutais chez Hannibal, putain ? hurla-t-il. Qu'est-ce que tu as dans la tête, merde ?

Moi aussi, je m'étais levée, et je hurlais plus fort que lui.

— Je faisais mon boulot, figure-toi !

— Les effractions et les perquisitions, c'est pas ton boulot.

— Je t'ai déjà dit : il n'y a pas eu d'effraction. Seulement perquisition.

— Ah d'accord, ça change tout. Et qui est-ce que tu as retrouvé mort ?

— Je ne sais pas. Un type qui s'est fait descendre dans le garage.

Morelli alla dans la cuisine pour appeler le commissariat.

— J'ai un tuyau anonyme à vous refiler, dit-il. Vous devriez envoyer quelqu'un chez Hannibal Ramos, sur Fenwood Street, et jeter un œil dans le garage. La porte de service devrait être ouverte.

Morelli raccrocha et se tourna vers moi.

— OK, c'est réglé. Viens, on monte.

— Le sexe, le sexe, le sexe, rétorquai-je. Tu ne penses qu'à ça.

Même si, maintenant que je m'étais reposée et que je n'avais plus sur la conscience le poids de ce type mort, l'idée d'un orgasme ne me semblait pas si mauvaise que ça.

Morelli me plaqua contre le mur et se pencha sur moi.

— Il m'arrive de penser à autre chose... mais pas dernièrement.

Il m'embrassa à grand renfort de langue, et l'idée d'un orgasme me plaisait de plus en plus.

— Juste une petite question à propos du mort, insistai-je. A ton avis, ils vont mettre combien de temps avant de le retrouver ?

— S'il y a une voiture sur zone, pas plus de cinq à dix minutes.

Il y avait de fortes chances pour qu'ils appellent Morelli une fois qu'ils auraient vu la tête du type dans le garage. Et dans mes meilleurs jours, il me fallait quand même plus de cinq minutes. En même temps, il faudrait sûrement plus de cinq minutes pour qu'une voiture arrive jusqu'à la maison, que les flics fassent le tour par-derrière et qu'ils trouvent l'entrée du garage. Donc, si je ne perdais pas de temps à enlever mes vêtements et qu'on s'y mettait tout de suite, j'avais peut-être un espoir d'aller jusqu'au bout du programme.

— Pourquoi on ne fait pas ça ici ? suggérai-je à Morelli en faisant sauter le premier bouton de son Levi's. Les cuisines, c'est sexy.

— Attends, dit-il, je vais baisser les stores.

J'ôtai mes chaussures et retirai mon jean à la va-vite.

— Pas de temps à perdre, expliquai-je.

Morelli me jeta un regard par en dessous.

— Loin de moi l'idée de m'en plaindre, mais je ne peux pas m'empêcher de me dire que c'est trop beau pour être vrai.

— T'as déjà entendu parler du fast-food ? Eh ben ça, c'est du fast-sexe.

Je l'attirai violemment contre moi, et il prit une grande inspiration.

— Tu le veux avec ou sans cornichon ? me demanda-t-il.

Le téléphone sonna.

Merde !

Morelli avait une main sur le combiné et l'autre sur mon poignet. Après avoir raccroché, il se mit à me dévisager bizarrement.

— C'était Costanza. Comme il était dans le quartier, c'est lui qui a pris l'appel pour la vérif chez Ramos. Il dit qu'il faut que je vienne voir par moi-même. Une histoire de type mal coiffé qui attend le bus. Du moins c'est ce que j'ai cru comprendre entre deux gloussements de rire.

Je lui répondis par un grand haussement d'épaules et les deux paumes tournées vers le ciel, genre : « Ben quoi ? Je ne sais pas du tout de quoi il parle. Moi, il m'a juste eu l'air d'un mort comme les autres. »

— Tu es sûre que tu n'as rien à ajouter ? insista Morelli.

— Seulement en présence de mon avocat.

Nous nous rhabillâmes et ramassâmes nos affaires. Sur le pas de la porte, Morelli se retourna vers Bob, qui était toujours sur le canapé en train de regarder le match.

— C'est bizarre, dit Joe, mais on dirait vraiment qu'il suit la partie.

— Peut-être qu'on devrait le laisser regarder, dans ce cas.

Morelli ferma la porte à clé derrière nous.

— Ecoute, ma jolie, tu racontes à n'importe qui que j'ai laissé ce clebs regarder le base-ball à la télé et je te jure que je me vengerai.

Ses yeux se posèrent sur ma voiture, puis sur la voiture garée derrière la mienne.

— C'est Joyce ?

— Elle me suit.

— Tu veux que je lui colle une prune ?

Je roulai plutôt un énorme patin à Morelli avant de mettre le cap sur le supermarché, traînant toujours Joyce à mes basques. Comme je n'avais pas beaucoup de liquide sur moi et que ma Visa était plafonnée, je dus me contenter de l'essentiel : beurre de cacahuète, lait, chips, pain, bière, biscuits Oreo et deux tickets de loto à gratter.

L'étape suivante fut le magasin Home Depot, où j'achetai un verrou pour remplacer la chaîne de sécurité cassée sur ma porte. Mon plan consistait à négocier en échange d'une bière l'expertise en installation de verrou de mon syndic et bon copain Dillan Rudick.

Après mon passage chez Home Depot, je filai directement chez moi. Je me garai au parking, verrouillai les portières et fis au revoir de la main à Joyce. Laquelle inséra son pouce derrière ses deux incisives et me répondit par un authentique geste italien.

Je fis un détour en sous-sol par l'appartement de Dillan afin de lui exposer ma requête. Dillan attrapa sa boîte à outils et me suivit là-haut. Il avait mon âge et habitait les entrailles de l'immeuble, comme une taupe. C'était un mec vraiment sympa, mais un peu glandeur et à ma connaissance célibataire… donc, comme on peut s'en douter, gros buveur de bière. Et comme par ailleurs il ne gagnait pas des mille et des cents, une ou deux bières gratos, c'était toujours ça de pris.

Je consultai mon répondeur pendant que Dillan installait mon nouveau verrou. Cinq appels pour Mamie Mazur, zéro pour moi.

Dillan et moi étions tranquillement installés devant la télé lorsque ma grand-mère débarqua.

— Ouah, quelle journée ! s'exclama-t-elle. J'ai conduit partout, et j'ai presque pigé comment on freine.

Elle dévisagea Dillan en plissant les yeux.

— Tiens ! Qui est ce beau jeune homme ?

Je fis les présentations et, vu que c'était l'heure du dîner, je nous préparai ensuite à tous les trois des sandwichs fourrés aux chips et au beurre de cacahuète, que nous mangeâmes devant la télé. Entre mamie et Dillan, mine de rien, les six canettes de bière disparurent assez facilement. Tous les deux avaient l'air assez heureux, mais moi je commençais à me faire du souci pour Bob. Je l'imaginais tout seul chez Morelli, sans rien d'autre à manger que le carton de pizza. Et le canapé. Et le lit. Et les rideaux, le tapis, le fauteuil préféré de Joe. Puis j'imaginai Morelli descendant Bob à coups de carabine, et ce n'était pas une vision très plaisante.

J'essayai de joindre Joe : pas de réponse. Merde. Je n'aurais jamais dû laisser Bob tout seul dans la maison. J'avais mon trousseau de clés à la main et j'étais en train d'enfiler ma veste quand Morelli débarqua avec Bob sur les talons.

— Tu sors ? me demanda-t-il en considérant la veste et les clés.

— Je m'inquiétais pour Bob. J'allais partir chez toi pour voir si tout allait bien.

— Ah ! Je pensais que tu t'apprêtais peut-être à quitter le pays.

Je lui décochai un grand sourire forcé.

Il détacha la laisse du chien, dit bonjour à mamie et à Dillan, puis m'attira dans la cuisine.

— Il faut que je te parle.

J'entendis Dillan pousser un cri de protestation et en déduisis que Bob avait fait connaissance.

— Je suis armée, lançai-je à Morelli, alors je te conseille de faire gaffe. J'ai un revolver dans mon sac.

Morelli m'arracha le sac et le balança à l'autre bout de la pièce.

Oh oh…

— C'était Junior Macaroni dans le garage d'Hannibal, m'annonça Morelli. Il travaillait pour Stolle. Très bizarre de le retrouver chez Hannibal. Et attends, y a encore plus bizarre.

Je grimaçai intérieurement.

— Macaroni était assis sur une chaise de jardin.

— C'est Lula qui a eu l'idée, m'empressai-je de préciser. Bon, OK, j'étais d'accord. Mais il avait l'air tellement mal, couché sur le sol en ciment.

Morelli ne put réprimer un sourire.

— Je devrais t'arrêter pour falsification de pièces à conviction, mais ce type était un tel salaud, et il avait l'air tellement con sur sa chaise en plastique…

— Comment tu sais que ce n'est pas moi qui l'ai tué ?

— Parce que tu as un .38 et qu'il s'est fait descendre avec un .22. Et en plus, tu raterais une grange à deux mètres. La seule et unique fois où tu as réussi à tuer quelqu'un, c'est parce qu'il y a eu intervention divine.

Exact.

— Combien de personnes savent que c'est moi qui l'ai assis sur la chaise ?

— Personne ne sait officiellement, mais une centaine ont déjà deviné. Tout le monde se la bouclera.

Morelli consulta sa montre.

— Il faut que j'y aille. J'ai un rendez-vous.

— Ce n'est pas un rendez-vous avec Ranger, par hasard ?

— Non.

— Menteur.

Morelli sortit de sa poche une paire de menottes et, avant même que je comprenne ce qui se passait, je me retrouvai attachée au frigo.

— Pardon ? dis-je.

— Tu m'aurais suivi, sinon. Je laisse la clé en bas, dans ta boîte aux lettres. Est-ce que c'est ça qu'on appelle une relation de couple ?

— Je suis prête, annonça mamie.

Elle portait son survêtement violet et des baskets blanches. Elle s'était frisé les cheveux, mis du rouge à lèvres rose et coincé son gros sac en cuir noir sous le bras. Je n'avais qu'une trouille : qu'elle ait emporté son calibre et qu'elle menace l'inspecteur s'il refusait de lui donner son permis.

— Tu n'as pas pris ton revolver, rassure-moi.

— Bien sûr que non.

Je ne la croyais pas une seconde.

Lorsque nous descendîmes au parking, mamie se dirigea tout droit vers la Buick.

— Je me suis dit que j'avais une meilleure chance de l'avoir si j'arrivais en Buick, m'expliqua-t-elle. Il paraît qu'ils n'aiment pas trop les minettes en voiture de sport.

Mitchell et Habib déboulèrent sur le parking. Ils roulaient de nouveau en Lincoln.

— Ma parole, elle est comme neuve, m'exclamai-je.

Mitchell rayonnait.

— Ouais, ils ont fait du super boulot. On l'a récupérée ce matin. Il fallait attendre que la peinture soit sèche.

Il jeta un coup d'œil à mamie, installée au volant de la Buick.

— C'est quoi, le programme pour aujourd'hui ?

— J'emmène ma grand-mère passer son permis de conduire.

— C'est sympa de votre part, répliqua Mitchell. Vous êtes une bonne petite-fille, mais elle n'est pas un peu trop vieille ?

Mamie fit grincer son dentier.

— Trop vieille ? hurla-t-elle. Je vais vous montrer si je suis trop vieille !

J'entendis le cliquetis de son sac à main, elle plongea la main à l'intérieur et en ressortit un revolver.

— Je ne suis pas trop vieille pour vous crever un œil, en tout cas, dit-elle en le visant à bout de bras.

Mitchell et Habib s'enfoncèrent sur leur siège, disparaissant sous le tableau de bord.

Je me tournai vers mamie avec un air réprobateur.

— Je croyais que tu n'avais pas de revolver sur toi.

— J'ai dû me tromper.

— Repose-le. Et tu ferais mieux de ne menacer personne au moment de l'examen, parce que tu te feras arrêter.

— Espèce de vieille pute, lança Mitchell depuis la Lincoln.

— Ah, je préfère, répondit mamie. J'aime bien qu'on me traite de pute.

12

Je ne savais pas trop quoi penser du fait que ma grand-mère passe son permis. D'un côté, je trouvais ça super qu'elle devienne plus indépendante. D'un autre côté, je n'avais pas très envie de me retrouver en voiture avec elle. Sur le chemin pour aller à l'examen, elle avait brûlé un feu rouge et m'avait projetée en avant contre ma ceinture à chaque coup de frein, avant de se garer sur une place réservée aux handicapés en m'assurant que ça allait de pair avec l'adhésion à l'Association américaine des personnes retraitées.

Lorsqu'elle déboula comme une furie dans la salle d'attente après l'examen, je compris immédiatement qu'on était à l'abri du danger pendant quelque temps encore.

— Quel connard ! s'exclama-t-elle. Il ne m'a quasiment rien passé.

— Tu peux te représenter une autre fois.

— Un peu, ouais ! Je vais me représenter jusqu'à ce que je l'aie. Dieu nous a donné à tous le droit de conduire une voiture.

Elle pinça les lèvres avant d'ajouter, plus bas :

— Peut-être que j'aurais dû aller à l'église hier.

— Ça peut pas faire de mal.

— Bon, la prochaine fois je mets toutes les chances de mon côté. J'allume un cierge. Je sors le grand jeu.

Mitchell et Habib nous suivaient toujours, mais à environ quatre cents mètres. Ils avaient failli nous percuter à plusieurs reprises à l'aller, chaque fois que mamie avait pilé, et ils préféraient ne pas prendre de risque au retour.

— Tu es toujours décidée à déménager ? demandai-je à mamie.

— Ouais. J'ai déjà prévenu ta mère. Et Louise Greeber vient m'aider cet après-midi, donc tu n'as pas besoin de t'occuper de moi. C'est sympa de m'avoir accueillie chez toi. Je te remercie, mais j'ai besoin de mes heures de sommeil, tu comprends. Je ne sais pas comment tu fais pour tenir en dormant si peu.

— Bon, d'accord, dis-je. Je vois que tu as pris ta décision.

Alléluia ! Peut-être que moi aussi, je pourrais allumer un cierge.

Bob nous attendait lorsque nous franchîmes la porte de l'appartement.

— Je crois que Bob a besoin de faire tu sais quoi, suggéra mamie.

Je redescendis donc avec lui sur le parking. Mitchell et Habib étaient toujours là, attendant patiemment que je les mène jusqu'à Ranger, et à présent il y avait aussi Joyce. Je fis demi-tour, rentrai dans le hall de l'immeuble et sortis par la porte principale qui donnait sur la rue. Bob et moi marchâmes quelques mètres sur le trottoir avant de bifurquer vers un quartier résidentiel de petites maisons individuelles. Bob fit vous savez quoi une bonne quarantaine de fois en l'espace de cinq minutes, et nous rentrâmes à la maison.

Une Mercedes noire tourna le coin de la rue un peu

plus loin devant moi et mon cœur trébucha dans ma poitrine. Comme la Mercedes se rapprochait, mon rythme cardiaque devint de plus en plus saccadé. Il n'y avait que deux hypothèses : un dealer ou Ranger. La voiture s'arrêta à ma hauteur, et Ranger m'adressa un léger hochement de tête qui signifiait « Monte ».

Je fis grimper Bob sur le siège arrière avant de me glisser à côté de Ranger.

— Il y a trois personnes garées sur mon parking qui espèrent te coller une balle dans la peau, dis-je. Qu'est-ce que tu fous là ?

— Il faut que je te parle.

C'était une chose d'avoir le talent de s'introduire par effraction dans un appartement : c'en était une autre d'être capable de deviner ce que j'étais en train de faire à n'importe quel moment de la journée.

— Comment tu as su que j'étais sortie avec Bob ? m'enquis-je. T'es voyante ou quoi ?

— Non, non, c'est bien moins exotique. J'ai téléphoné, et ta grand-mère m'a dit que tu étais sortie promener le chien.

— Merde, c'est décevant. Encore un peu et tu vas finir par me dire que tu n'es pas Superman.

Sourire de Ranger.

— Tu as envie que je sois Superman ? Passe la nuit avec moi.

— Arrête, je crois que je suis troublée.

— Comme c'est touchant.

— Bon, de quoi tu voulais me parler ?

— Je te licencie.

Le trouble disparut pour faire place à l'esquisse d'une émotion mal définie qui vint planter sa petite graine dans le creux de mon ventre.

— Tu as passé un accord avec Morelli, c'est ça ?

— Disons que nous avons un arrangement.

On m'évinçait du plan, on me mettait de côté comme un bagage encombrant. Ou pire, comme un boulet. En l'espace de trois secondes, je passai d'une incrédulité vexée à une colère noire.

— C'est une idée de Morelli ?

— C'est mon idée. Hannibal t'a vue. Alexander t'a vue. Et maintenant la moitié des flics de Trenton savent que tu t'es introduite chez Hannibal et que tu as trouvé Junior Macaroni dans le garage.

— C'est Morelli qui t'a raconté ça ?

— *Tout le monde* m'a raconté ça. La cassette de mon répondeur s'est entièrement dévidée. C'est trop dangereux pour toi de rester sur cette affaire. J'ai peur qu'Hannibal ne fasse le recoupement et cherche à te retrouver.

— Je trouve ça déprimant.

— C'est vrai que vous l'avez assis sur une chaise de jardin ?

— Oui. Et au fait, c'est toi qui l'as tué ?

— Non. La Porsche n'était pas dans le garage quand j'ai fouillé la maison. Ni Macaroni.

— Comment tu as fait pour entrer, avec l'alarme ?

— Comme toi. L'alarme n'était pas allumée.

Il jeta un coup d'œil à sa montre.

— Il faut que j'y aille, déclara-t-il.

J'ouvris la portière et m'apprêtais à sortir lorsque Ranger me rattrapa par le poignet.

— Je sais que tu n'es pas très douée pour obéir aux ordres, mais cette fois-ci tu vas faire ce que je te dis, d'accord ? Tu te tiens à l'écart. Et tu fais attention.

Je laissai échapper un soupir, m'extirpai péniblement de la voiture et récupérai Bob sur la banquette arrière.

— Au moins, ne te fais pas repérer par Joyce, dis-je. Parce que ça, ça me foutrait vraiment ma journée en l'air.

Je déposai Bob à l'appartement, attrapai au passage mes clés de voiture et mon sac avant de redescendre. J'avais besoin d'aller quelque part. N'importe où. J'étais trop déprimée pour rester chez moi. En vérité, ça ne m'embêtait pas tant que ça de me faire licencier. Mais je détestais l'idée de me faire licencier à cause de ma propre bêtise. J'étais tombée d'un arbre, putain ! Et ensuite j'avais assis Junior Macaroni sur une chaise. Non mais vraiment, faut être complètement abrutie !

Il me fallait quelque chose à bouffer, songeai-je. De la glace. Avec du caramel fondu. Et des noisettes pilées. Il y avait au centre commercial un glacier qui faisait des *sundaes* géants. Voilà ce qu'il me fallait. Un *méga sundae*.

Je grimpai dans la Grande Bleue, et Mitchell monta avec moi.

— Qu'est-ce qui se passe ? demandai-je. C'est un plan drague ?

— Dans vos rêves, ouais, répondit Mitchell. M. Stolle veut vous parler.

— Eh ben, vous savez quoi ? Je ne suis pas d'humeur à parler avec M. Stolle. Je suis d'humeur à parler avec personne, vous compris. Alors j'espère que vous ne le prendrez pas contre vous, mais sortez de ma voiture.

Mitchell dégaina son flingue.

— Je vous conseille plutôt de changer d'humeur.

— Vous oseriez me tirer dessus ?

— Oui, mais ne le prenez pas contre vous.

« Arturo » se trouve dans la commune d'Hamilton, royaume de la grande surface ; plus précisément sur la Route 33, pas très loin de Five Points, et rien ne le distingue de tous les autres commerces de la rue si ce n'est son enseigne lumineuse vert pomme que l'on peut voir très distinctement depuis Rhode Island. Il s'agit d'un bâtiment en parpaings sur un seul niveau, avec de grandes baies vitrées proclamant des soldes perpétuels. J'avais eu l'occasion de me rendre chez « Arturo, le roi du tapis » à de nombreuses reprises, comme tous les autres hommes, femmes et enfants du New Jersey. Je n'y avais jamais rien acheté, mais j'avais été tentée. « Arturo » fait des prix intéressants.

Je garai la Buick devant le magasin. Habib glissa sa Lincoln à côté de la Buick. Et Joyce vint se ranger derrière la Lincoln.

— Qu'est-ce qu'il me veut, Stolle ? demandai-je. Il ne veut pas me tuer, quand même ?

— M. Stolle ne tue pas les gens. Il emploie du personnel pour le faire à sa place. Il veut simplement vous parler. C'est tout ce qu'il m'a dit.

Deux femmes flânaient dans le magasin. Une mère et sa fille, apparemment. Un vendeur rôdait autour d'elles. Je suivis Mitchell, qui me guida à travers les piles de tapis et les étalages de moquette jusqu'à un bureau dans le fond.

Stolle devait avoir la cinquantaine bien tassée. De belle carrure, il arborait un torse puissant et un début de double menton. Il portait un pull de couleur vive et un pantalon à pinces. Il me tendit la main en m'adressant son plus beau sourire de marchand de tapis.

— J'attends dehors, indiqua Mitchell en refermant la porte, me laissant seule face à Stolle.

— Je croyais que vous étiez une fille intelligente, commença ce dernier. J'ai entendu parler de vous.

— Ah !

— Alors comment se fait-il que vous n'arriviez pas à mettre la main sur Manoso ?

— Je ne suis quand même pas intelligente à ce point ! Et Ranger ne risque pas de venir me trouver tant que Mitchell et Habib traînent dans les parages.

Sourire de Stolle.

— Pour vous dire la vérité, je n'ai jamais vraiment espéré que vous nous mèneriez jusqu'à Manoso. Mais bon, qui ne tente rien n'a rien, pas vrai ?

Je m'abstins de tout commentaire.

— Malheureusement, puisqu'on n'a pas eu de résultats avec la méthode douce, nous allons devoir essayer autre chose. Nous allons envoyer un message à votre petit copain. Il ne veut pas me parler ? Très bien. Il veut vivre sa vie ? Pas de problème. Et vous savez pourquoi ? Parce qu'on vous a, vous. Quand je commencerai à perdre patience, et ça ne va pas tarder, on vous fera du mal. Et Manoso saura qu'il aurait pu l'éviter.

Brusquement, j'avais l'impression de ne plus avoir d'air dans les poumons. Je n'avais jamais envisagé cette éventualité.

— Ce n'est pas mon petit copain, rectifiai-je. Vous surestimez mon importance à ses yeux.

— Peut-être, mais il a le sens de la galanterie. Le tempérament latin, vous savez.

Stolle s'assit dans le fauteuil derrière son bureau et se renversa en arrière.

— Vous devriez encourager Manoso à venir nous parler, reprit-il. Mitchell et Habib ont l'air de types sympas comme ça, mais ils feront ce que je leur dirai. D'ailleurs, par le passé, il leur est arrivé de faire des trucs très moches. Vous avez un chien, non ?

Stolle se pencha en avant, paumes sur le bureau.

— Mitchell est très doué pour tuer les chiens. Je ne dis pas qu'il irait jusqu'à tuer le vôtre, mais…

— Ce n'est pas mon chien, coupai-je. J'en ai la garde provisoirement.

— C'était juste un exemple.

— Vous perdez votre temps, dis-je. Ranger est un mercenaire. Vous n'arriverez pas à l'atteindre à travers moi. Ce n'est pas ce genre de relation que nous avons. Peut-être même que personne n'a ce genre de relation avec lui.

Stolle haussa les épaules en souriant.

— Comme j'ai déjà dit, qui ne tente rien n'a rien. Ça vaut toujours le coup d'essayer, non ?

Je le dévisageai un instant avec mon insondable regard pénétrant à la Stéphanie Plum, puis je fis demi-tour et sortis.

Mitchell, Habib et Joyce m'attendaient dehors.

Je montai dans la Buick et je posai les mains sur le volant en prenant une profonde inspiration. Inspirez, expirez. Inspirez, expirez. J'aurais voulu mettre le contact, mais impossible de lâcher le volant. Je réitérai quelques exercices respiratoires en me persuadant qu'Arturo Stolle n'était qu'un pauvre bluffeur. Mais je n'y croyais pas. Ce que je croyais, c'est qu'Arturo Stolle était un authentique salopard. Et Mitchell et Habib n'avaient pas l'air tellement plus sympas.

Tout le monde avait les yeux braqués sur moi, attendant de savoir ce que j'allais faire. Comme je ne voulais pas leur laisser deviner ma peur, je me forçai à lâcher le volant afin de pouvoir tourner la clé de contact. Avec la plus grande prudence, je reculai pour sortir du parking, passai la marche avant et repris la route. Je me concentrais sur ma conduite, lente et attentive.

Tout en roulant, je cherchai à joindre Ranger par tous les moyens dont je disposais, laissant chaque fois le même message concis : « Rappelle-moi. » Après avoir essayé tous ses numéros, je composai celui de Carole Zabo.

— J'ai un service à te demander, dis-je.

— Tout ce que tu veux.

— Je suis suivie par Joyce Barnhardt…

— Cette salope ! m'interrompit Carole.

— Et je suis également suivie par deux types dans une Lincoln.

— Hum.

— Pas d'affolement, ils me suivent depuis des jours, et pour l'instant ils n'ont encore fait de mal à personne.

Pour l'instant.

— Bref, il faut que j'arrive à me débarrasser d'eux, et j'ai une idée.

Je me trouvais à cinq minutes de chez Carole. Elle habitait dans le Bourg, pas très loin de chez mes parents. Lubri et elle s'étaient acheté une maison avec l'argent de leur mariage avant de se mettre aussitôt au boulot pour fonder une famille. Au bout de deux garçons, ils avaient décidé d'arrêter les frais. Une bonne chose pour la planète Terre. Les gosses de Carole étaient le fléau du quartier. Ils deviendraient sans doute flics quand ils seraient grands.

Dans le Bourg, les maisons ont des arrière-cours étroites et tout en longueur. La plupart sont protégées par une clôture, qui donne sur une allée de service. Toutes les allées sont larges pour une seule voiture à la fois. Celle qui desservait les maisons de Reed Street, entre Beal et Cedar Streets, était particulièrement longue. Je demandai à Carole de m'attendre, moteur allumé, au croisement de Cedar Street et de l'allée parallèle à Reed. Le plan était le suivant : j'allais embarquer Joyce et les Gros Bêtas sur l'allée de service et, dès que j'aurais bifurqué sur Cedar, Carole devait avancer et bloquer le passage, simulant un ennui mécanique.

Arrivée dans le Bourg, je tournai en rond encore cinq minutes, histoire de donner le temps à Carole de se mettre en position. Puis je m'engouffrai dans l'allée, aspirant Joyce et les deux gugusses dans mon sillage. Lorsque j'atteignis le croisement de Cedar, Carole était bien là comme convenu. Sitôt que je l'eus dépassée, elle démarra et pila net au milieu de l'allée : le tour était joué. Comme je me retournais pour regarder ce qui se passait, je vis Carole descendre de sa voiture en compagnie de trois autres nanas. Monica Kajewski, Gail Wojohowitz et Angie Bono. Toutes détestaient cordialement Joyce Barnhardt. De la baston en perspective !

Je filai tout droit vers Broad Street en direction de l'océan. Pas question d'attendre tranquillement que Mitchell descende Bob pour faire un exemple. Bob aujourd'hui… moi demain.

Je pénétrai dans la commune de Deal et ralentis en passant devant la résidence Ramos. Encore une fois, j'essayai de joindre Ranger sur son portable. Pas de réponse. Je continuai à avancer dans la même rue. Allez, Ranger, putain. J'avais déjà largement dépassé la maison rose et m'apprêtais à faire demi-tour lorsque la portière passager s'ouvrit brusquement et qu'Alexander Ramos plongea sur le siège avant.

— Salut, beauté, lança-t-il. On dirait que vous ne pouvez pas vous passer de moi !

Merde ! Ce n'était vraiment pas le moment !

— Heureusement que je vous ai vue, reprit-il. Je devenais cinglé, là-dedans.

— Mais bon sang, pourquoi vous ne mettez pas un patch ?

— Je ne veux pas de patch. Je veux une clope. Emmenez-moi au tabac. Et grouillez-vous, j'en peux plus.

— Il y a des cigarettes dans la boîte à gants. C'est vous qui les avez laissées la dernière fois.

Il sortit le paquet et se colla une cigarette entre les lèvres.

— Pas dans la voiture !

— Putain, on dirait qu'on est mariés sauf qu'on baise pas ensemble ! Emmenez-moi chez Sal.

Je ne voulais pas aller chez Sal. Je voulais parler à Ranger.

— Vous êtes sûr qu'ils ne vont pas remarquer votre absence, à la maison ? Vous êtes bien sûr que c'est prudent d'aller chez Sal ?

— Ouais. On a un problème à Trenton et tout le monde est occupé à essayer de le résoudre.

Tiens, tiens, est-ce que ce problème ne pourrait pas ressembler à un cadavre dans le garage d'Hannibal ?

— Ça doit être un sérieux problème, alors, rétorquai-je. Vous pourriez peut-être leur filer un coup de main.

— J'ai déjà donné un coup de main. Je mets le problème sur un bateau la semaine prochaine. Avec un peu de chance, le bateau va couler.

D'accord, alors là je sèche. Je ne sais pas comment ils vont faire pour embarquer un cadavre sur un bateau. D'ailleurs, je ne sais pas *pourquoi* ils voudraient embarquer le cadavre sur un bateau.

Comme visiblement je n'étais pas près de me débarrasser de Ramos, je me résolus à l'emmener chez Sal, où nous prîmes une table ensemble. Ramos s'envoya un verre avant de s'allumer une clope.

— Je rentre en Grèce la semaine prochaine, m'annonça-t-il. Vous voulez venir avec moi ? On pourrait se marier.

— Je croyais que vous en aviez fini avec le mariage.

— J'ai changé d'avis.

— Je suis flattée, mais je crois que non.

Il haussa les épaules et se resservit un verre.

— Comme vous voulez.

— Ce problème à Trenton, risquai-je… C'est le boulot ou c'est personnel ?

— Le boulot, personnel, tout ça c'est la même chose pour moi. Laissez-moi vous donner un conseil : ne faites jamais d'enfants. Et si vous voulez gagner plein de pognon, le trafic d'armes c'est un bon plan. C'est tout ce que j'ai à dire.

Mon téléphone sonna.

— Qu'est-ce qui se passe ? demanda Ranger.

— Je ne peux pas te parler maintenant.

— Dis-moi que tu n'es pas avec Ramos.

Sa voix paraissait étrangement tendue.

— Je ne peux pas te dire ça. Pourquoi tu ne m'as pas rappelée ?

— J'ai dû éteindre mon portable pendant un moment. Je viens de revenir, et Tank m'a dit qu'il t'avait vue ramasser Ramos.

— C'est pas ma faute ! J'étais venue te chercher.

— En tout cas j'espère que vous êtes bien cachés parce que trois voitures viennent juste de quitter la résidence et, à mon avis, c'est pour aller chercher le vieux.

Je refermai le clapet du téléphone et le rangeai dans ma besace.

— Il faut que j'y aille, déclarai-je.

— C'était votre petit copain, c'est ça ? Il m'a l'air d'un sombre connard. Je pourrais demander à quelqu'un qu'on s'occupe de lui, si vous voyez ce que je veux dire.

Je posai un billet de vingt sur la table et attrapai au passage la bouteille d'alcool.

— Allez, venez, dis-je. On n'a qu'à prendre ça avec nous.

Ramos jeta un coup d'œil à la porte d'entrée pardessus mon épaule.

— Oh, merde, regardez qui voilà.

J'avais peur de me retourner.

— C'est mes baby-sitters, poursuivit Alexander. Je ne peux même pas me torcher le cul en privé.

Je pivotai et faillis m'évanouir de soulagement en constatant que ce n'était pas Hannibal. Les deux hommes devaient approcher de la cinquantaine, habillés en costard. A vue de nez, ils avaient dû manger pas mal de pâtes au cours de leur vie, et sans doute ne pas rechigner sur les desserts non plus.

— On vous demande à la résidence, indiqua un des types.

— Je suis avec une amie, rétorqua Alexander.

— Ouais, mais vous n'aurez qu'à la voir une autre fois. On n'a toujours pas retrouvé la marchandise qui doit partir sur le bateau.

Tandis que le premier baby-sitter raccompagnait Alexander jusqu'à la porte, le second resta en retrait pour me parler.

— Ecoutez, dit-il, ce n'est pas bien de profiter d'un vieillard comme lui. Vous n'avez pas d'amis de votre âge ?

— Je ne profite pas de lui, c'est lui qui s'est jeté dans ma voiture.

— Je sais. Ça lui arrive de temps en temps.

Le type sortit une liasse de billets de sa poche et me tendit une coupure de cent.

— Tenez, comme dédommagement.

Je fis un pas en arrière.

— Vous m'avez mal comprise, je crois.

— D'accord, combien vous voulez ?

Il compta neuf autres billets de cent, les plia ensemble et les fourra dans mon sac à main.

— Et maintenant je ne veux plus entendre parler de vous. Je veux que vous me promettiez de laisser le vieux tranquille. C'est clair ?

— Attendez une...

Il écarta un pan de sa veste pour me montrer son revolver.

— Maintenant c'est clair, dis-je.

Il se retourna, sortit du bar et grimpa dans la limousine

qui l'attendait le long du trottoir. La voiture démarra aussitôt.

— La vie est parfois bien étrange, confiai-je au barman avant de partir moi aussi.

Lorsque je me fus suffisamment éloignée de Deal pour me sentir en sécurité, je rappelai Ranger pour lui raconter l'histoire de Stolle.

— Je veux que tu rentres chez toi et que tu t'enfermes dans ton appartement, décréta Ranger. J'envoie Tank pour venir te chercher.

— Et ensuite ?

— Ensuite je te mets dans un endroit sûr jusqu'à ce que j'aie réglé tout ça.

— Certainement pas !

— Ah, ne me complique pas la tâche, hein. J'ai déjà assez de problèmes comme ça.

— Eh ben, tu ferais mieux de résoudre tes putains de problèmes ! Et en vitesse !

Je raccrochai aussi sec. D'accord, j'avais un peu perdu mon sang-froid. Mais j'avais eu une journée pénible.

Mitchell et Habib m'attendaient lorsque je me garai sur mon parking. Je leur adressai un salut de la main, qui resta sans réponse. Pas un geste, pas un sourire. Aucune remarque non plus. Mauvais signe.

Je montai au premier par l'escalier et me précipitai vers ma porte. J'avais l'estomac barbouillé et le cœur papillonnant. En pénétrant dans mon appartement, je fus submergée par un flot de soulagement quand Bob fonça sur moi. Après avoir tourné le verrou, je jetai un coup d'œil à Rex pour voir s'il allait bien lui aussi. J'avais douze nouveaux messages sur mon répondeur. Un entièrement silencieux ; on aurait dit le silence de Ranger. Dix pour Mamie Mazur. Et le dernier de ma mère.

— Je fais du poulet grillé, ce soir, disait-elle. Ta grand-mère a pensé que tu voudrais peut-être venir dîner, puisque tu n'as plus rien chez toi vu que Bob a mangé toutes tes provisions pendant que ta grand-mère nettoyait tes placards. Et ta grand-mère dit aussi que tu devrais peut-être le sortir quand tu vas rentrer parce qu'il a mangé les deux boîtes de pruneaux qu'elle venait d'acheter.

Je me tournai vers Bob. Il avait le nez qui coulait et le ventre gonflé comme s'il venait d'avaler un ballon de basket.

— La vache, Bob, murmurai-je. T'as pas l'air en forme. On devrait peut-être sortir faire un tour.

Bob se mit à haleter bruyamment. Il bavait par terre et son ventre commençait à gargouiller. Il se mit en position accroupie.

— Non ! criai-je. Pas ici !

Attrapant sa laisse et mon sac à main au passage, je le traînai hors de l'appartement. Je n'attendis pas l'ascenseur et pris l'escalier pour descendre dans le hall, où je m'élançai vers la porte. Une fois dehors, j'étais sur le point de traverser le parking quand la Lincoln noire vint s'arrêter pile devant nous dans un grand crissement de pneus. Mitchell bondit de la voiture, me poussa violemment par terre et s'empara de Bob.

Le temps que je me relève, la Lincoln avait redémarré. Je lui courus après en criant, mais elle était déjà sortie du parking et s'éloignait sur St James Street. Soudain, elle pila en pleine rue. Les portières s'ouvrirent en grand, et Mitchell et Habib furent éjectés comme des ressorts.

— Putain de bordel ! hurla Mitchell. Enfoiré de clébard !

Habib avait une main plaquée contre sa bouche.

— Je crois que je vais vomir. Même au Pakistan, je n'ai jamais vu un truc pareil.

Bob sauta tranquillement de la voiture, la queue frétillante, et courut vers moi. Il avait de nouveau un ventre normal, et il ne bavait ni ne haletait plus.

— Tu te sens mieux, maintenant, mon chien ? dis-je en lui grattant la tête juste entre les oreilles comme il aimait. C'est bien. Brave chien-chien.

Mitchell avait les yeux exorbités et le visage pourpre.

— Je vais tuer ce putain de clébard ! Je vais le tuer. Vous savez ce qu'il a fait ? Il a fait la grosse commission dans ma bagnole. Et ensuite il a vomi. Qu'est-ce que vous lui filez à bouffer ? Vous savez vous occuper d'un chien ? Qu'est-ce que c'est que ce bordel ?

— Il a mangé les pruneaux de ma grand-mère.

Mitchell se tenait la tête à deux mains.

— Sans blague, putain !

Je fis monter Bob dans la Buick, verrouillai les quatre portes et sortis du parking par la pelouse, histoire d'éviter Mitchell et Habib.

Ma mère et ma grand-mère m'attendaient, postées derrière la porte vitrée, lorsque je vins amarrer la Grande Bleue en face de la maison.

— On sait toujours à l'avance quand tu vas arriver, m'expliqua mamie. On entend cette bagnole à des kilomètres.

Ah ouais, sans déc ?

— Où est ta veste ? voulut savoir ma mère. Tu n'as pas froid ?

— Je n'ai pas eu le temps de prendre une veste, répondis-je. C'est une longue histoire. Pas la peine de vous raconter.

— Moi, je veux que tu nous racontes, insista ma grand-mère. Je parie que c'est tordant.

— Il faut d'abord que je passe un coup de fil.

— Tu n'as qu'à y aller pendant que je mets tout sur la table, dit ma mère. C'est prêt.

J'appelai Morelli depuis le téléphone de la cuisine.

— J'ai un service à te demander, annonçai-je quand il décrocha.

— Génial. J'adore quand tu me dois quelque chose.

— Je voudrais que tu t'occupes de Bob pendant quelque temps.

— Tu n'es pas en train de me faire un coup à la Simon, j'espère ?

— Mais non !

— Qu'est-ce qui se passe, alors ?

— Tu sais, quand tu as des trucs de flic dont tu ne peux pas me parler ?

— Ouais…

— Eh ben, cette fois c'est moi qui ne peux pas t'en parler. En tout cas pas de chez ma mère.

Mamie fit irruption dans la cuisine.

— C'est Joseph, au bout du fil ? Dis-lui qu'on a plein de poulet grillé mais qu'il faut qu'il se magne s'il en veut.

— Il n'aime pas le poulet grillé.

— *J'adore* le poulet grillé, fit Joe. J'arrive tout de suite.

— Non !

Trop tard. Il avait déjà raccroché.

— Mets une assiette en plus, dis-je à mamie.

Devant la table, ma grand-mère avait l'air perplexe.

— Une assiette en plus pour Joe ou pour Bob ?

— Pour Joe. Bob a l'estomac un peu retourné.

— Ça ne m'étonne pas, rétorqua mamie. Avec tous ces pruneaux… Et ensuite il a bouffé une boîte entière de corn flakes et un sachet de chamallows. Je nettoyais tes placards en attendant que Louise vienne me chercher, je suis juste partie aux toilettes et quand je suis revenue il n'y avait plus rien sur le bar.

Je caressai la tête de Bob. C'était un chien tellement stupide. Bien loin de l'intelligence de Rex. Pas même assez intelligent pour s'abstenir sur les pruneaux. Mais bon, il avait ses moments de génie. Sans parler de ses magnifiques yeux marron. Et moi, les yeux marron, ça me rend dingue. En plus il était plutôt de bonne compagnie. Il n'essayait jamais de changer mes fréquences de radio, et pas une seule fois il n'avait fait allusion à mon bouton. Bon, d'accord, j'avais fini par m'attacher à Bob. A vrai dire, j'avais même été à deux doigts d'arracher le cœur de Mitchell à mains nues lorsqu'il avait kidnappé ce brave toutou. Je serrai Bob dans mes bras. Encore un bon point : il était agréable à serrer dans les bras.

— Tu vas dormir chez Joe, ce soir, lui expliquai-je. Là-bas tu seras en sécurité.

Ma mère avait posé le poulet grillé sur la table, avec des petits pains, du chou rouge et des brocolis. Personne ne touchait jamais aux brocolis, mais ma mère continuait à en faire, parce que c'était bon pour la santé.

Joe nous rejoignit et prit place à côté de moi.

— Alors, comment ça s'est passé, aujourd'hui ? lui demanda mamie. Combien de meurtriers sous les verrous ?

— Zéro aujourd'hui, mais j'ai bon espoir pour demain.

— C'est vrai ? m'étonnai-je.

— Euh… Non, en fait pas vraiment.

— Et avec Ranger, comment ça s'est passé ?

Morelli se servit du chou rouge.

— Comme prévu.

— Il m'a dit de ne plus m'en mêler. C'est ton avis aussi ?

— Ouais, mais je suis suffisamment malin pour ne

pas te le donner. Ce serait comme t'agiter un drapeau rouge sous le nez.

Il prit un morceau de poulet dans le plat.

— Tu lui as déclaré la guerre ? fit-il.

— En quelque sorte. J'ai refusé sa proposition de m'installer en lieu sûr.

— Tu es en danger au point qu'il faille t'installer en lieu sûr ?

— Je ne sais pas. Ça devient assez tendu.

Morelli passa le bras derrière le dossier de ma chaise.

— Chez moi, c'est un lieu sûr. Tu pourrais venir t'installer avec Bob. Et en plus, tu me dois une faveur, au cas où tu aurais oublié.

— Tu réclames déjà ton dû ?

— Le plus tôt sera le mieux.

Le téléphone sonna dans la cuisine, et ma grand-mère se leva pour aller répondre.

— C'est pour Stéphanie ! cria-t-elle. Lula.

— J'ai essayé de te joindre tout l'après-midi, m'expliqua Lula. Tu ne réponds nulle part. Ton portable ne marche pas, et tu ne réponds jamais à ton alphapage. Qu'est-ce qu'il a ?

— Je n'ai pas les moyens de me payer à la fois un portable et un alphapage, alors j'ai choisi le portable. Qu'est-ce qui se passe ?

— Ils ont retrouvé Cynthia Lotte assise dans sa Porsche, et elle était froide comme le marbre. Je te le dis comme je le pense, pour rien au monde tu ne me feras monter dans cette bagnole Tu montes dans cette bagnole, et tu signes ton arrêt de mort.

— Quand est-ce arrivé ? Comment tu l'as su ?

— Ils l'ont retrouvée cet après-midi, sur le parking de la 3e Rue. Connie et moi on l'a entendu sur la fréquence de la police. Et par-dessus le marché, j'ai un DDC sur les bras pour toi. Vinnie a carrément pété les plombs parce que t'étais pas joignable et qu'il n'y avait personne d'autre pour s'en occuper.

— Et Joyce, alors ? Et Frankie Defrances ?

— Pas moyen de joindre Joyce non plus. Elle ne répond pas à son alphapage. Et Frankie vient de se faire opérer d'une hernie.

— Je passe au bureau à la première heure demain matin.

— Que dalle. Vinnie dit qu'il faut choper ce mec ce soir, avant qu'il mette les bouts. Vinnie sait où le trouver. Il m'a donné tous les papiers.

— Y a combien à la clé ?

— C'est une caution de cent mille dollars. Vinnie te refile dix pour cent.

Mon cœur, ne t'emballe pas !

— Je passe te prendre dans vingt minutes, déclarai-je.

Je revins à table, enveloppai deux morceaux de poulet dans ma serviette et rangeai le tout dans ma besace. Je distribuai un câlin à Bob et un bisou sur la joue à Morelli.

— Je dois y aller, annonçai-je. Il faut que j'aille cueillir un DDC.

Morelli n'avait pas l'air ravi.

— Je te vois plus tard ?

— Sans doute. En plus de venir rembourser mon dû, il faut que je te cause au sujet de Cynthia Lotte.

— Je savais que tu finirais par y arriver.

Lula m'attendait devant chez elle.

— J'ai les papiers, dit-elle, et ça m'a pas l'air trop craignos. Le type s'appelle Elwood Steiger, il est poursuivi pour trafic de drogue. Il essayait de fabriquer des Ecstasy dans le garage de sa mère, mais ça puait le soufre dans tout le quartier. J'imagine que c'est un voisin qui a dû appeler la police. Enfin bref, sa mère a engagé sa maison comme caution et maintenant elle flippe que son fiston se tire au Mexique. Il ne s'est pas présenté à sa comparution vendredi dernier, et maman a trouvé des billets d'avion dans son tiroir à chaussettes. Du coup elle l'a balancé à Vinnie.

— Et où est-ce qu'on peut le trouver ?

— D'après sa maman, il est dans la secte des fans de *Star Trek* et il y a un événement *Star Trek* quelque part ce soir. Elle m'a donné l'adresse.

Je jetai un œil à l'adresse et laissai échapper un grognement. C'était la maison de Dougie.

— Je connais le type qui habite là, dis-je. Dougie Kruper.

Lula se frappa le front.

— Mais oui ! Je savais bien que ça me disait quelque chose.

— Je ne veux aucun blessé lors de cette intervention, c'est clair ?

— Hun-hun.

— On ne rentre pas là-dedans comme des superflics avec nos flingues sortis à bout de bras, pigé ?

— Hun-hun.

— D'ailleurs, on ne va même pas prendre de flingues.

— J'ai compris.

Je reluquai le sac sur ses genoux.

— T'as un flingue, là-dedans ?

— Bien sûr que oui.

— Et à la ceinture ?

— Un Glock.

— Un holster à la cheville ?

— Y a que les tapettes qui se mettent des holsters à la cheville, rétorqua Lula.

— Je veux que tu laisses tous tes revolvers dans la voiture.

— Hé, on a affaire à des Trekkers, là. Les Vulcains peuvent très bien nous sortir leur super prise qui tue.

— J'ai dit, dans la voiture ! hurlai-je.

— Ça va, pas la peine de me faire une crise prémenstruelle.

Lula se tourna vers sa vitre.

— Oh oh, on dirait qu'il y a une fête chez Dougie.

Plusieurs voitures étaient stationnées devant la maison, et toutes les lumières étaient allumées. La porte d'entrée était ouverte, et le Mooner posté sur le perron. Je me garai un peu plus loin dans la rue et nous revînmes à pied, Lula et moi.

— Hé, mec, fit Moon Man en me voyant, bienvenue au Trekorama.

— Qu'est-ce que c'est ?

— C'est le nouveau business du Dougster. Le Trekorama. On a eu l'idée tout seuls. Et le Dougster, c'est le Trekmaster. Tu trouves pas ça canon, mec ? C'est l'idée du nouveau millénaire, mec. Ça va faire un carton, tu sais. On va créer des franchises dans le monde entier.

— C'est quoi, un Trekorama ? demanda Lula.

— C'est un club, mec. C'est un lieu de culte. C'est un sanctuaire pour tous les hommes et toutes les femmes qui sont allés là où personne n'est jamais allé avant.

— Avant quoi ?

Le Mooner avait le regard perdu dans le vide, comme hypnotisé.

— Avant tout ça.

— Hun-hun.

— C'est cinq dollars l'entrée, reprit-il.

Je lui donnai un billet de dix, et Lula et moi franchîmes la porte pour nous enfoncer dans la foule massée à l'entrée.

— J'ai jamais vu autant de barjos réunis de ma vie

entière, murmura Lula. A part ce Klingon là-bas, sur les marches. Lui, il a pas l'air trop mal.

Nous balayâmes la pièce du regard à la recherche de Steiger, espérant le reconnaître d'après sa photo anthropométrique. Le problème, c'était que certains Trekkers étaient déguisés en leur personnage de *Star Trek* préféré.

Dougie se précipita vers nous.

— Bienvenue au Trekorama. Il y a des petits-fours et des boissons dans le coin là-bas, près du Romulan, et on va commencer la projection dans une dizaine de minutes. Les petits-fours sont super bons, vous allez voir. C'est, euh… des fins de série.

Traduction : des marchandises volées qui pourrissaient dans une réserve quelque part parce que le Dougster avait dû fermer boutique.

Lula toqua trois petits coups sur le crâne de Dougie.

— Eh oh ! Y a quelqu'un là-dedans ? Tu trouves qu'on a l'air de deux abrutis de Trekkers ?

— Ben, euh…

— On vient juste jeter un coup d'œil, expliquai-je à Dougie.

— En touristes ?

— Justement, je vais peut-être aller faire un peu de tourisme du côté de ce charmant Klingon, annonça Lula.

13

Je m'enfonçai un peu plus dans la pièce avec Lula, jouant des coudes pour me frayer un chemin dans la foule, à la recherche d'Elwood. Il avait dix-neuf ans. Même taille et même carrure que moi. Cheveux blond-roux. Récidiviste. Je ne voulais pas lui faire peur. Je voulais tranquillement le faire sortir de la maison et lui passer les menottes une fois dehors.

— Hé, fit Lula, tu vois ce mec en costume de Capitaine Kirk ? Qu'est-ce que t'en penses ?

Je plissai les yeux pour mieux voir le type à l'autre bout de la pièce.

— Ouais, ça pourrait être lui.

Nous traversâmes le salon, et je m'approchai du suspect.

— Steve ? demandai-je. Steve Miller ?

Le Capitaine Kirk fronça les sourcils.

— Non, désolé.

— J'ai rendez-vous avec quelqu'un que je ne connais pas, expliquai-je. Il m'a dit qu'il serait déguisé en Capitaine Kirk. Je m'appelle Stéphanie Plum, ajoutai-je en lui tendant la main.

— Elwood Steiger, répondit-il en me la serrant.

Bingo !

— La vache, on crève de chaud, ici, dis-je. Je vais prendre l'air dehors. Tu veux m'accompagner ?

Il jeta un regard inquiet autour de lui, comme pour voir si quelque chose lui avait échappé.

— Je ne sais pas... Je ne crois pas. Ils ont dit que la projection allait bientôt commencer.

Leçon numéro un : inutile d'essayer d'aborder un Trekker quand une projection est en cours. Je n'avais donc que deux choix possibles : ou bien précipiter le dénouement, ou bien attendre qu'Elwood se décide à partir. Mais s'il restait jusqu'à la fin et qu'il sortait en même temps que tout le monde, noyé dans la masse, ça risquait d'être un problème.

Le Mooner se radina.

— Ouah, c'est cool de voir que vous discutez ensemble. Elwood a eu quelques emmerdes récemment, tu sais. Il produisait une dope d'excellente qualité, et ils lui ont fait fermer boutique. Ç'a été un coup dur pour tout le monde.

Les yeux d'Elwood partaient dans tous les sens, comme deux boules de flipper au milieu de sa tête.

— Ça va bientôt commencer ? s'enquit-il. Je suis seulement venu pour voir les films.

Le Mooner sirotait son cocktail.

— Elwood gagnait drôlement bien sa vie, tu vois, il économisait pour se payer des études, et il a perdu sa licence professionnelle. C'est vraiment con. Vraiment con.

Elwood lâcha un maigre sourire.

— J'avais pas vraiment de licence professionnelle, en fait.

— T'as du bol de connaître Steph, mec, reprit le Mooner. Je ne sais pas ce que Dougie et moi aurions fait sans Steph. Y a des tas de chasseurs de primes qui t'attraperaient par la peau du cul pour te ramener en taule illico, mais avec Steph...

Elwood fit une de ces têtes, on aurait dit qu'on venait de lui filer un coup d'aiguillon dans le flanc.

— Une chasseuse de primes ! s'exclama-t-il.

— Et une des meilleures, renchérit le Mooner.

Je me penchai en avant de façon à pouvoir parler à voix basse tout en me faisant comprendre d'Elwood :

— Il vaudrait peut-être mieux qu'on aille parler dehors.

Elwood se recula vivement.

— Non ! Hors de question ! Laissez-moi tranquille.

Comme je m'avançais pour lui passer les menottes, il repoussa ma main d'un geste brusque.

Lula brandit son boîtier paralysant à bout de bras, Elwood plongea derrière le Mooner, et le Mooner s'effondra comme un château de cartes.

— Oups, fit Lula, je crois que j'ai dégommé le mauvais Trekker.

— Vous l'avez tué ! hurla Elwood. Vous l'avez tué !

— Oh, calmos, rétorqua Lula. Arrête de me crier dans l'oreille comme ça.

Je lui attrapai un poignet et y accrochai une menotte.

— Vous l'avez tué, répétait Elwood. Vous lui avez tiré dessus !

Lula avait les mains sur les hanches.

— T'as entendu un coup de feu ? Ça m'étonnerait. J'ai même pas de flingue, parce que Madame Non-Violente ici présente m'a obligée à le laisser dans la bagnole. Et t'as du bol, sinon je crois bien que je t'aurais tiré dans le pied, juste parce que j'aime pas me faire emmerder par les petits cafards dans ton genre.

J'étais toujours en train d'essayer de lui passer l'autre menotte, et les gens commençaient à s'agglutiner autour de nous.

— Qu'est-ce qui se passe ? voulaient-ils savoir. Qu'est-ce que vous faites au Capitaine Kirk ?

— On va traîner son petit cul de blanc-bec au trou, répondit Lula. Reculez !

J'aperçus un objet volant non identifié traverser le champ de ma vision périphérique et atteindre Lula sur le coin du crâne.

— Hé ! gueula-t-elle. Qu'est-ce que c'est que ce bordel ?

Elle se passa la main dans les cheveux.

— Merde, dit-elle, ça pue. C'est une croquette au fromage du buffet. Qui c'est qui lance des croquettes au fromage ?

— Libérez le Capitaine Kirk ! cria quelqu'un.

— Mon cul, ouais, répliqua Lula.

Pffutt ! Lula se prit un beignet de crevette en plein milieu du front.

— Hé, attendez une minute, là !

Pffutt. Pffutt. Pffutt. Des nems.

Toute la pièce scandait à l'unisson :

— Li-bé-rez le Capitaine Kirk ! Li-bé-rez le Capitaine Kirk !

— Je me casse, dit Lula. Ces mecs sont complètement givrés. Ils ont dû se faire téléporter un peu trop souvent.

Je poussai Elwood en avant en direction de la porte, recevant au passage une giclée de sauce piquante pour les nems et deux ou trois croquettes au fromage.

— Attrapez-les ! hurla quelqu'un. Elles sont en train de kidnapper le Capitaine Kirk.

La tête rentrée dans les épaules, Lula et moi franchîmes tant bien que mal un écran de petits-fours volants et d'insultes menaçantes. Sitôt la porte atteinte, nous nous ruâmes dehors, courant à toutes jambes en tirant Elwood derrière nous. Après l'avoir embarqué sur le siège arrière, je démarrai pied au plancher. N'importe quelle autre voiture aurait fait un bond en avant, mais la Buick quitta tranquillement son poste d'amarrage et prit de l'élan dans la rue.

— Tu sais, quand on y pense, ces Trekkers étaient vraiment une bande de mauviettes, fit observer Lula. Si ça s'était passé dans mon quartier, je te jure que ces croquettes au fromage se seraient fait trouer la peau.

Elwood boudait sur la banquette arrière sans décrocher un mot. Il avait reçu des croquettes et des nems par accident, et son costume de Capitaine Kirk n'était plus conforme au standard de la fédération.

Après avoir déposé Lula, je continuai jusqu'au poste de police. Jimmy Neeley était à l'accueil ce soir-là.

— La vache, souffla-t-il. C'est quoi cette odeur ?

— Croquettes au fromage, répondis-je. Et nems sauce piquante.

— On dirait que tu as fait une bataille de bouffe.

— C'est les Romulans qui ont commencé, précisai-je. Enfoirés de Romulans.

— Ouais, compatit Neeley, faut jamais faire confiance aux Romulans.

Je pris mon reçu, récupérai mes menottes sur le Capitaine Kirk, quittai le poste et sortis dans la fraîcheur de la nuit. Le parking du commissariat était baigné d'une clarté artificielle, éclairé par de gros projecteurs halogènes. Au-delà des projecteurs, le ciel était noir et vide d'étoiles. Une légère bruine s'était mise à tomber. J'aurais pu passer une soirée douillette chez Morelli avec Bob et lui. Mais en l'occurrence j'étais toute seule sous la pluie, puant la crevette, un peu inquiète quand même à l'idée d'être la prochaine sur la liste de la personne qui avait refroidi Cynthia Lotte. La seule bonne nouvelle avec le meurtre de Lotte, c'est que ça m'avait temporairement sorti Arturo Stolle de l'esprit.

Comme je ne me sentais pas tout à fait sexy avec ma chemise pleine de sauce et mes cheveux parfumés au fromage fondu, je passai me changer à la maison avant d'aller retrouver Morelli. Je garai la Grande Bleue à côté de la Cadillac de M. Weinstein, verrouillai les portières et fis un pas en direction de l'immeuble avant de me rendre compte que Ranger était appuyé contre la voiture devant moi.

— Faut que tu sois plus prudente, *baby*. Tu devrais regarder autour de toi avant de sortir de ta bagnole.

— J'avais la tête ailleurs.

— Si tu prends une balle dedans tu auras définitivement la tête ailleurs.

Je fis une grimace en tirant la langue.

Ranger sourit.

— Tu essayes de m'exciter, ou quoi ?

Il ramassa un morceau gluant dans mes cheveux.

— Beignet de crevette ?

— La soirée a été longue.

— Tu as appris quelque chose de Ramos ?

— Il m'a dit qu'ils avaient un problème à Trenton, j'imagine qu'il parlait de Junior Macaroni. Mais après il a dit qu'il s'était arrangé pour que le problème en question prenne un bateau la semaine prochaine. Et qu'avec un peu de chance le bateau coulerait. Ensuite ses deux macaques sont venus le récupérer et ils ont dit qu'ils ne retrouvaient pas la marchandise. T'y comprends quelque chose ?

— Oui.

— Tu veux bien m'expliquer ?

— Non.

Putain !

— T'es vraiment un salaud. J'arrête de travailler pour toi.

— Trop tard. Je t'ai déjà licenciée.

— Non, je veux dire *pour toujours* !
— Où est Bob ?
— Chez Morelli.
— Donc je n'ai plus qu'à m'occuper de ta sécurité à toi.
— C'est gentil d'y penser, mais pas nécessaire.
— Tu plaisantes ? Je t'ai dit de te tenir à l'écart et de faire attention, et deux heures plus tard tu te retrouves encore avec Ramos dans ta bagnole.
— C'était toi que je cherchais, et il s'est jeté dans ma Buick.
— Tu as déjà entendu parler du verrouillage centralisé ?
Je dressai le nez en l'air, essayant de mon mieux de paraître indignée.
— Je rentre, déclarai-je. Et si ça peut te faire plaisir, je verrouillerai ma porte !
— Mauvaise réponse. Tu viens avec moi, et c'est moi qui vais te mettre sous les verrous.
— C'est une menace ?
— Non. C'est un fait.
— Ecoute-moi bien, dis-je. Nous sommes au XXIe siècle, au cas où tu ne le saurais pas. Les femmes ne sont pas des objets. Vous ne pouvez plus décider à notre place. Si j'ai envie de faire des conneries et de mettre ma vie en danger, c'est mon problème.
Ranger me passa une menotte au poignet.
— Je ne crois pas, non.
— Hé, ça va pas !
— C'est seulement pour deux ou trois jours.
— J'arrive pas à le croire ! Tu vas vraiment m'enfermer quelque part ?
Il attrapa mon autre poignet, mais je retirai violemment ma main et réussis à lui arracher les menottes. Je m'élançai aussitôt sur le parking.

— Viens ici ! cria-t-il.

Je me réfugiai derrière une voiture. J'avais les menottes qui pendouillaient au bout de mon bras et, bizarrement, bien que je ne fusse pas du tout dans l'humeur, je ne pouvais m'empêcher de trouver ça assez érotique. Mais d'un autre côté, je trouvais ça aussi très énervant. Je plongeai une main dans mon sac et en sortis ma bombe lacrymo.

— Vas-y, viens me chercher, lançai-je.

Il posa ses deux paumes sur le capot de la voiture.

— Tout ça est en train de mal tourner, tu ne crois pas ?

— Comment espérais-tu que ça tournerait ?

— Tu as raison. J'aurais dû le prévoir. Rien n'est jamais simple avec toi. Les types se font exploser. Les voitures se font aplatir par des bennes à ordures. J'ai déjà participé à des opérations de grande envergure qui se sont révélées moins périlleuses que de prendre un café avec toi.

Il agita la clé en l'air.

— Tu veux que je t'enlève les menottes ?

— Jette-moi la clé.

— Non, c'est à toi de venir la chercher.

— Pas question.

— La lacrymo, ça ne marche que si tu vises en pleine figure. Tu crois que tu vas y arriver ?

— Parfaitement.

Une épave roulante déboula sur le parking et retint brusquement toute notre attention. Ranger avait un revolver à la main, et le bras le long du corps.

La voiture s'arrêta et le Mooner et Dougie en sortirent.

— Hé, mec, lança le Mooner à mon adresse. On a du bol de te trouver là. Dougie et moi, on a besoin de tes sages conseils.

— Il faut que j'aille leur parler, dis-je à Ranger. Lula

et moi avons un peu foutu le bordel chez eux, tout à l'heure.

— Laisse-moi deviner. Il y avait des beignets de crevette et quelque chose de jaune à manger.

— Croquettes au fromage. Et c'était pas ma faute. C'est les Romulans qui ont commencé.

Les commissures de ses lèvres esquissèrent un sourire, contrôlé.

— J'aurais dû me douter que c'étaient les Romulans, répondit-il en rangeant son revolver dans son holster. Va parler avec tes amis. On finira plus tard.

— Et la clé ?

Il sourit en secouant la tête.

— C'est la guerre, c'est ça ? demandai-je.

Franc sourire, cette fois.

— Fais attention, dit-il.

Je contournai l'immeuble pour passer par la porte de derrière, Dougie et le Mooner à mes basques. Je me demandais ce qu'ils pouvaient bien me vouloir. Des dommages et intérêts ? Un compte rendu sur l'avenir d'Elwood en tant que caïd de la drogue ? Mon avis sur les beignets de crevette ?

Je me hâtai de traverser le hall et montai par l'escalier.

— On peut discuter chez moi, indiquai-je. Il faut que je change de chemise.

— Désolé pour ta chemise, mec, répondit le Mooner. Ces Trekkers sont des vrais cons, en fin de compte. Une bande de voyous, je t'assure. Leur fédération est mal barrée, parce que avec des adhérents pareils ils vont jamais y arriver. Ils n'ont montré aucun respect pour la résidence privée du Dougster.

J'ouvris la porte de mon appartement.

— Il y a eu beaucoup de dégâts ?

Le Mooner se laissa tomber sur le canapé.

— Au début, on pensait que les dégâts se limiteraient aux croquettes au fromage. Mais ensuite on a eu des problèmes avec le magnétoscope et on a été obligés d'interrompre la projection.

— Le magnéto nous a lâchés en plein milieu de *Trouble avec les Tribules*, et on a eu du pot de s'en sortir vivants, ajouta Dougie.

— Et maintenant, on a, euh… On a un peu peur de retourner là-bas, mec. On se demandait si on ne pourrait pas pieuter ici ce soir, avec toi et ta grand-mère.

— Mamie Mazur est retournée habiter chez mes parents.

— Dommage. Elle était sensas.

Je leur distribuai oreillers et couvertures.

— Extra, ton bracelet, dit le Mooner.

Je baissai les yeux vers la paire de menottes qui pendait toujours à mon poignet droit. Je les avais oubliées. Je me demandai si Ranger était toujours sur le parking. Et au passage, je me demandai si j'aurais dû partir avec lui. Après avoir poussé le verrou de la porte d'entrée, je m'enfermai à clé dans ma chambre, me coulai sous les draps, les cheveux encore gluants de fromage, et m'endormis aussitôt.

En me réveillant le lendemain matin, je me rendis compte que j'avais complètement oublié Joe.

Merde.

Il ne répondait pas chez lui, et j'étais sur le point de l'appeler sur son alphapage lorsque le téléphone sonna.

— Qu'est-ce que c'est que cette histoire ? me lança-t-il. Je viens d'arriver au boulot et on me dit que tu t'es fait attaquer par un Romulan.

— Mais non, ça va. J'ai procédé à une interpellation lors d'une soirée *Star Trek*, et les choses ont tourné un peu bizarrement.

— Malheureusement, j'ai moi-même des nouvelles un peu bizarres à t'annoncer. Ton amie Carole Zabo est de nouveau perchée sur le pont. Apparemment, elle et sa bande de copines ont kidnappé Joyce Barnhardt et l'ont abandonnée toute nue, attachée à un arbre près du cimetière pour animaux à Hamilton.

— Tu te fous de moi ? Carole a été arrêtée pour kidnapping ?

— Non. Joyce n'a pas porté plainte. Mais c'est l'événement de la journée. La moitié du commissariat s'est pointée là-bas pour la libérer. Carole s'est fait arrêter pour manifestation de joie intempestive dans un lieu public. Je crois qu'elle et ses copines fêtaient leur exploit avec du tabac pas très régulier. Elle risque seulement une amende, mais personne n'arrive à la persuader qu'elle n'ira pas en taule. On se demandait si tu ne pourrais pas aller lui parler pour la faire dégager de ce pont. Elle est en train de nous foutre le bordel en pleine heure de pointe.

— J'y vais tout de suite.

Je me sentais cent pour cent responsable.

Ayant dormi tout habillée, je n'avais pas besoin de passer par la case salle de bains-penderie. En traversant le salon, je criai au Mooner et à Dougie que je revenais tout de suite. Le temps de descendre l'escalier et de sortir sur le parking par la porte de service, j'avais ma bombe lacrymo à la main, juste au cas où Ranger aurait eu l'idée de me sauter dessus en sortant d'un buisson.

Mais pas de Ranger. Pas de Mitchell et d'Habib non plus, donc je me mis en route vers le pont. Les flics avaient du bol, avec leurs gros gyrophares rouges quand ils avaient besoin d'aller vite. Moi, puisque je n'avais pas de gyrophare, j'étais obligée de rouler sur le trottoir chaque fois que ça bloquait.

Il pleuvait sans discontinuer. La température extérieure devait avoisiner les huit degrés à tout casser, et toute la population du comté était au téléphone en train de réserver des billets pour la Floride. A l'exception, bien sûr, des badauds qui reluquaient Carole, plantés sur le pont.

Je me garai derrière une voiture de police et continuai le chemin à pied jusqu'au milieu du pont, où Carole s'agrippait à la rambarde d'une main, tenant un parapluie de l'autre.

— Merci de t'être occupée de Joyce, dis-je. Qu'est-ce que tu fous sur ce pont ?

— Je me suis encore fait arrêter.

— C'est un délit mineur, tu n'iras pas en prison pour ça.

Elle renonça à se suicider et lâcha la rambarde.

— Je voulais juste en avoir le cœur net, dit-elle, avant de m'observer plus attentivement. Qu'est-ce que tu as dans les cheveux ? Et c'est quoi, ces menottes ? T'as passé la nuit avec Morelli, c'est ça ?

— Pas depuis un moment, répondis-je avec une mélancolie rêveuse.

Nous retournâmes chacune à nos voitures respectives. Carole rentra chez elle. Et moi je filai au bureau.

— Oh oh, fit Lula en me voyant. Je crois qu'il y en a une bien bonne qui vient d'arriver. C'est quoi, ces menottes ?

— Je me disais que ça irait bien avec les croquettes au fromage dans les cheveux. Tu sais, pour accessoiriser la tenue.

— J'espère que c'était Morelli, commenta Connie. Moi, ça ne me déplairait pas de me faire menotter par Morelli…

— Pas loin, rétorquai-je. C'était Ranger.

— Ouah ! souffla Lula. Je crois que je viens de mouiller mon pantalon.

— Ça n'avait rien de sexuel, précisai-je. C'était… un accident. Et ensuite on a perdu la clé.

Connie s'éventa avec une chemise en carton.

— J'ai une bouffée de chaleur.

Je remis à Connie le reçu pour Elwood Steiger. Tout bien considéré, ç'avait été de l'argent facile. Personne n'avait essayé de me tirer dessus ni de m'enflammer.

La porte d'entrée s'ouvrit violemment et Joyce Barnhardt déboula comme une furie.

— Tu vas me le payer ! me hurla-t-elle. Je vais te faire regretter d'être venue te frotter à moi.

Lula et Connie se tournèrent toutes les deux vers moi avec un regard plein de curiosité.

— Carole Zabo et ses amies m'ont filé un coup de main en attachant Joyce à un arbre… toute nue.

— Pas de coups de feu ici, prévint Connie à l'intention de Joyce.

— Non, ce serait trop facile. Je veux mieux que ça, dit Joyce. Je veux Ranger.

Elle me regarda en plissant les yeux.

— Je sais que tu es intime avec lui. Alors tu ferais bien d'user de ton pouvoir sur lui pour me le ramener. Parce que si tu ne me le ramènes pas dans les vingt-quatre heures, je porte plainte pour enlèvement contre Carole Zabo.

Joyce pivota sur ses bottes à talons aiguilles et sortit d'un pas déterminé.

— Et merde, s'exclama Lula. Encore cette odeur de soufre.

Connie me tendit mon chèque pour Elwood.

— Là, tu as un dilemme, me dit-elle.

— J'ai tellement de dilemmes que je n'arrive même pas à tous me les rappeler, rétorquai-je en fourrant le chèque dans mon sac.

La vieille Mme Bestler était dans l'ascenseur en train de jouer les liftiers.

— Ça monte, disait-elle. Accessoires femmes, lingerie…

Elle se pencha en prenant appui sur son déambulateur et me dévisagea attentivement.

— Oh, ma pauvre, fit-elle. Le salon de beauté est au premier étage.

— Très bien, répondis-je. C'est justement là que je vais.

Mon appartement était silencieux lorsque j'y pénétrai. Les couvertures que j'avais sorties pour mes invités étaient soigneusement pliées sur le canapé. Un mot était posé sur un des oreillers. Deux signes seulement avaient été inscrits sur le papier : « A + ».

Je filai à la salle de bains, me déshabillai et me lavai les cheveux plusieurs fois d'affilée. Puis je revêtis des habits propres, me séchai les cheveux avant de les coiffer en queue-de-cheval. J'appelai ensuite Morelli pour prendre des nouvelles de Bob, ce à quoi il me répondit que Bob allait bien et qu'il l'avait confié au voisin. Enfin, je descendis au sous-sol pour demander à Dillan de me scier la chaîne des menottes de façon à ce que le second bracelet ne se balance plus dans le vent.

Et après ça, je n'avais plus rien à faire. Pas de DDC à retrouver. Pas de chien à sortir. Personne à surveiller, pas de maison à perquisitionner. J'aurais pu aller chez un serrurier pour me faire ouvrir les menottes, mais j'espérais encore récupérer la clé auprès de Ranger. J'allais donc le livrer à Joyce dans la soirée. Mieux valait balancer Ranger à Joyce que d'avoir encore une fois à parlementer avec Carole pour la sauver du suicide. Je commençais à en avoir marre d'aller la chercher sur ce pont. Et je n'aurais pas de mal à piéger Ranger. Il me suffisait d'organiser un rendez-vous ; lui dire que je voulais qu'il m'enlève les menottes, pour qu'il vienne à moi de lui-même. Ensuite je le mettrais hors circuit avec mon boîtier paralysant, et je n'aurais plus qu'à le livrer à Joyce. Bien entendu, après l'avoir trahi il faudrait que je trouve une ruse pour revenir le délivrer. Je ne comptais quand même pas le laisser aller en prison.

Puisque apparemment je n'avais donc rien de prévu jusqu'au soir, je me mis en tête de nettoyer la cage du hamster. Et après la cage du hamster, je pourrais peut-être m'attaquer au frigo. Hé, après tout, emportée par mon élan, il se pouvait même que j'aille jusqu'à récurer entièrement la salle de bains… Non, c'était peu probable. Je sortis Rex de sa boîte de conserve et le posai dans mon grand plat à spaghettis sur le bar de la cuisine. Il resta assis là, clignant des yeux dans la brusque lumière du jour, contrarié par cette interruption de sommeil.

— Désolée, vieux, mais faut que j'nettoie la baraque.

Dix minutes plus tard, Rex était de retour dans sa cage, hystérique en voyant que tous ses trésors enfouis avaient fini dans un grand sac-poubelle. Je lui donnai une noix cassée et un grain de raisin. Il emporta le grain dans sa boîte de conserve toute neuve, et je n'entendis plus parler de lui.

Je m'approchai de la fenêtre du salon pour jeter un coup d'œil sur le parking mouillé. Toujours aucun signe de Mitchell et d'Habib. Toutes les voitures appartenaient à des locataires de l'immeuble. Coup de bol. C'était le moment ou jamais de sortir les ordures. J'enfilai ma veste, attrapai le sac avec la literie du hamster et descendis dans le hall.

Mme Bestler était toujours dans l'ascenseur.

— Oh, vous avez meilleure mine, ma chère, me dit-elle. Rien de mieux pour se détendre qu'une petite heure au salon de beauté.

Les portes de l'ascenseur s'ouvrirent au rez-de-chaussée, et je sortis dans le hall.

— Ça monte, annonça Mme Bestler. Vêtements pour hommes, deuxième étage.

Et les portes se refermèrent.

Je traversai le hall jusqu'à la porte de service, où je m'arrêtai un instant pour mettre ma capuche. Il pleuvait toujours. L'eau formait des flaques sur le goudron luisant et de petites perles sur les carrosseries rutilantes des voitures des vieux de l'immeuble. Je sortis en baissant la tête et courus sur le parking en direction de la benne à ordures.

Comme je me retournais après avoir jeté le sac dans la benne, je me trouvai nez à nez avec Mitchell et Habib. Ils étaient tous les deux ruisselants et n'avaient pas l'air spécialement de bonne humeur.

— D'où vous sortez ? leur demandai-je. Je ne vois pas votre voiture.

— Elle est garée dans la rue d'à côté, répondit Mitchell en me montrant son revolver. Et c'est là qu'on vous emmène. Allez-y, on vous suit.

— Certainement pas, rétorquai-je. Si vous me faites mal, vous n'avez plus de monnaie d'échange pour obliger Ranger à négocier avec Stolle.

— Faux, rectifia Mitchell. Si on vous *tue*, on n'a plus de monnaie d'échange.

Bien vu.

La benne se trouvait au fond du parking. Je m'engageai, les jambes flageolantes, sur un bout de pelouse détrempée par la pluie, trop tétanisée pour réfléchir avec lucidité. Je me demandais où était Ranger, pour une fois que j'avais besoin de lui. Pourquoi n'était-il pas là, à insister pour m'enfermer en lieu sûr ? Maintenant que la cage de mon hamster était propre, je lui aurais bien volontiers obéi.

Mitchell avait de nouveau emprunté le monospace familial. Sans doute qu'ils avaient eu du mal à nettoyer la Lincoln. Et mieux valait éviter le sujet, de toute façon.

Habib s'assit avec moi à l'arrière. Bien que vêtu d'un imperméable, il paraissait trempé jusqu'à la moelle. Ils avaient dû attendre tapis dans les buissons sur le bord du parking. Comme il ne portait pas de chapeau, il avait les cheveux dégoulinants, et l'eau lui coulait dans la nuque aussi bien que sur le visage. Il s'essuya d'une main. Ni l'un ni l'autre ne semblait se soucier de ne pas mouiller la banquette.

— Bon, dis-je en m'efforçant de prendre une voix normale. Et maintenant ?

— Maintenant c'est pas votre affaire, rétorqua Habib. Maintenant vous vous taisez.

Se taire n'était pas une bonne solution, vu que ça me laissait le temps de penser. Et penser n'était pas agréable. Rien de bon ne pouvait sortir de cette petite promenade. J'essayai de refouler mes émotions. La peur et les regrets ne risquaient pas de me mener bien loin. Je ne voulais pas non plus lâcher la bride à mon imagination. Il s'agissait peut-être simplement d'un autre rendez-vous avec Arturo. Inutile de s'affoler à l'avance. Je décidai donc de me concentrer sur ma respiration. Calme, calme. Inspirer profondément, voilà. Je me mis à faire des incantations mentales : *Oôhhhmm.* J'avais vu une femme faire ça à la télé, et elle avait l'air de vraiment prendre son pied.

Mitchell prit vers l'ouest sur Hamilton Avenue, en direction du fleuve. Il coupa Broad Street et s'enfonça dans un quartier de la ville qui ressemblait à une zone industrielle. Le parking sur lequel il s'engagea jouxtait un bâtiment en brique sur deux étages, ancienne usine de machines-outils à présent désaffectée. Une pancarte « A Vendre » était accrochée sur la façade, mais on aurait dit qu'elle était là depuis des siècles.

Mitchell gara le monospace et sortit. Il vint m'ouvrir la portière et me fit signe de descendre en agitant le bout de son revolver. Habib suivait. Nous entrâmes dans le bâtiment par une porte latérale dont Mitchell avait la clé. L'intérieur était froid et humide. Le peu de lumière naturelle provenait des bureaux attenants, dans lesquels le soleil filtrait à travers des vitres sales donnant sur l'extérieur. Après avoir parcouru un petit couloir, nous arrivâmes dans la salle de la réception. Le carrelage au sol était miteux, et la pièce dépouillée à l'exception de deux chaises pliantes en métal et d'un petit bureau en bois tout éraflé. Il y avait un carton posé sur le bureau.

— Asseyez-vous, me dit Mitchell. Prenez une chaise.

Il enleva son manteau, qu'il jeta sur la table. Habib en fit autant. Leurs chemises n'étaient pas beaucoup plus sèches que leurs impers.

— Bon, voilà le plan, annonça Mitchell. On va vous endormir avec le boîtier paralysant, et pendant que vous serez inconsciente on va vous couper un doigt avec les cisailles que vous voyez là.

Il ramassa une pince coupante au fond du carton.

— Comme ça, on aura quelque chose à envoyer à Ranger, poursuivit-il. Ensuite on vous garde et on voit ce qui se passe. S'il veut faire l'échange, on négocie. S'il refuse, ben je crois qu'il ne nous restera plus qu'à vous tuer.

J'avais un gros bourdonnement dans l'oreille, et je me frappai le côté du crâne pour le faire cesser.

— Attendez une minute, dis-je. J'ai des questions.

Mitchell laissa échapper un soupir.

— Les femmes ont toujours des questions.

— Peut-être qu'on pourrait lui couper la langue, suggéra Habib. Parfois ça marche. Ça se fait beaucoup, dans mon village.

Je commençais à croire qu'il mentait quand il se prétendait pakistanais. A mon avis, son village se trouvait plutôt quelque part en enfer.

— M. Stolle n'a pas parlé de lui couper la langue, rectifia Mitchell. Il veut peut-être se réserver cette possibilité pour plus tard.

— Où allez-vous me mettre ? demandai-je.

— Ici. On va vous enfermer dans la salle de bains.

— Mais pour l'hémorragie, alors ?

— Quoi, l'hémorragie ?

— Je risque de me vider de mon sang et d'en mourir. Comment vous feriez, alors, pour m'échanger avec Ranger ?

Ils se regardèrent, perplexes. Ils n'avaient pas pensé à ça.

— Euh, tout ça est un peu nouveau pour moi, confia Mitchell. En général je me contente de tabasser les gens ou de les dessouder.

— Vous devriez au moins prévoir des compresses propres et un antiseptique.

— Ouais, c'est pas idiot, reconnut Mitchell.

Il consulta sa montre.

— On n'a pas beaucoup de temps. Il faut que je rapporte la voiture à ma femme pour qu'elle aille chercher les gosses à l'école. J'ai pas envie qu'ils poireautent sous la pluie.

— Il y a une pharmacie sur Broad Street, indiqua Habib. On peut peut-être y trouver ce qu'il nous faut.

— Et prenez-moi aussi de l'aspirine, ajoutai-je.

En réalité, je ne voulais ni compresses ni aspirine. Je voulais simplement gagner du temps. C'est toujours ce qu'on cherche quand arrive une catastrophe. Du temps pour essayer de croire que c'était pour de faux. Du temps pour que la catastrophe s'en aille. Pour comprendre que tout ça était une erreur. Ou pour que Dieu s'en mêle.

— D'accord, concéda Mitchell. Allez nous attendre dans la salle de bains, là-bas.

C'était une petite pièce sans fenêtre, d'environ un mètre vingt sur un mètre quatre-vingts. Des toilettes, un lavabo, et c'était tout. Un cadenas avait été rajouté sur l'extérieur de la porte. Comme il n'avait pas l'air tout neuf, j'en déduisis que je n'étais pas la première à être retenue prisonnière dans cet endroit.

Je pénétrai donc dans la minuscule salle d'eau, et ils verrouillèrent la porte derrière moi. Je collai l'oreille contre le battant.

— Tu sais, je commence vraiment à détester ce boulot, disait Mitchell. Pourquoi on ne peut jamais faire ce genre de trucs quand il fait beau ? Un jour, je devais dézinguer un type, un certain Alvin Margucci. Il faisait tellement froid que le flingue a gelé. Il a fallu le tuer à coups de pelle. Et ensuite, quand on a voulu lui creuser un trou, on n'arrivait pas à faire la moindre fissure dans la terre. C'était une sorte de Mister Freeze géant.

— Quelle corvée ! compatit Habib. C'est plus facile dans mon pays, où il fait presque toujours beau et où la terre est molle. La plupart du temps, on n'a même pas besoin de creuser, parce que le terrain peut être assez accidenté et il suffit souvent de balancer le corps dans un ravin.

— Eh ouais, qu'est-ce que tu veux ! Ici on a des rivières, mais les macchabées remontent à la surface et ensuite ça fait des emmerdes.

— A qui le dis-tu ! renchérit Habib. J'en ai fait l'expérience moi-même.

Je crus les entendre sortir, je crus reconnaître le bruit de la porte au fond du couloir. J'essayai la poignée de la salle de bains, en vain. Je promenai mon regard tout autour de moi. Je fis des exercices de respiration. Je regardai plus attentivement, m'efforçant de réfléchir. Je m'identifiais à Winnie l'Ourson, le petit ours pas très fute-fute. C'était une toute petite pièce miteuse, avec un lavabo crasseux, des toilettes crasseuses et un sol en lino dégueulasse. Le mur en face du lavabo était couvert de coulures rouillées, avec une tache d'humidité au plafond. Sans doute un problème de plomberie à l'étage du dessus. On ne pouvait pas vraiment parler de travail de qualité pour la maçonnerie. En posant une main contre le mur, je le sentis s'enfoncer légèrement. La cloison était détrempée.

Je portais des grosses chaussures Caterpillar avec de solides semelles à crampons. Je m'assis sur le lavabo et donnai un grand coup de godasse dans le mur : mon pied passa tout bonnement à travers. Je me mis à rire toute seule, avant de me rendre compte que je pleurais. Pas le moment de faire une crise d'hystérie, songeai-je. Allez, foutons le camp d'ici.

J'attaquai le mur avec mes ongles, arrachant des morceaux entiers de cloison. En l'espace de quelques minutes, j'avais réussi à creuser une ouverture suffisante pour pouvoir m'y glisser. J'avais les ongles cassés et les doigts en sang, mais à présent je me trouvais dans un petit bureau, avec la salle de bains derrière moi. J'essayai la porte : fermée à clé. Bon sang, pensai-je, ne me dites pas que je vais devoir défoncer un par un tous les murs de ce putain de bâtiment ! Attends une minute, espèce d'idiote. Cette pièce a une fenêtre. Je m'accordai quelques secondes pour reprendre mon souffle. Je n'étais pas dans ma plus grande forme mentale, il est vrai. Trop paniquée. Je tentai d'ouvrir la fenêtre, mais elle ne bougeait pas d'un pouce. Elle devait être restée fermée depuis trop longtemps. La crémone était recouverte de plusieurs couches de peinture successives. Aucun meuble autour de moi. Je retirai ma veste, l'entortillai autour de ma main et donnai un violent coup de poing dans la vitre. Après avoir arraché autant de tessons que possible, je passai la tête à l'extérieur. C'était un peu haut, mais je pouvais sans doute y arriver. Je me servis d'une de mes chaussures pour faire tomber les derniers morceaux de verre accrochés au chambranle, histoire de ne pas me couper outre mesure, puis je me rechaussai et passai une jambe par-dessus le rebord de la fenêtre.

Elle donnait sur la façade avant. Mon Dieu Seigneur, faites que Mitchell et Habib ne reviennent pas juste au moment où je saute. J'escaladai prudemment le rebord, dos à la rue, de façon à pouvoir me suspendre par les mains, les orteils tâtonnant contre la brique. Une fois au maximum de mon extension, je lâchai prise, atterrissant d'abord sur mes deux pieds avant de tomber sur les fesses. Je restai ainsi une minute, hébétée, le cul sur le trottoir, la pluie crépitant sur mon visage.

Puis je pris une profonde inspiration, me relevai et me mis à courir de toutes mes forces. Traversant la rue, je remontai une allée et traversai une deuxième rue. Je ne savais absolument pas où j'allais. Je me contentais juste de mettre de la distance entre moi et ce bâtiment en brique.

14

Je m'arrêtai pour reprendre haleine, pliée en deux, les yeux plissés sous l'effet de la douleur que je ressentais dans mes poumons. Mon jean était tout déchiré aux genoux, qui eux-mêmes avaient été écorchés par le verre. J'avais les deux mains tailladées. Et j'avais perdu ma veste dans ma fuite précipitée. Elle était enroulée autour de mon poing, mais j'avais dû la semer quelque part en route. Je n'avais donc plus qu'un tee-shirt et une chemise en flanelle sur la peau, tous les deux trempés jusqu'à la corde. Mes dents claquaient de froid et de peur. Je me plaquai contre le flanc d'un immeuble en écoutant les bruits visqueux des voitures sur l'asphalte mouillé de Broad Street, tout près.

Je ne voulais pas retourner sur Broad. Je m'y serais sentie trop exposée. Ce n'était pas un secteur de la ville que je connaissais très bien. Mais je n'avais pas tellement le choix ; j'allais devoir entrer dans un bâtiment au hasard et demander de l'aide. Il y avait une station-service de l'autre côté de la rue. Ça ne me disait pas des masses. Trop visible. Juste à côté de moi se trouvait un immeuble de bureaux. Je poussai la porte d'entrée et me retrouvai dans un petit vestibule. A droite, un ascenseur.

Et à côté, une porte coupe-feu en métal qui donnait sur l'escalier de secours. Un tableau affiché au mur dressait la liste des sociétés qui avaient leurs locaux dans l'immeuble. Cinq étages de bureaux. Aucun nom ne m'évoquait quelque chose. Je montai au premier par l'escalier et poussai une porte au hasard. Elle s'ouvrit sur une pièce remplie de rayonnages métalliques, eux-mêmes couverts d'ordinateurs, d'imprimantes et de matériel informatique en tout genre. Un type frisé en tee-shirt travaillait à une table juste devant la porte. Il releva les yeux lorsque je passai la tête par l'entrebâillement.

— Vous faites quoi, ici ? demandai-je.

— On répare des ordinateurs.

— Je me demandais si je pouvais me servir de votre téléphone pour passer un coup de fil. J'étais à vélo et j'ai glissé à cause de la pluie, il faut que j'appelle quelqu'un pour qu'on vienne me chercher.

Le fait que j'étais poursuivie par deux types qui me recherchaient pour me mutiler n'était peut-être pas une information indispensable.

Il me dévisagea un instant.

— Vous êtes sûre que c'est la version officielle ? me répondit-il.

— Ouais, je suis sûre.

Dans le doute… toujours mentir.

Il désigna le téléphone posé au bout de la table.

— Allez-y.

Je ne pouvais pas appeler mes parents. Comment leur expliquer la situation ? Et je ne voulais pas appeler Joe, car je n'avais pas envie qu'il sache à quel point j'avais été débile. Hors de question d'appeler Ranger non plus, parce qu'il m'aurait enfermée aussitôt, même si l'idée devenait de plus en plus tentante. Il ne restait plus que Lula.

— Merci, dis-je au type en raccrochant après avoir indiqué l'adresse à Lula. C'est vraiment gentil.

Comme il paraissait proprement horrifié par mon apparence, je sortis de son bureau et descendis attendre dans le hall.

Cinq minutes plus tard, Lula accosta dans sa Firebird. Une fois que je fus montée à bord, elle verrouilla les portières, sortit son revolver de son sac et le posa sur l'accoudoir entre nous deux.

— Bonne idée, approuvai-je.

— On va où ?

Je ne pouvais pas rentrer chez moi ; Mitchell et Habib finiraient par venir me chercher là-bas. J'avais le choix entre mes parents et chez Joe, mais pas avant de m'être débarbouillée.

J'étais sûre que Lula aussi voudrait bien m'offrir l'hospitalité, mais son appartement était minuscule et je n'avais pas envie de déclencher la Troisième Guerre mondiale sous prétexte qu'on se marchait sur les pieds.

— Emmène-moi chez Dougie, dis-je.

— Je ne sais pas comment tu t'es mise dans un état pareil, mais tu dois avoir des lésions cérébrales aussi.

Je racontai toute l'histoire à Lula.

— Personne ne pensera à venir me chercher chez Dougie. En plus, il a encore des fringues de l'époque où il faisait le Fournisseur. Et sûrement une voiture à me prêter.

— Tu devrais plutôt appeler Ranger ou Joe. C'est quand même mieux que Dougie pour te protéger.

— Pas possible. Je dois échanger Ranger contre Carole ce soir.

— Pardon ?

— Je livre Ranger à Joyce ce soir.

Je composai le numéro du bureau de Joe depuis le téléphone de la voiture.

— J'ai un immense service à te demander, lui annonçai-je.

— Encore ?

— J'ai peur que quelqu'un n'essaye de s'introduire dans mon appartement, et je ne peux pas repasser chez moi pour l'instant. Je me demandais si tu pouvais aller chercher Rex et le garder avec toi.

Lourd silence au bout du fil.

— Quel est le degré d'urgence ?

— Urgent.

— Ça ne me plaît pas du tout, pesta Morelli.

— Et pendant que tu es sur place, tu pourrais peut-être vérifier dans la boîte à biscuits pour voir si mon revolver y est toujours. Et, euh… peut-être aussi attraper mon sac au passage.

— Qu'est-ce qui se passe ?

— Arturo Stolle pense qu'il peut forcer Ranger à collaborer en me retenant comme otage.

— Tu vas bien ?

— Super bien. C'est juste que je suis partie de chez moi un peu précipitamment.

— Et j'imagine que tu ne veux pas que je passe te prendre quelque part.

— Non. Seulement Rex. Je suis avec Lula.

— Ah, me voilà rassuré alors.

— J'essayerai de passer ce soir.

— Oui, essaye de toutes tes forces.

Lula s'arrêta devant la maison de Dougie. Les deux fenêtres du rez-de-chaussée étaient barrées par des planches. A l'étage, bien que les rideaux fussent tirés, on pouvait voir de la lumière filtrer par-derrière. Lula me donna son Glock.

— Tiens, prends ça avec toi. Il est chargé. Et appelle-moi si tu as besoin de quoi que ce soit.

— Ça va aller, lui assurai-je.

— Bien sûr. Je sais. Je vais attendre dehors jusqu'à ce que tu sois à l'intérieur et que tu me fasses signe de partir.

Je courus sur les quelques mètres qui me séparaient de la porte d'entrée. Je ne sais pas très bien pourquoi. Je ne pouvais pas tellement me mouiller davantage que je ne l'étais déjà. Je frappai à la porte, personne ne répondit. J'imaginais Dougie planqué dans un coin, craignant qu'un des Trekkers soit revenu le chercher.

— Hé, Dougie ! criai-je. C'est Stéphanie. Ouvre-moi !

Ma tentative se révéla fructueuse. Un pan de rideau s'écarta, et Dougie passa la tête dehors. Peu après, la porte s'ouvrit.

— T'es tout seul ? demandai-je.

— Juste avec le Mooner.

Je coinçai le Glock dans la taille de mon jean et fis signe à Lula.

— Ferme la porte à clé, indiquai-je en entrant dans la pièce.

Dougie m'avait devancée. Non seulement il avait déjà fermé à clé, mais il poussait maintenant un réfrigérateur devant la porte pour la bloquer.

— Tu crois vraiment que c'est nécessaire ? m'étonnai-je.

— C'est peut-être une mesure excessive. La journée a été calme. C'est juste que je suis encore traumatisé par l'émeute d'hier soir.

— On dirait qu'ils ont cassé les vitres.

— Une seule. C'est les pompiers qui ont cassé l'autre quand ils ont balancé le canapé sur le trottoir.

Je contemplai le canapé. Une moitié était calcinée. Le Mooner était assis sur l'autre moitié.

— Hé, mec, t'arrives pile au bon moment, lança-t-il. On vient de réchauffer des beignets de crevette et on regarde une rétrospective *Ma sorcière bien-aimée* à la télé. C'est trop délire quand Samantha fait le truc avec son nez, là.

— Ouais, renchérit Dougie. Il nous reste plein de beignets de crevette. Faut qu'on les mange avant la date de péremption vendredi prochain.

Je trouvai curieux que ni l'un ni l'autre ne fasse aucun commentaire sur le fait que j'étais trempée, sanguinolente, et que j'étais arrivée avec un Glock à la main. Mais bon, peut-être que les gens débarquaient ici dans cet état tous les quatre matins.

— Je me demandais si tu aurais des vêtements secs à me prêter, dis-je à Dougie. Tu as écoulé tous ces jeans que tu essayais de vendre ?

— Il m'en reste un paquet dans la chambre du haut. Surtout des petites tailles, peut-être que tu y trouveras ton compte. Et il y a aussi des chemises. Prends ce que tu veux.

Il y avait des pansements dans l'armoire à pharmacie de la salle de bains. Je nettoyai mes plaies aussi bien que possible et fouillai dans les fringues de Dougie jusqu'à trouver quelque chose qui m'allait.

On était en milieu d'après-midi et je n'avais pas déjeuné, donc je redescendis engloutir quelques beignets de crevette. Ensuite je passai à la cuisine pour appeler Morelli sur son portable.

— Où es-tu ? me demanda-t-il.

— Pourquoi ?

— Parce que je veux savoir.

Il y avait un problème. Mon Dieu, pas Rex !

— Qu'est-ce qu'il y a ? C'est Rex ? Il y a un problème avec Rex ?

— Non, Rex va bien. Il est dans une bagnole avec Costanza, qui le ramène chez moi. Je suis encore dans ton appartement. La porte était ouverte quand je suis arrivé, et l'appart a été entièrement retourné. Je ne crois pas qu'il y ait eu de la casse, mais tout est sens dessus dessous. Ils ont vidé ton sac par terre. Ton portefeuille, ta lacrymo et ton boîtier paralysant sont toujours là, tout comme ton revolver dans la boîte à biscuits. A mon avis, ils étaient plus en colère qu'autre chose. J'ai l'impression qu'ils ne sont pas restés longtemps et qu'ils n'ont même pas vu la cage de Rex.

J'avais la main sur le cœur. Rex était sain et sauf. C'était la seule chose qui comptait.

— Je m'apprête à partir, ajouta Joe. Dis-moi où tu es.

— Chez Dougie.

— Dougie *Kruper* ?

— On regarde *Ma sorcière bien-aimée*.

— J'arrive tout de suite.

— Non ! Je suis parfaitement en sécurité. Personne ne songera à venir me chercher ici. Et j'aide Dougie à ranger. Lula et moi avons causé une émeute chez lui hier soir, et je me sens responsable, et il faut que je l'aide à ranger.

Hou, la menteuse !

— Ça serait logique, mais je n'en crois pas un mot, rétorqua Morelli.

— Ecoute, je ne me mêle pas de ton travail, alors ne te mêle pas du mien.

— Ouais, sauf que moi je sais ce que je fais.

Il avait raison sur ce point.

— On se voit ce soir.

— Merde, soupira Morelli. J'ai besoin d'un remontant.

— Va voir dans le placard de ma chambre. Mamie a peut-être laissé une bouteille.

Je regardai *Ma sorcière bien-aimée* avec Dougie et le Mooner pendant trois heures d'affilée. Je repris des beignets de crevette. Et puis j'appelai Ranger. Comme il ne répondait pas sur son portable, je tentai ma chance sur son alphapage. Dix minutes plus tard, j'avais un coup de fil.

— Je veux que tu m'enlèves ces menottes, lui dis-je.

— Tu n'as qu'à aller chez un serrurier.

— J'ai quelques problèmes imprévus avec Stolle.

— Et ?

— Et il faut que je te parle.

— Et ?

— Je serai sur le parking derrière l'agence à 21 heures ce soir. J'aurai une voiture qu'on m'aura prêtée. Je ne sais pas encore ce que ce sera.

Ranger raccrocha sans rien dire. Je supposai que ça voulait dire qu'il serait au rendez-vous.

Donc maintenant, j'avais un problème. Et un Glock pour tout armement. Un Glock ne risquait pas de faire peur à Ranger. Il savait très bien que je ne lui tirerais pas dessus.

— J'ai besoin de matériel, annonçai-je à Dougie. Il me faut des menottes, un boîtier paralysant et une bombe lacrymo.

— Je n'ai rien ici, répondit Dougie. Mais je peux passer un coup de fil. Je connais quelqu'un.

Une demi-heure plus tard, *quelqu'un* frappa à la porte et nous nous mîmes à trois pour pousser le réfrigérateur. Nous ouvrîmes la porte, et ma lèvre supérieure se retroussa.

— Lenny Gruber, dis-je. Tiens, tiens. On ne s'est pas revus depuis que tu m'as repris ma Mazda.

— J'ai été occupé.

— Ouais, je connais. Tellement de trucs à faire, et tellement peu de temps.

— Hé, mec ! lança le Mooner. Viens, entre. Prends un beignet de crevette, je t'en prie.

Gruber et moi étions à l'école ensemble. Il était du genre à péter en classe et à crier après : « Hé, ça pue !

Qui c'est qui a enlevé ses chaussures ? » Il lui manquait une molaire, et sa braguette n'était jamais complètement remontée.

Gruber prit un beignet de crevette et posa une mallette en aluminium sur la table basse du salon. Il l'ouvrit, révélant un fatras de pinces, boîtiers paralysants, bombes d'autodéfense, menottes, couteaux et bagues cloutées. Plus une boîte de capotes et un vibromasseur. Un bon commerce de maquereau.

Je choisis une paire de menottes, un boîtier paralysant et une mini-lacrymo.

— Combien ? demandai-je.

Il avait les yeux rivés sur mes seins.

— Pour toi, tarif spécial.

— Non, non, je ne veux aucune faveur de ta part.

Il me donna un prix qui me sembla honnête.

— Marché conclu, dis-je. Mais il faudra que tu attendes un peu pour que je te paye. Je n'ai rien sur moi.

Il me décocha un grand sourire, et sa molaire manquante avait l'air d'un trou noir au fond de sa bouche.

— On peut peut-être s'arranger, suggéra-t-il.

— On n'arrange rien du tout ! Je te fais parvenir l'argent demain.

— Si tu payes à crédit, ça fait forcément monter le prix.

— Ecoute, Gruber, j'ai passé une *très* mauvaise journée. Alors ne me cherche pas. Je suis une femme au bord de la crise de nerfs.

J'appuyai sur le bouton marche/arrêt du boîtier paralysant.

— Ça marche, ce truc ? demandai-je. Peut-être que je devrais l'essayer sur quelqu'un.

— Ah, les femmes, soupira Gruber en se tournant vers le Mooner. On peut pas vivre avec, on peut pas vivre sans.

— Tu pourrais te décaler un peu sur la gauche ? lui répondit le Mooner. Tu caches la télé, mec, et c'est juste le moment où Samantha va faire disparaître Jean-Pierre.

Dougie me prêta une Jeep Cherokee deux ans d'âge. C'était l'un des quatre véhicules qu'il n'avait pas réussi à vendre parce qu'il avait malheureusement égaré leur carte grise et leur facture d'achat. J'avais trouvé un jean et un tee-shirt qui m'allaient à peu près. Et j'avais emprunté au Mooner une veste en jean doublée et des chaussettes propres. Comme ni Dougie ni le Mooner ne possédait ni de sèche-linge ni de sèche-cheveux, et que ni l'un ni l'autre ne se travestissait, j'étais en revanche sans sous-vêtements. J'avais accroché mes menottes au dos de mon pantalon et le reste de mon attirail était réparti dans les poches multiples de ma veste.

Je roulai jusqu'à l'agence de Vinnie et me garai sur le parking derrière le bâtiment. Il s'était arrêté de pleuvoir, et il flottait dans la nuit tiède des promesses de printemps. Il faisait très sombre, la lune et les étoiles étaient cachées derrière une épaisse couche de nuages. Le parking de l'agence pouvait accueillir jusqu'à quatre voitures. Pour l'instant, il n'y avait que la mienne. J'étais en avance. Sans doute pas autant que Ranger, cela dit. J'étais sûre qu'il m'avait vue arriver et qu'il m'observait depuis quelque part pour s'assurer qu'il n'y avait pas de risques. La procédure standard, quoi.

Je scrutais l'allée qui menait au parking lorsque Ranger frappa tout doucement à ma vitre.

— Putain ! m'exclamai-je. Tu m'as foutu la trouille. Tu ne devrais pas faire des coups comme ça aux gens.

— Et toi tu devrais faire plus attention à tes fesses, me rétorqua-t-il.

Il ouvrit ma portière.

— Enlève ta veste, *baby*.

— Je vais avoir froid.
— Enlève-la et donne-la-moi.
— Tu ne me fais pas confiance.
Sourire de Ranger.
Je retirai ma veste et la lui tendis.
— T'es bien équipée, dis-moi.
— Comme d'hab.
— Sors de la voiture.

Ce n'était pas exactement ce qui était prévu dans mon plan. Je ne comptais pas me retrouver sans veste aussi rapidement.

— Je préférerais plutôt que tu montes, répondis-je. Il fait plus chaud à l'intérieur.

— Sors de là.

Je m'exécutai docilement en poussant un grand soupir.

Il posa une main dans le creux de mes reins, glissa les doigts dans la taille de mon pantalon et en décrocha les menottes.

— Entrons dans l'agence, dit-il. Je me sentirai plus en sécurité.

— Juste par curiosité malsaine, tu comptes faire comment pour contourner le système d'alarme ? A moins que tu connaisses le code.

Il ouvrit la porte de service.

— Je connais le code.

Nous traversâmes le petit couloir qui conduisait jusqu'à la réserve, où l'on rangeait les armes et les fournitures de bureau. Ranger ouvrit la porte de la pièce principale, et la lumière des réverbères entra brusquement à flots par les baies vitrées qui donnaient sur la rue. En restant entre les deux pièces, il pouvait surveiller les deux portes à la fois.

Il posa ma veste et les menottes sur une armoire métallique, trop haut pour moi, et examina d'un œil goguenard le bracelet cisaillé à mon poignet.

— Nouveau design, dit-il.

— Mais toujours pas très confortable.

Il sortit la clé de sa poche, déverrouilla le bracelet et jeta la demi-paire de menottes par-dessus ma veste. Puis il m'attrapa les deux mains et les retourna paumes en l'air.

— Tu portes les vêtements de quelqu'un d'autre, le revolver de quelqu'un d'autre, tes mains sont tout écorchées, et tu n'as pas mis de soutien-gorge. Qu'est-ce qui se passe ?

Je baissai les yeux pour constater qu'on voyait mes tétons pointer à travers mon tee-shirt.

— Ça m'arrive de ne pas mettre de soutien-gorge, répondis-je.

— Jamais, m'assura Ranger.

— Comment tu sais ?

— Un don de Dieu.

Il portait sa tenue habituelle, en noir intégral : pantalon militaire rentré dans les bottes, tee-shirt et coupe-vent. Après avoir retiré son coupe-vent, il me l'enroula autour des épaules. Il était encore imprégné de la chaleur de son corps et d'une vague odeur d'océan.

— Tu passes pas mal de temps à Deal, devinai-je.

— Normalement je devrais y être en ce moment.

— Quelqu'un surveille Ramos pour toi ?

— Tank.

Ses mains tenaient toujours l'imper autour de moi, ses phalanges reposant légèrement sur le galbe de mes seins. Un geste de possessivité intime plutôt que d'agressivité sexuelle.

— Comment tu vas faire ? me demanda-t-il d'une voix tendre.

— Faire quoi ?

— Me capturer. Ce n'est pas de ça qu'il s'agit ?

En effet, oui, c'était le plan originel, mais il m'avait

confisqué tous mes jouets. Et à présent l'air que je respirais paraissait chaud et lourd dans mes poumons, et je commençais à me dire que ce n'étaient pas mes oignons après tout si Carole avait envie de se balancer du pont. Je posai mes deux paumes à plat sur son ventre et il me dévisagea attentivement. Je suppose qu'il attendait ma réponse à sa question, mais en l'occurrence j'avais un dilemme plus urgent à trancher : où attaquer en premier ? Valait-il mieux glisser mes mains vers le haut ou vers le bas ? J'étais tentée de descendre, mais ça pouvait paraître un peu trop osé. Je ne voulais pas qu'il me prenne pour une fille facile.

— Steph ?

— Hein ?

J'avais toujours les mains contre son torse, et je sentis les vibrations de son rire.

— Ça sent le brûlé, *baby*. Tu cogites trop.

Mais ce n'était pas mon cerveau qui prenait feu. Je déplaçai imperceptiblement mes doigts, pour voir.

Il secoua la tête.

— Ne me provoque pas. Ce n'est pas le moment.

Il retira mes mains de son ventre et contempla une nouvelle fois mes coupures.

— Comment tu t'es fait ça ?

Je lui racontai l'épisode de l'usine désaffectée.

— Arturo Stolle fournissait Homer Ramos, m'expliqua Ranger.

— Comment je pouvais le savoir ? Personne ne me dit jamais rien !

— Depuis des années, dans l'organisation du crime, la part du gâteau qui revenait à Stolle était l'adoption et l'immigration clandestines. Il se sert de ses contacts en Asie orientale pour faire entrer sur le territoire des jeunes filles qu'il oblige à se prostituer, et pour produire des bébés qui se vendent très cher à l'adoption. Il y a six mois, Stolle s'est rendu compte qu'il pouvait utiliser ces mêmes contacts pour faire passer de la drogue avec les filles. Le problème, c'est que la drogue ne fait pas partie de sa chasse gardée. Donc il s'est acoquiné avec Homer Ramos, qui est connu pour être un petit merdeux décervelé toujours en manque d'argent, et il est convenu avec lui que Ramos servirait de porteur de valises entre lui et la comptabilité. Stolle s'est dit que les autres clans ne toucheraient pas au fils d'Alexander Ramos.

— Et toi, qu'est-ce que tu viens faire là-dedans ?

— L'arbitre. Je jouais les médiateurs entre les deux clans. Tout le monde, FBI inclus, préférerait éviter une guerre des gangs.

Son alphapage sonna, et il lut le numéro affiché.

— Il faut que je retourne à Deal. Tu as encore d'autres armes secrètes dans ton arsenal ? Tu veux faire une dernière tentative désespérée pour m'intercepter ?

Tsss ! quelle arrogance !

— Je te déteste, murmurai-je.

— Mais non, répliqua-t-il en me déposant un baiser sur les lèvres.

— Pourquoi avoir accepté ce rendez-vous ? voulus-je savoir.

Nous nous regardâmes les yeux dans les yeux un long moment. Puis, sans crier gare, il me passa les menottes aux poignets. Les deux mains derrière le dos.

— Merde ! soufflai-je.

— Désolé, mais t'es vraiment trop emmerdante. Je ne peux pas faire mon boulot si je dois en même temps te surveiller. Je vais te confier à Tank. Il t'emmènera en lieu sûr et te dorlotera jusqu'à ce que toute cette affaire soit réglée.

— Tu ne peux pas faire ça ! Sinon Carole va se jeter du pont.

— Carole ? fit Ranger avec une grimace.

Je lui expliquai l'histoire de Carole et de Joyce, et que Carole ne voulait pas passer à la *Caméra cachée*, et que tout ça était plus ou moins ma faute cette fois-ci.

Ranger se cogna la tête contre l'armoire métallique.

— Pourquoi moi ? maugréa-t-il.

— De toute façon je n'aurais pas laissé Joyce te garder longtemps, le rassurai-je. J'allais te balancer et ensuite trouver un moyen de te récupérer.

— Je sais que je vais le regretter, mais je vais devoir te libérer pour que, Dieu m'en préserve, Carole ne se jette pas du pont. Je te donne jusqu'à 9 heures demain matin pour te débrouiller avec Joyce, et ensuite je reviens te chercher. Et je veux que tu me promettes qu'entre-temps tu ne t'approcheras pas d'Arturo Stolle ni de personne répondant au nom de Ramos.

— C'est promis.

Je traversai la ville jusqu'à chez Lula. Elle occupe un appartement au premier étage, donnant sur la rue, et je pus vérifier que ses lumières étaient encore allumées. Comme je n'avais plus de portable, je sonnai directement à l'interphone. Une fenêtre s'ouvrit au-dessus de moi, et la tête de Lula apparut.

— Quoi ?

— C'est Stéphanie.

Elle me lança une clé, et j'ouvris la porte.

Lula m'attendait en haut de l'escalier.

— Tu restes dormir ?

— Non. J'ai besoin d'aide. Tu sais que je devais livrer Ranger à Joyce, ce soir ? Ben ça ne s'est pas passé exactement comme prévu.

Lula éclata de rire.

— Ma fille, Ranger c'est le top du top. Personne n'est plus fort que Ranger. Même pas toi.

Elle remarqua mon jean et mon tee-shirt.

— C'est pas pour être indiscrète, mais tu portais un soutif quand tu as commencé la soirée, ou c'est quelque chose de récent ?

— J'ai commencé comme ça. Dougie et le Mooner n'ont pas les mêmes goûts que moi en lingerie.

— Dommage, rétorqua Lula.

Son appartement était un deux pièces. Une chambre avec salle de bains, et une autre pièce qui servait de salon et de salle à manger à la fois, avec une kitchenette dans un coin. Lula avait installé une petite table ronde et deux chaises à la limite de la zone cuisine. Je m'assis sur l'une d'elles et pris la bière que Lula me tendait.

— Tu veux un sandwich ? proposa-t-elle. J'ai du salami.

— Ouais, ce serait super. Dougie n'avait que des beignets de crevette.

Je bus une longue gorgée de bière avant de me lancer :

— Alors, voilà le problème : qu'est-ce qu'on fait avec Joyce ? Je me sens responsable, pour Carole.

— Tu ne peux pas être responsable des conneries de quelqu'un d'autre. C'est pas toi qui lui as dit d'attacher Joyce à un arbre.

Exact.

— Mais bon, reprit Lula, ce serait quand même jouissif de la niquer encore une fois.

— T'as des idées ?

— Elle connaît bien Ranger ?

— Elle a dû le voir deux ou trois fois.

— Imagine qu'on lui refile quelqu'un qui ressemble à Ranger… Je connais un type, Mustang, qui pourrait faire l'affaire. Même peau mate, même carrure, peut-être pas aussi beau, mais ça pourrait passer. Surtout s'il fait très noir et qu'il n'ouvre pas la bouche. On l'appelle Mustang parce qu'il est monté comme un cheval.

— Il me faudrait sans doute encore une ou deux bières pour croire que ça pourrait marcher.

Lula contempla la rangée de bouteilles vides posées sur le bar.

— C'est vrai que j'ai un peu d'avance sur toi, admit-elle. Donc je suis très optimiste concernant ce plan.

Elle ouvrit un carnet d'adresses écorné qu'elle feuilleta pour trouver la page.

— Je le connais de mon ancienne profession.

— Client ?

— Maquereau. Un vrai connard, mais il me doit un service. Et ça devrait l'amuser de se faire passer pour Ranger. En plus je suis sûre qu'il a la tenue adéquate dans son placard.

Cinq minutes plus tard, Mustang répondit à son alphapage, et nous avions notre faux Ranger.

— Voilà le plan, déclara Lula. On prend le type au coin de Stark et de Belmont dans une demi-heure. Sauf qu'il n'a pas toute la nuit devant lui, donc il faut qu'on active.

Je passai donc aussi sec un coup de fil à Joyce pour lui annoncer que j'avais Ranger et qu'il fallait qu'elle nous retrouve sur le parking derrière l'agence. C'était l'endroit le plus sombre qui me venait à l'esprit.

Après que j'eus fini mon sandwich et ma bière, Lula et moi embarquâmes dans la Cherokee. Arrivée au coin de Stark et de Belmont, je dus y regarder à deux fois pour m'assurer que le gars planté sur le trottoir n'était pas Ranger en personne.

Mais lorsque Mustang s'approcha, les différences s'imposèrent. Le teint de la peau était le même, sauf qu'il avait les traits plus épais. Il y avait aussi plus d'usure autour de sa bouche et de ses yeux, moins d'intelligence dans son regard.

— J'espère que Joyce ne va pas y regarder de trop près, soufflai-je.

— Je t'avais dit de boire encore une bière, me rétorqua Lula. Enfin, de toute façon il fait vraiment noir derrière l'agence, et si tout se passe comme prévu Joyce ne devrait pas aller loin avant de tomber en rade.

Nous demandâmes à Mustang de croiser les mains devant lui pour pouvoir lui passer les menottes, ce qui est bien entendu complètement débile mais Joyce n'est pas assez pro pour le savoir. Puis nous lui confiâmes la clé des menottes. L'idée, c'était qu'il mette la clé dans sa bouche quand nous arriverions sur le parking. Il refuserait de parler à Joyce, feignant de se murer dans un silence renfrogné. Nous allions nous arranger pour lui crever un pneu, et quand elle sortirait jeter un œil, Mustang retirerait ses menottes et prendrait la poudre d'escampette.

Nous arrivâmes sur le parking en avance pour que je puisse déposer Lula. Nous avions décidé qu'elle se cacherait derrière la poubelle commune dans laquelle Vinnie et son voisin jetaient leurs ordures, et que, pendant que Joyce serait occupée à embarquer Ranger, Lula irait lui enfoncer un clou dans un pneu. Un classique. Je garai la Cherokee de façon à ce que Joyce soit obligée de se mettre près de la poubelle. Lula sortit de la Jeep pour aller se cacher, et presque aussitôt des phares illuminèrent le parking.

Joyce vint se ranger à côté de moi et descendit de voiture. J'en fis autant. Mustang était avachi sur la banquette arrière, tête baissée.

Joyce se pencha vers la vitre, plissant les yeux.

— J'y vois rien, dit-elle. Allume ton plafonnier.

— Pas question, rétorquai-je. Et tu ferais bien d'éteindre tes phares toi aussi. Je te signale qu'il a des tas de mecs à ses trousses.

— Pourquoi il est voûté comme ça ?

— Je l'ai drogué.

Joyce hocha la tête.

— Je me demandais comment tu allais faire.

Je fis tout un cirque pour sortir Mustang de la voiture, n'hésitant pas à en rajouter. Il s'effondra contre moi, en profitant pour me peloter au passage, et Joyce et moi dûmes presque le traîner jusqu'à sa voiture, puis le porter pour le faire monter dedans.

— Dernière chose, dis-je en tendant à Joyce un document que j'avais préparé chez Lula. Il faut que tu signes ça.

— C'est quoi ?

— Une déclaration garantissant que tu es allée de ton plein gré au cimetière pour animaux avec Carole et que tu lui as demandé de t'attacher à un arbre.

— Ça va pas ou quoi ? Je ne signe pas un truc pareil.

— Dans ce cas je reprends Ranger avec moi.

Joyce jeta un œil vers sa voiture et sa précieuse cargaison.

— Et puis après tout, lança-t-elle en prenant le stylo pour signer la feuille. Maintenant que j'ai eu ce que je voulais.

— Tu pars en premier, déclarai-je en sortant mon Glock de ma poche. Je te couvre.

— Je n'arrive pas à croire que tu l'aies fait, répondit Joyce. Je ne pensais pas que tu étais pourrie à ce point.

Chérie, tu n'as encore rien vu.

— Je l'ai fait pour Carole, avouai-je.

Debout avec mon Glock dans la main, je regardai Joyce s'éloigner. A la seconde où elle quitta l'allée pour tourner dans la rue, Lula bondit dans la voiture et nous démarrâmes.

— Je lui donne cinq cents mètres maxi, dit Lula. Je suis la reine du pneu crevé.

J'avais une bonne visibilité sur la voiture de Joyce. Il n'y avait pas de circulation, et elle n'était pas très loin devant moi. Ses feux arrière vacillèrent et elle ralentit.

— C'est bon, fit Lula.

Joyce roula encore à vitesse réduite sur quelques dizaines de mètres.

— Elle aimerait bien ne pas s'arrêter, devina Lula, mais elle flippe pour son super 4×4 flambant neuf.

Ses feux de stop s'allumèrent à nouveau, et Joyce se rangea le long du trottoir. Nous nous trouvions une rue plus loin, tous phares éteints, comme une voiture garée. Joyce était sortie et faisait le tour de son véhicule lorsqu'un minivan me dépassa à vive allure et pila juste à son niveau. Deux hommes en sortirent, revolver au poing. Tandis que l'un tenait Joyce en joue, l'autre attrapa Mustang juste au moment où il posait un pied par terre.

— Qu'est-ce que c'est que ce bordel ? gueula Lula.

C'était Mitchell et Habib. Ils pensaient enfin avoir Ranger.

Mustang se fit embarquer dans le monospace familial, qui redémarra en trombe.

Lula et moi étions abasourdies, bouche bée, ne sachant que faire.

Joyce hurlait en agitant les bras en l'air. Elle finit par donner un grand coup de pied dans son pneu crevé, remonter dans son 4×4 et, supposai-je, passer un coup de fil.

— Ça a plutôt bien fonctionné, fit observer Lula.

Je fis marche arrière sans allumer mes phares et bifurquai dans la première rue perpendiculaire.

— A quel moment ils nous ont prises en filature, à ton avis ? demandai-je à Lula.

— Sans doute chez moi. Ils préféraient peut-être rien tenter tant qu'on était deux, et ensuite ils ont eu un gros coup de bol quand Joyce a crevé.

— Ils vont vite se rendre compte que c'était pas tant de bol que ça quand ils vont voir qu'ils ont embarqué Mustang le Cheval.

Dougie et Mooner jouaient au Monopoly quand je rentrai à la maison.

— Je croyais que tu travaillais au Shop & Bag, dis-je à Mooner. Pourquoi tu n'es jamais au boulot ?

— J'ai eu du pot, je me suis fait virer, mec. Je te le dis, on vit dans un super pays. Où, à part ici, un mec peut être payé à rien faire ?

Je passai dans la cuisine pour appeler Morelli.

— Je suis chez Mooner, expliquai-je. Je viens encore de passer une soirée bizarre.

— Ouais, ben c'est pas fini, rétorqua Morelli. Ta mère a dû téléphoner chez moi quatre fois dans la dernière heure. Tu ferais bien de la rappeler.

— Qu'est-ce qui se passe ?

— Ta grand-mère est sortie voir un copain, elle n'est pas encore rentrée, et ta mère pète les plombs.

15

Ma mère décrocha à la première sonnerie.

— Il est minuit, me dit-elle, et ta grand-mère n'est pas rentrée. Elle est sortie avec l'homme-tortue.

— Myron Landowsky ?

— Ils étaient censés aller dîner. C'était à 17 heures. Je me demande où ils peuvent être. J'ai appelé chez lui et ça ne répond pas. J'ai appelé tous les hôpitaux…

— Maman, ce sont des adultes. Ils peuvent être en train de faire des tas de trucs. Quand mamie habitait chez moi je ne savais jamais où elle était.

— Elle devient folle ! s'écria ma mère. Tu sais ce que j'ai trouvé dans sa chambre ? Des préservatifs ! Qu'est-ce qu'elle fait avec ça ?

— Je ne sais pas, peut-être des ballons en forme d'animaux.

— Les autres femmes ont des mères qui tombent malades et qui vont en maison de retraite ou qui meurent dans leur lit. Pas moi. J'ai une mère qui s'habille en latex. Qu'est-ce que j'ai fait pour mériter ça ?

— Tu devrais aller te coucher et arrêter de te faire du souci pour mamie.

— Je n'irai pas me coucher avant que cette femme

rentre à la maison. Il faut qu'on parle. Et ton père est debout aussi.

Ah, génial. Il va y avoir une scène, et mamie va revenir s'installer chez moi.

— Dis à papa qu'il peut aller se coucher. Je vais venir attendre avec toi.

N'importe quoi pour empêcher que mamie revienne emménager ici.

Je rappelai Joe pour lui dire que je passerais *peut-être* plus tard mais qu'il ferait mieux de ne pas m'attendre. Puis j'empruntai de nouveau la Cherokee et me rendis chez mes parents.

Ma mère et moi dormions sur le canapé lorsque mamie rentra à 2 heures du matin.

— Où étais-tu ? lui hurla ma mère. On était morts d'inquiétude.

— J'ai passé une nuit de luxure, répondit mamie. Qu'est-ce qu'il embrasse bien, ce Myron ! Je crois même qu'il a eu une érection, sauf que c'est difficile à dire vu la façon dont il remonte son pantalon.

Ma mère fit un signe de croix, et je cherchai mes Maalox dans ma besace.

— Bon, je crois que je vais aller me coucher, dit ma grand-mère. Je suis claquée. Et je repasse mon permis demain matin.

Quand je me réveillai, j'étais étendue sur le canapé avec une couverture étalée sur moi. Il flottait dans la maison une odeur de café et de bacon frit, et j'entendais ma mère agiter des casseroles dans la cuisine.

— Au moins tu n'es pas en train de repasser, dis-je.

Quand ma mère se mettait au repassage, on savait qu'une grosse crise se préparait.

Elle rabattit violemment un couvercle sur la marmite et me regarda.

— Où est ton soutien-gorge ?

— J'ai été surprise par la pluie et j'ai dû emprunter des vêtements de rechange à Dougie Kruper, sauf qu'il n'avait pas de soutien-gorge. Je serais bien passée chez moi me changer mais il y a deux mecs qui me cherchent pour me couper un doigt et j'avais peur qu'ils m'attendent dans mon appartement.

— Ah, Dieu merci, soupira ma mère. J'avais peur que tu aies laissé ton soutien-gorge dans la voiture de Morelli.

— On ne fait pas ça dans sa voiture, rectifiai-je. Seulement dans son lit.

Ma mère avait son grand couteau de cuisine à la main.

— Je vais me suicider, menaça-t-elle.

— Je ne te crois pas, répondis-je en me servant un bol de café. Jamais tu ne te suiciderais en pleine préparation d'une soupe.

Mamie déboula dans la cuisine en trottinant. Elle était maquillée, et elle avait les cheveux roses.

— Doux Jésus, s'exclama ma mère. Qu'est-ce que c'est que ça encore ?

— Que penses-tu de cette couleur de cheveux ? me demanda mamie. J'ai acheté une teinture express à la pharmacie. Ça s'utilise comme un shampooing.

— C'est rose, observai-je.

— Ouais, c'est ce que je trouve aussi. Sur la boîte ils disent que c'est Rouge Jézabel.

Elle jeta un coup d'œil à la pendule sur le mur.

— Il faut que je m'active. Louise va passer me chercher d'une minute à l'autre. Je suis la première à l'examen. J'espère que tu ne m'en veux pas d'avoir demandé à Louise de m'accompagner. Je ne savais pas que tu serais là.

— Pas de problème, lui assurai-je. Vas-y, allez, va-t'en !

Je me fis des tartines et finis mon café. En entendant la chasse d'eau à l'étage, je sus que mon père allait nous rejoindre incessamment. Je sentais que ma mère commençait à envisager de sortir la table à repasser.

— Bon, déclarai-je en bondissant de ma chaise. Plein de trucs à faire. Plein de gens à voir.

— Je viens juste de laver du raisin, dit ma mère. Prends-en pour chez toi. Et il y a du jambon dans le frigo pour te faire un sandwich.

Je ne vis ni Mitchell ni Habib en me garant sur mon parking, mais j'avais quand même mon Glock à la main, au cas où. Je me rangeai sur un emplacement interdit, près de la porte de service de l'immeuble, histoire d'avoir le moins de distance possible à franchir, et je filai directement à mon appartement en empruntant l'escalier. Arrivée devant ma porte, je me rendis compte que je n'avais pas mes clés, et que Joe avait refermé en partant.

Parce que j'étais la seule personne au monde à ne pas savoir ouvrir une porte sans la clé, je dus aller chercher le double chez ma voisine Mme Karwatt.

— Quelle belle journée, n'est-ce pas ? me lança-t-elle. Ça sent déjà le printemps.

— J'imagine que vous n'avez rien remarqué de spécial, ce matin, vérifiai-je. Pas de bruits étranges ou de types bizarres sur le palier ?

— Pas que je sache, non.

Elle repéra le Glock dans ma main.

— Quel joli Glock vous avez là. Ma sœur en a un aussi, elle en est très contente. J'ai hésité à échanger mon .45, mais je n'ai pas eu le cœur, finalement. C'est mon défunt mari qui me l'avait offert pour notre premier anniversaire, paix à son âme.

— Comme c'est romantique !

— Enfin, bien sûr, rien ne m'empêche d'avoir deux revolvers.

— On n'a jamais trop de revolvers chez soi, approuvai-je avec un hochement de tête.

Après avoir pris congé de Mme Karwatt, je pus enfin rentrer chez moi. Je passai en revue une pièce après l'autre, ouvrant tous les placards, vérifiant sous le lit et derrière le rideau de douche pour m'assurer qu'il n'y avait personne. Morelli avait dit juste : l'appart était sens dessus dessous, mais il n'y avait pas l'air d'avoir eu trop de casse. Mes visiteurs n'avaient pas pris le temps d'éventrer mes fauteuils ou de balancer un coup de pied dans l'écran de télé.

Je pris une douche et enfilai un jean et un tee-shirt propres. Puis, ayant mis du gel dans mes cheveux, je m'escrimai avec la grosse brosse à rouleau jusqu'à avoir une cascade de boucles et ressembler à un croisement entre une plouc du New Jersey et une pétasse d'*Alerte à Malibu*. Comme je me sentais écrasée par mon volume capillaire, j'ajoutai une couche de mascara sur mes cils, histoire de rétablir l'équilibre.

Je passai un moment à ranger l'appart, mais ensuite je commençai à me sentir nerveuse de rester plantée là à la merci de tout le monde. Pas seulement de Mitchell et d'Habib, mais aussi de Ranger. J'avais dépassé l'ultimatum de 9 heures du matin.

J'appelai Morelli à son bureau.

— Ta grand-mère a fini par rentrer ? demanda-t-il.

— Ouais, et c'était pas joli à voir. A part ça, il faut que je te parle. Tu ne veux pas qu'on se retrouve pour déjeuner chez Pino ?

Après avoir raccroché, je téléphonai à l'agence pour savoir si Lula avait des nouvelles de Mustang.

— Il va bien, répondit Lula. Mais je ne crois pas que Mitchell et Habib vont avoir droit à leur prime de Noël cette année.

Je passai un coup de fil à Dougie pour lui dire que j'allais devoir garder la Cherokee encore un petit peu.

— Garde-la pour toujours, me dit-il.

Le temps que j'arrive chez Pino, Morelli était déjà attablé, grignotant des gressins.

— Je te propose un marché, déclarai-je en enlevant ma veste. Tu me dis ce qui se passe entre toi et Ranger, et je te laisse la garde de Bob.

— Oh ouah ! souffla Morelli. Comment refuser une occasion pareille ?

— J'ai ma petite idée sur toute cette affaire Ramos, repris-je. Mais c'est un peu tiré par les cheveux. Ça fait déjà trois ou quatre jours que j'y pense.

Grand sourire morellien.

— Intuition féminine ?

Je souris moi aussi, parce que c'est vrai, l'intuition est le gros calibre de mon arsenal. Je ne sais pas me servir d'un revolver, je ne cours pas très vite, et le peu de karaté que je connaisse, je l'ai appris dans les films de Bruce Lee. En revanche j'ai une bonne intuition. La vérité, c'est que la plupart du temps je fais à peu près n'importe quoi, mais il suffit que je suive mon instinct pour que ça ne finisse pas trop mal.

— Comment le corps d'Homer Ramos a-t-il été identifié ? demandai-je. Les dents ?

— Il a été identifié par ses bijoux et les circonstances. Il n'y avait pas de dents. Elles ont mystérieusement disparu.

— Parce que j'ai pensé à un truc… Peut-être que ce

n'est pas vraiment Homer Ramos qui s'est fait descendre. Personne dans sa famille n'a l'air particulièrement affecté par sa mort. Même si un père trouve que son fils est pourri jusqu'à la moelle, j'ai du mal à croire qu'il n'éprouve aucune émotion à sa mort. Et puis aussi, en fouinant, je me suis rendu compte que quelqu'un occupait la chambre d'amis chez Hannibal. Quelqu'un qui fait exactement la même taille qu'Homer Ramos. Je pense qu'Homer se planquait dans la maison de son frère, et qu'ensuite Macaroni s'est fait buter et qu'Homer a dû partir.

Morelli se tut le temps que la serveuse nous apporte notre pizza.

— Ça, c'est ce que l'on sait. Ou du moins ce que l'on croit savoir. Homer jouait les porteurs de valises dans la nouvelle opération drogue de Stolle. Toute cette histoire était assez mal vue par les gars du New Jersey et de New York, et les gens ont commencé à choisir leur camp.

— Guerre des gangs.

— Plus que ça. Si un membre de la famille Ramos se mettait à dealer de la drogue, ça voulait dire que le New Jersey allait se mettre à dealer des armes. Et personne ne s'en réjouissait parce que ça impliquait une redéfinition des frontières. Tout le monde était assez tendu. Tellement tendu qu'on a fini par savoir qu'un contrat avait été passé sur la tête d'Homer Ramos.

« Ce que nous savons, sans toutefois pouvoir le prouver, c'est que tu as raison : Homer Ramos n'est pas mort. Ranger s'en est douté dès le départ, et tu as confirmé sa théorie quand tu lui as dit que tu avais vu Ulysse sur le perron de la résidence de Deal. Ulysse n'a jamais quitté le Brésil. On pense que c'est un autre péquenaud qui s'est fait rôtir dans l'incendie, et qu'Homer est allé se réfugier quelque part en attendant qu'on lui fasse quitter le pays.

— Et tu penses qu'il est à Deal en ce moment.

— Ça paraîtrait logique, mais je n'en sais pas plus. Nous n'avons aucun motif pour faire une perquisition. Ranger s'est introduit dans la baraque et n'a rien trouvé.

— Et le sac de sport, alors ? Il contenait le fric de Stolle, c'est ça ?

— On pense que, quand c'est arrivé aux oreilles d'Hannibal que son petit frère allait déclencher une guerre des gangs, il a ordonné à Homer de cesser toutes ses activités en dehors du domaine familial et de couper tout contact avec Stolle. Ensuite Hannibal a demandé à Ranger de porter l'argent à Stolle et de lui dire qu'il n'était désormais plus protégé par le nom de Ramos. Le problème, c'est que quand Stolle a ouvert la valise, elle était pleine de papier journal.

— Ranger n'a pas vérifié le contenu avant de la prendre ?

— La valise était fermée à clé quand on la lui a remise. C'est comme ça qu'Hannibal Ramos avait organisé la transaction.

— Il a voulu piéger Ranger ?

— Ouais, mais sans doute juste pour l'incendie et le faux meurtre d'Homer. J'imagine qu'il trouvait qu'Homer était vraiment allé trop loin cette fois-ci, et que promettre d'être un gentil garçon et d'arrêter de vendre de la drogue n'allait pas suffire à lever le contrat sur sa tête. Donc Hannibal a mis en scène le meurtre de son frère. Ranger fait un bon bouc émissaire parce qu'il n'appartient à aucun des deux clans. Pas de vengeance possible si c'est lui le tueur.

— Mais qui a l'argent, alors ? Hannibal ?

— Hannibal a piégé Ranger pour qu'on l'accuse du meurtre, mais c'est assez difficile de croire qu'il a voulu voler Stolle. Son intention était de faire la paix avec Stolle, pas de se le mettre à dos.

Morelli se resservit une autre part de pizza.

— A mon avis, reprit-il, ça ressemble plutôt à un coup d'Homer. Il a dû échanger les sacs dans la voiture ou sur le chemin du bureau.

Oh là là, quelle embrouille !

— Et j'imagine que tu ne sais pas quel genre de voiture il conduisait, soupirai-je.

— Une Porsche argent. La voiture de Cynthia Lotte.

Ce qui pouvait expliquer la mort de Cynthia.

— C'est quoi, cette tête que tu viens de faire ? me demanda Morelli.

— C'est une grimace de culpabilité. J'ai en quelque sorte aidé Cynthia à récupérer sa voiture chez Hannibal.

Je lui racontai comment Cynthia avait débarqué alors que Lula et moi étions en train de fouiller la maison, comment elle avait absolument tenu à repartir avec sa voiture, et comment de fil en aiguille on s'était retrouvées à sortir le cadavre de la Porsche. Quand je terminai mon récit, Morelli resta immobile, la mine ahurie.

— Tu sais, quand tu es flic, il arrive un moment où tu crois avoir tout vu et tout entendu, finit-il par répondre. Tu te dis que plus rien ne pourrait t'étonner. Et là *tu* entres en scène, et c'est un autre jeu qui commence…

Je choisis une seconde part de pizza en songeant que la conversation n'allait sans doute pas tarder à dégénérer.

— Inutile de te faire remarquer, j'imagine, que tu as détérioré une scène de crime, reprit Morelli.

Et voilà. J'avais raison. Dégénérescence enclenchée.

— Ni que tu fais de la rétention de preuves dans une enquête pour homicide, ajouta-t-il.

J'opinai du chef.

— Mais bon sang de bonsoir, hurla-t-il, qu'est-ce que tu avais dans la tête ?

Tous les regards se tournèrent vers nous.

— De toute façon je n'aurais pas pu l'arrêter, rétorquai-je. Alors autant lui filer un coup de main.

— Tu aurais pu partir. Tu aurais pu la laisser se démerder. Tu n'avais pas besoin de *l'aider*, putain ! Moi j'ai cru que vous l'aviez simplement ramassé par terre. Je ne savais pas que vous l'aviez sorti d'une bagnole, bordel !

Nouveaux regards.

— On va retrouver tes empreintes partout sur la bagnole, ajouta Morelli.

— Lula et moi avions des gants, précisai-je.

Laurel et Hardy jouent les détectives.

— A une époque, je ne voulais pas t'épouser parce que j'avais peur que tu m'attendes à la maison en te bouffant les sangs. Maintenant je ne veux pas t'épouser parce que c'est *moi* qui ne supporterais pas le stress d'être marié avec toi !

— Tout ça ne serait jamais arrivé si Ranger ou toi m'aviez parlé. D'abord on me demande de filer un coup de main dans l'enquête, et ensuite on m'exclut. Tout est ta faute.

Morelli me considéra en plissant les yeux.

— Ouais, bon, peut-être pas *tout*.

— Il faut que je retourne travailler, dit Morelli en demandant l'addition. Promets-moi de rentrer chez toi et d'y rester. Promets-moi de rentrer chez toi, de t'enfermer à clé et de ne plus bouger jusqu'à ce qu'on ait calmé le jeu. Alexander est censé reprendre l'avion demain. On pense que ça veut dire qu'Homer part ce soir, et on pense savoir comment.

— Par bateau.

— Ouais. Il y a un cargo de marchandises qui part de Newark pour la Grèce. Et Homer est un maillon faible. Si on peut le faire plonger pour homicide, il y a des chances pour qu'il accepte de négocier et qu'il nous balance Alexander et Stolle.

— Merde. J'aimais bien Alexander.

Grimace appuyée de Morelli.

— D'accord, concédai-je. Je vais rentrer chez moi et y rester. OK.

De toute façon je n'avais rien de spécial à faire dans l'après-midi. Et je ne tenais pas tellement à donner à Mitchell et à Habib une nouvelle occasion de me kidnapper pour me couper les doigts un par un. M'enfermer dans mon appartement semblait même assez excitant, finalement. Je pourrais faire encore un peu de ménage, regarder des imbécillités à la télé, faire une sieste.

— J'ai ton sac à main chez moi, me signala Morelli. Je n'ai pas pensé à le prendre au bureau avec moi. Tu as besoin d'une clé pour rentrer chez toi ?

— Oui.

Il sortit une clé de son porte-clés et me la remit.

Le parking de mon immeuble était relativement désert. A cette heure de la journée, les vieux étaient soit en train de faire leurs courses, soit en train d'abuser de la Sécurité sociale, ce qui m'arrangeait bien parce que comme ça je pus trouver facilement une place pour me garer. Aucun véhicule étranger sur le parking. Et, autant que je puisse dire, personne n'était planqué dans les bosquets. Je me mis aussi près de la porte que possible et sortis le Glock de la poche de ma veste. Vite, vite, je m'engouffrai dans le hall de l'immeuble puis dans les escaliers. Le couloir du premier était vide et silencieux. Ma porte était fermée à clé. Plutôt bon signe. Je l'ouvris, toujours avec mon revolver à la main, et pénétrai dans l'entrée. L'appartement était dans le même état que celui où je l'avais laissé. Je refermai derrière moi sans toutefois faire glisser le verrou, au cas où j'aurais besoin de m'enfuir précipitamment. Puis j'inspectai une pièce après l'autre pour m'assurer que tout allait bien.

Je passai du salon à la salle de bains. Et alors que je me trouvais dans la salle de bains, un homme surgit de ma chambre avec un flingue braqué sur moi. Il était de taille et de carrure moyennes, plus jeune et plus mince qu'Hannibal Ramos, mais l'air de famille était évident. Il était plutôt beau gosse, même si sa beauté était affectée par une usure nettement marquée. Un mois en cure de thalasso ne lui aurait pas fait de mal.

— Homer Ramos, je présume.

— En personne.

Nous avions tous les deux un revolver à la main, environ à trois mètres l'un de l'autre.

— Lâchez votre arme, dis-je.

Il me décocha un sourire méprisant.

— C'est ça.

Génial.

— Lâchez votre arme ou je tire.

— Allez-y, tirez. J'attends.

Je baissai les yeux vers mon revolver. C'était un Glock semi-automatique, différent du modèle que j'utilisais d'habitude. Je n'avais aucune idée de la façon dont fonctionnait un semi-automatique. Je croyais me souvenir qu'il fallait faire glisser un loquet quelque part. J'appuyai à tout hasard sur un bouton, et le chargeur tomba par terre.

Homer Ramos éclata de rire.

Je lui jetai le revolver au visage, l'atteignant en plein front, et il tira avant que j'aie le temps de m'enfuir. La balle m'effleura le haut du bras avant d'aller se loger dans le mur derrière moi. Je laissai échapper un cri et titubai en arrière en me tenant le bras.

— C'est juste un avertissement, me dit-il. Si vous essayez de vous enfuir je vous tire dans le dos.

— Qu'est-ce que vous faites là ? Qu'est-ce que vous voulez ?

— Le fric, évidemment.

— Je n'ai pas le fric.

— Il n'y a pas d'autre possibilité, ma belle. Le fric était dans la voiture, et avant de mourir cette chère Cynthia m'a dit que vous étiez dans la maison quand elle est arrivée. Donc vous êtes la seule candidate. J'ai fouillé partout chez Cynthia. Et je l'ai torturée suffisamment pour être sûr qu'elle m'ait dit tout ce qu'elle savait. Au départ elle m'a raconté une histoire bidon comme quoi elle avait balancé le sac dans la nature, mais même Cynthia ne serait pas aussi conne. J'ai remué votre appart et celui de votre amie, la grosse. Et je n'ai pas trouvé l'argent.

Cling ! Lumière. Ce n'étaient pas Mitchell et Habib qui avaient mis à sac mon appartement. C'était Homer Ramos, qui cherchait son argent.

— Alors maintenant je veux que vous me disiez où vous l'avez mis, reprit-il. Je veux que vous me disiez où vous avez planqué mon fric.

Mon bras m'élançait, et une tache de sang grandissait autour de la déchirure sur ma veste. De petits points noirs dansaient devant mes yeux.

— J'ai besoin de m'asseoir, dis-je.

Il me fit signe d'avancer jusqu'au canapé.

— Par là.

Se faire tirer dessus, quelle que soit la gravité de la blessure, n'est jamais un bon stimulus pour avoir les idées claires. Quelque part dans cette bouillie de matière grise entre mes deux oreilles, je savais qu'il fallait que j'élabore une stratégie, mais j'étais bien en peine de le faire. Dans la panique, mon cerveau ne se heurtait qu'à des impasses. J'avais les larmes aux yeux, et le nez qui coulait.

— Où est mon fric ? répéta Ramos lorsque je fus assise.

— Je l'ai donné à Ranger.

Je fus la première étonnée de m'entendre formuler cette réponse. Et clairement, nous n'y croyions ni l'un ni l'autre.

— Vous mentez. Je vais vous reposer la question. Et si je pense encore que vous mentez, je vous tire dans le genou.

Il se tenait dos à ma porte d'entrée. Je vis derrière lui Ranger pénétrer dans mon champ de vision.

— D'accord, vous m'avez eue, m'exclamai-je d'un ton un peu plus emphatique que nécessaire, avec une légère pointe d'hystérie. Voilà ce qui s'est passé. Je ne me doutais absolument pas qu'il y avait de l'argent dans la voiture. Tout ce que j'ai vu, c'est ce type mort. Et je ne sais pas, prenez-moi pour une folle si vous voulez, peut-être que j'ai vu trop de films de mafieux, mais je me suis dit, *et s'il y avait un autre corps dans le coffre* ? Je ne voulais pas passer à côté d'un second cadavre, vous comprenez. Alors j'ai ouvert le coffre et j'ai trouvé le sac de sport. Bon, c'est vrai que j'ai toujours eu un côté fouineuse, donc j'avais envie de savoir ce qu'il y avait à l'intérieur...

— Je me contrefous de vos états d'âme ! coupa Homer. Je veux savoir ce que vous avez fait de ce putain de fric, c'est tout. Je n'ai que douze heures devant moi avant le départ du bateau. Vous pensez pouvoir finir votre histoire d'ici là ?

Ce fut alors que Ranger se jeta sur Ramos et lui appuya le boîtier paralysant dans le cou. Homer laissa échapper un petit couinement et s'écroula à terre. Ranger se baissa afin de lui prendre son revolver. Il le palpa pour vérifier qu'il n'avait pas d'autres armes, n'en trouva aucune, et lui passa les menottes derrière le dos. Puis il poussa Homer du bout du pied et se planta devant moi.

— Je croyais pourtant t'avoir dit de ne plus traîner avec la famille Ramos. Tu n'écoutes jamais rien.

Humour à la Ranger.

Je parvins à lui sourire faiblement.

— Je crois que je vais vomir.

Il posa une main sur ma nuque et me fit pencher la tête entre mes cuisses.

— Pousse sur ma main le plus fort possible, me dit-il.

Les petites lucioles s'éteignirent devant mes paupières et mon estomac sembla s'apaiser. Ranger me fit lever et me retira ma veste.

Je m'essuyai le nez dans mon tee-shirt.

— Tu étais là depuis combien de temps ? demandai-je.

— Je suis arrivé au moment où il t'a tiré dessus.

Nous examinâmes tous les deux ma blessure au bras.

— Juste une éraflure, décréta Ranger. Pas de quoi s'apitoyer.

Il m'emmena dans la cuisine et m'appliqua sur le bras un tampon de serviettes en papier.

— Essaye de nettoyer un peu le sang, je vais chercher un pansement.

— Un pansement ! Mais j'ai pris une balle dans le bras !

Il revint avec ma trousse à pharmacie, referma la plaie avec des pansements, posa une compresse par-dessus et enveloppa le tout dans une bande de gaze. Puis il recula et me regarda avec un grand sourire.

— Je te trouve un peu pâlichonne.

— J'ai cru que j'allais mourir. Il m'aurait tuée sans hésiter.

— Mais il ne l'a pas fait.

— Tu t'es déjà dit que tu allais mourir ?

— Plein de fois.

— Et alors ?

— Et alors je ne suis pas mort.

Il appela Morelli depuis mon téléphone.

— Je suis chez Steph, dit-il. On a Homer Ramos qui t'attend les menottes aux poignets. Et on pourrait avoir besoin d'un véhicule. Stéphanie a pris une balle dans le bras. C'est juste une déchirure superficielle, mais il faudrait quand même qu'elle aille se faire examiner.

Il me prit par le cou et m'attira contre lui. Je posai la tête contre son torse, et il respira mes cheveux et m'embrassa juste au-dessus de l'oreille.

— Tu vas bien ? murmura-t-il.

Non, je n'allais pas bien. J'étais loin d'aller bien. J'étais sens dessus dessous.

— Oui, répondis-je. Ça va.

Je devinai son sourire.

— Menteuse.

Morelli me rejoignit à l'hôpital.

— Tu vas bien ?

— Ranger m'a posé exactement la même question il y a un quart d'heure, et la réponse était non. Mais maintenant ça va mieux.

— Comment va ton bras ?

— Je crois que c'est pas trop grave. J'attends de voir le médecin.

Morelli me prit la main et déposa un baiser dans le creux de ma paume. Je sentis des frissons dans le ventre.

— Je crois que j'ai fait deux arrêts cardiaques sur le chemin, avoua-t-il.

— Je vais bien. Je t'assure.

— Il fallait que je le voie de mes propres yeux.

— C'est parce que tu m'aimes, dis-je.

Son sourire se crispa, et il hocha timidement la tête.

— C'est parce que je t'aime.

Ranger m'aimait aussi, mais pas de la même façon. Ranger en était à un stade différent de sa vie.

Les portes de la salle d'attente s'ouvrirent en grand, et Connie et Lula déboulèrent.

— Il paraît que tu t'es fait tirer dessus, lança Lula. Qu'est-ce qui se passe ?

— Oh, nom de Dieu, mais c'est vrai ! s'exclama Connie. Regarde son bras ! Comment c'est arrivé ?

Morelli se leva.

— Je veux être là quand ils vont ramener Ramos, dit-il. Et de toute façon je crois que je suis en surbooking maintenant que les renforts sont arrivés. Appelle-moi dès que tu as fini avec le toubib.

Je décidai d'aller directement de l'hôpital chez mes parents. Morelli était toujours occupé à interroger Homer Ramos, et je n'avais pas envie de rester seule. Je demandai à Lula de passer d'abord chez Dougie pour pouvoir lui emprunter une chemise à mettre par-dessus mon tee-shirt.

Dougie et le Mooner étaient au salon, devant une nouvelle télé grand écran.

— Hé, mec, lança le Mooner en me voyant. Regarde-moi cette télévision. Elle est pas extra, sans déc ?

— Je croyais que vous aviez arrêté la contrebande.

— C'est ça qui est le plus incroyable, déclara le Mooner. Cette télévision est une nouvelle acquisition. On l'a même pas volée, mec. Je te dis, les voies du Seigneur sont impénétrables. Un jour on croit que notre avenir est passé au vide-ordures, et le lendemain, voilà qu'on fait un héritage.

— Félicitations, dis-je. Qui c'est qui est mort ?

— C'est ça le miracle, justement. Notre héritage n'est pas terni par la tragédie. On nous l'a donné, mec. Un cadeau. T'arrives à le croire ? Dougie et moi avons eu la chance de réaliser une vente de voiture dimanche dernier, donc on est allés faire laver la voiture à la station-service histoire qu'elle soit toute propre pour le client. Et pendant qu'on était là, il y a une blonde qui débarque dans une Porsche argent. Et elle se met à récurer sa bagnole comme une malade, je te jure. Et nous, ben on regardait. Et à un moment elle sort un sac du coffre et elle le fout dans la poubelle. C'était un super sac, alors Dougie et moi on lui demande si on peut le récupérer. Et là elle nous dit que c'est juste un sac de sport dégueulasse et qu'on peut en faire ce que bon nous semble, qu'elle n'en a rien à foutre. Alors on a embarqué le sac à la maison et on l'a oublié jusqu'à ce matin.

— Et quand vous l'avez ouvert ce matin, vous vous êtes rendu compte qu'il était rempli de fric, complétai-je.

— Ouah, comment tu sais ?

— Juste une intuition.

Ma mère était dans la cuisine quand j'arrivai à la maison.

Elle préparait du chou farci. Pas mon plat préféré au monde. Mais bon, mon plat préféré au monde est sûrement le gâteau fourré à l'ananas avec une grosse couche de crème chantilly par-dessus, alors la comparaison n'est pas très équitable.

Elle s'arrêta net pour me regarder attentivement.

— Tu as un problème au bras ? dit-elle. Tu le tiens bizarrement.

— Je me suis fait tirer dessus, mais…

Ma mère perdit connaissance. *Boum*, par terre, avec la cuillère en bois dans la main.

Merde.

Je mouillai un torchon sous le robinet et le lui appliquai en compresse sur le front jusqu'à ce qu'elle revienne à elle.

— Qu'est-ce qui s'est passé ? demanda-t-elle.

— Tu t'es évanouie.

— Je ne m'évanouis jamais. Tu dois te tromper.

Elle se rassit et se passa le torchon humide sur le visage.

— Ah, ça y est, maintenant je me souviens.

Je l'aidai à se hisser sur une chaise et mis de l'eau à bouillir pour un thé.

— C'est grave ? s'enquit-elle.

— Juste une éraflure. Et le type est en prison, donc tout va bien.

Sauf que j'avais un peu la nausée, que mon cœur ratait un battement de temps en temps et que je n'avais pas envie de rentrer chez moi. Mais à part ça, tout allait bien.

Je posai la boîte à biscuits au milieu de la table et servis une tasse de thé à ma mère, avant de m'asseoir en face d'elle et de prendre un petit gâteau. Des cookies aux pépites de chocolat. Très bons pour la santé, vu qu'elle y mettait aussi des morceaux de noix, et que les noix sont bourrées de protéines, non ?

La porte d'entrée s'ouvrit en grand et mamie fit irruption dans la cuisine.

— C'est bon ! s'écria-t-elle. J'ai mon permis de conduire !

Ma mère se signa et se remit le torchon sur le front.

— Comment se fait-il que ton bras soit tout gonflé sous ta chemise ? demanda ma grand-mère.

— Je porte un bandage. Je me suis fait tirer dessus, ce matin.

Mamie écarquilla les yeux.

— Génial !

Elle prit une chaise et s'attabla avec nous.

— Comment ça s'est passé, raconte. C'était qui ?

Avant que j'aie eu le temps de répondre, le téléphone sonna. C'était Marge Dembowski disant que sa fille Debbie, qui est infirmière à l'hôpital, l'avait appelée pour dire qu'on m'avait tiré dessus. Aussitôt après, Julia Kruselli téléphona pour dire que son fils Richard, qui est flic, venait de lui apprendre le scoop sur Homer Ramos.

Je sortis de la cuisine et passai au salon, où je m'endormis devant la télé. Quand je me réveillai, Morelli était là, la maison puait le chou farci et mon bras me faisait mal.

Joe avait une nouvelle veste pour moi, le modèle sans trou dans le bras.

— On rentre à la maison, déclara-t-il en me passant un bras dans la veste.

— Je suis déjà à la maison.

— Non, je veux dire *ma* maison.

La maison de Morelli. Oui, ce serait bien. Je retrouverais Rex et Bob. Mieux encore, je retrouverais Morelli.

Ma mère posa un gros sac devant nous sur la table basse.

— Je vous ai mis du chou farci, du pain et des cookies.

Joe prit le sac.

— J'adore le chou farci, dit-il.

Ma mère parut contente.

— C'est vrai que tu adores le chou farci ? demandai-je à Joe une fois dans la voiture.

— J'adore tout ce que je n'ai pas besoin de cuisiner moi-même.

— Comment ça s'est passé avec Homer Ramos ?

— Mieux que dans nos rêves les plus fous. Ce type est une vermine. Il a balancé *tout le monde*. Alexander Ramos aurait mieux fait de le tuer à la naissance. Et en prime, on a ramassé Mitchell et Habib en leur disant qu'ils étaient accusés d'enlèvement et de séquestration, et ils ont balancé Arturo Stolle.

— Un après-midi chargé.

— J'ai passé une excellente journée. A part que tu t'es fait tirer dessus.

— Et qui a tué Macaroni ?

— Homer. Stolle avait envoyé Macaroni pour récupérer la Porsche. J'imagine qu'il comptait se rembourser en partie avec. Homer l'a trouvé dans la bagnole et l'a tué. Ensuite Homer a paniqué et il s'est enfui de la maison.

— En oubliant de remettre l'alarme ?

— Ouais. Homer avait pris l'habitude de tester les produits qu'il transportait pour Stolle, et il avait des petits problèmes de connexion. Il sortait complètement défoncé pour s'acheter des trucs à bouffer en oubliant le système d'alarme. Ranger a réussi à entrer chez lui sans problèmes. Macaroni aussi. Toi aussi. Je ne crois pas qu'Hannibal se rendait bien compte de l'étendue du problème. Il pensait que son frère se tenait tranquillement à carreau dans sa baraque.

— Mais Homer était une loque.

— Une vraie loque, tu l'as dit. Après avoir buté Macaroni, il a totalement flippé. Dans son état drogué et dérangé, j'imagine qu'il a dû penser qu'il saurait se cacher lui-même mieux qu'avec l'aide de son frère, alors il est retourné chez lui pour prendre son magot. Sauf que le magot n'était plus là.

— Et pendant tout ce temps-là, Hannibal avait envoyé ses hommes aux quatre coins du New Jersey pour essayer de retrouver Homer.

— C'est plutôt sympathique de penser qu'ils ont dû ratisser la région à la recherche de ce petit con, fit remarquer Morelli.

— Et le magot, alors ? demandai-je. Quelqu'un a une idée de ce qui a pu arriver à ce sac rempli de pognon ?

Quelqu'un d'autre à part moi, du moins.

— Un des grands mystères de la vie, répondit Morelli. La théorie qui prévaut est qu'Homer a dû le planquer quelque part dans un brouillard de défonce et qu'il a oublié où il l'avait mis.

— Ça paraît logique, approuvai-je. Je suis sûre que c'est ça.

Et puis merde, pourquoi ne pas laisser Dougie et le Mooner profiter de cet argent, après tout ? S'il était confisqué, il finirait entre les mains du gouvernement fédéral, et Dieu sait ce qu'ils en feraient, eux.

Morelli se gara devant sa maison sur Slater Street et m'aida à descendre de voiture. Quand il ouvrit la porte, Bob bondit vers moi en souriant.

— Il est content de me voir, dis-je.

Et le fait que j'aie à la main un sac rempli de chou farci ne devait pas être pour rien dans ce brusque élan d'affection. Mais peu importe ; Bob me fit un accueil en fanfare.

Morelli avait installé Rex dans un aquarium sur le bar de la cuisine. Je tapotai contre la vitre et il y eut du mouvement sous un tas de copeaux. Rex pointa le bout de son museau, moustaches frétillantes, et me regarda en clignant des yeux.

— Hé, salut Rex, m'exclamai-je. Comment ça va ?

Le frémissement de moustaches s'interrompit quelques dixièmes de seconde, après quoi Rex se retira sous ses copeaux. Ça peut paraître négligeable à l'œil de l'observateur étranger, mais, en termes de hamster, c'était un accueil en fanfare aussi.

Morelli ouvrit deux canettes de bière et posa deux assiettes sur sa petite table de cuisine. Nous partageâmes les roulés au chou entre Morelli, Bob et moi. En plein milieu de mon deuxième petit farci, je remarquai que Joe ne mangeait pas.

— T'as pas faim ? demandai-je.

Il me répondit par un sourire timide.

— Tu m'as manqué.

— Toi aussi, tu m'as manqué.

— Comment va ton bras ?

— Ça va.

Il me prit la main pour m'embrasser le bout des doigts.

— J'espère que cette conversation fait office de préliminaires, parce que je sens que je n'ai plus beaucoup de self-control.

Ça m'allait très bien. Je ne voyais pas l'intérêt du self-control non plus à cet instant précis.

Il m'enleva la fourchette de la main.

— Tu y tiens vraiment, à ces choux farcis ?

— J'ai *horreur* du chou farci.

Il me fit lever de ma chaise et m'embrassa. La sonnette de l'entrée retentit, et nous sursautâmes en même temps.

— Merde ! souffla Morelli. Qu'est-ce que c'est encore ? Il y a toujours quelque chose ! Entre les grands-mères, les assassins et les alphapages, je n'en peux plus !

Il fila dans l'entrée et ouvrit la porte avec énervement.

C'était sa grand-mère Bella. Une petite femme, toute de noir vêtue, à l'ancienne. Ses cheveux blancs étaient soigneusement tirés en chignon, son visage ne portait pas trace de maquillage, elle avait les lèvres pincées. A côté d'elle se tenait la mère de Joe, plus large que Bella, tout aussi terrifiante.

— Alors ? fit Bella.

Joe la dévisagea.

— Alors quoi ?

— Tu ne nous invites pas à entrer ?

— Non.

Bella se raidit.

— Si tu n'étais pas mon petit-fils préféré, je te jetterais le mauvais œil.

La mère de Joe fit un pas en avant.

— On ne peut pas rester longtemps, on doit aller à la fête de naissance du bébé de Marjorie Soleri. On était juste venues t'apporter du ragoût. Comme je sais que tu ne cuisines pas…

Je vins les rejoindre dans l'entrée et pris la marmite que sa mère nous tendait.

— Ravie de vous revoir, madame Morelli, entonnai-je. Et ravie de vous voir aussi, Mamie Bella. Ça sent très bon, ce ragoût.

— Qu'est-ce qui se passe, ici ? s'offusqua Bella. Vous n'avez pas recommencé à vivre dans le péché, tous les deux ?

— J'aimerais bien, répondit Morelli. Mais je n'y suis pas encore arrivé.

Bella fit un bond et donna un petit coup sur la tête de Morelli.

— Honte à toi !

— Te vais peut-être poser ça à la cuisine, marmonnai-je en reculant discrètement. Après il va falloir que j'y aille. Je ne comptais pas rester longtemps non plus. Je suis juste passée dire bonjour.

S'il y avait bien une chose dont je pouvais me passer, c'était que Bella me jette le mauvais œil aussi.

Joe m'attrapa par mon bras valide.

— Toi, tu ne bouges pas d'ici.

Bella me regarda en fronçant les sourcils, et je ne pus m'empêcher de tressaillir. Je sentais Joe se braquer à côté de moi.

— Stéphanie reste dormir ici ce soir, annonça-t-il. Et vous feriez bien de vous y habituer.

Bella et Mme Morelli prirent une profonde inspiration, l'air pincées.

Mme Morelli releva le menton d'un centimètre et fusilla Joe du regard.

— Est-ce que tu comptes épouser cette femme ? demanda-t-elle.

— Oui, pour l'amour de Dieu, je vais l'épouser. Et le plus tôt possible.

— Un mariage ! s'écria Bella en joignant les mains. Mon Joseph se marie !

Et elle nous embrassa tous les deux.

— Attends une minute, protestai-je. Tu ne m'as jamais parlé de mariage. C'est toi qui ne voulais pas qu'on se marie.

— J'ai changé d'avis, rétorqua Joe. Maintenant je veux me marier. Putain, je veux même me marier ce soir, si c'est possible.

— Tu ne penses qu'au sexe.

— Tu plaisantes ? Je ne sais même plus ce que c'est que le sexe. Je ne suis même pas sûr de savoir encore le faire.

Son alphapage sonna.

— Merde ! cria Morelli.

Il arracha l'appareil de sa ceinture et le balança dans la rue. Mamie Bella observa ma main gauche.

— Où est la bague ? s'enquit-elle.

Nous regardâmes *tous* ma main gauche. Pas de bague en vue.

— On n'a pas besoin de bague pour se marier, répliqua Morelli.

Mamie Bella secoua la tête d'un air affligé.

— Il n'y connaît pas grand-chose, soupira-t-elle.

— Attendez, intervins-je. Je n'ai pas l'intention de subir un mariage forcé.

Mamie Bella se rengorgea.

— Comment ça ? Vous ne voulez pas épouser mon Joseph ?

La mère de Joe fit un signe de croix en roulant des yeux.

— Zut, dit Joe, regardez l'heure. Je ne voudrais pas vous mettre en retard pour la fête.

— Je sais très bien ce que tu combines, protesta Mamie Bella. Tu cherches à te débarrasser de nous.

— C'est parfaitement exact. Stéphanie et moi avons des choses à discuter ensemble.

Les yeux de Bella se révulsèrent.

— J'ai une vision, murmura-t-elle. Je vois des petits-enfants. Trois garçons et deux filles…

— Ne te laisse pas impressionner, me chuchota Joe à l'oreille. J'ai une boîte entière des meilleurs préservatifs qu'on trouve sur le marché, dans ma chambre juste à côté du lit.

Je me mordis la lèvre. Je me serais sentie beaucoup plus tranquille si elle avait dit qu'elle avait vu un hamster.

— Bon, on y va, maintenant, déclara Bella. Les visions me fatiguent toujours beaucoup. Je vais devoir faire une sieste dans la voiture avant d'arriver à la fête.

Quand elles furent enfin parties, Joe ferma et verrouilla la porte à clé. Il me prit la marmite des mains et la posa hors de portée de Bob, sur la table de la salle à manger. Puis il me retira tout doucement ma veste et la laissa tomber par terre. Après quoi il se mit à défaire les boutons de mon jean, passa un doigt dans un coulant et m'attira à lui.

— A propos de cette histoire de mariage, ma jolie…

Jeu de piste

(Pocket n° 10997)

Pour partir à la recherche de Maxime, une fille qui fait des misères à son ex, Stéphanie s'est entourée d'une équipe explosive : Lula, ancienne prostituée black, et Sally, drag-queen hétéro au charme irrésistible. L'enquête prend rapidement une tournure qui n'est pas pour déplaire à Stéphanie : après avoir été agressée par une mystérieuse femme blonde, la désopilante détective se retrouve obligée de s'installer chez le flic le plus sexy de Trenton, Joe Morelli. Alors que toute la ville colporte des ragots la concernant, Stéphanie se met en chasse…

Il y a toujours un Pocket à découvrir

Achevé d'imprimer sur les presses de

BUSSIÈRE

GROUPE CPI

à Saint-Amand-Montrond (Cher)
en octobre 2004

POCKET - 12, avenue d'Italie - 75627 Paris Cedex 13
Tél. : 01-44-16-05-00

— N° d'imp. : 45055. —
Dépôt légal : novembre 2004.

Imprimé en France